들어 봐, 우릴 위해 만든 노래야

들어 봐, 우릴 위해 만든 노래야

1판 1쇄 | 2021년 11월 21일

지은이 | 이환희, 이지은

펴낸이 | 정민용
편집장 | 안중철
책임편집 | 강소영
편집 | 윤상훈, 이진실, 최미정

펴낸곳 | 후마니타스(주)
등록 | 2002년 2월 19일 제2002-000481호
주소 | 서울 마포구 신촌로14안길 17, 2층 (04057)
전화 | 편집_02.739.9929/9930 영업_02.722.9960 팩스_0505.333.9960

블로그 | https://blog.naver.com/humabook
트위터, 페이스북, 인스타그램 | @humanitasbook
이메일 | humanitasbooks@gmail.com

인쇄 | 천일문화사_031.955.8083
제본 | 일진제책사_031.908.1407

값 18,000원

ISBN 978-89-6437-390-3 03810

들어 봐, 우릴 위해 만든 노래야

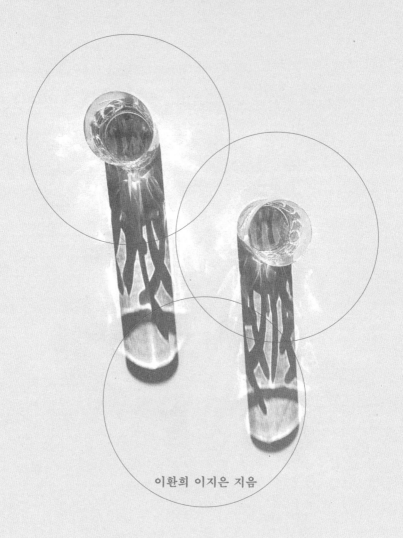

이환희 이지은 지음

후마니타스

나의 빛, 나의 환희에게

_____ 에게

일러두기

· 이환희의 글 시작에는 '환희', 이지은의 글 시작에는 '지은'으로 표시했다.

· 이환희의 글 말미에는 쓴 날짜를 표기하되, 날짜 미상인 것은 적지 않았다.

· 단행본·간행물에는 겹낫표(『 』)를, 기사 제목에는 홑낫표(「 」)를,
  노래·영화·방송 프로그램에는 홑화살괄호(< >)를 썼다.

세상 모든 것이 당신을 부른다. 밥을 먹다가도, 길을 걷다가도, 노래를 듣다가도 문득 정신을 놓고 멍하니 서서 당신을 생각한다. 사랑하는 사람을 잃는다는 것은 내 속에 커다란 돌덩이 하나가 생기는 것과 같다. 처음 그 돌덩이를 접했을 당시에는 존재감이 너무 커서, 애써 무시하고 싶어도 그럴 수 없었다. 그저 그리울 때마다 그 커다란 돌덩이를 가만가만 매만지며 우리 추억을 더듬었다.

당신이 떠난 지 1년이 지난 지금, 하루에도 몇 번씩 만지작거리던 그 돌덩이는 내 손길에 익숙해져 조금씩 마모되어 가고 있다. 당신이 살아 있을 때처럼 이불 왼편을 비워 두던 습관도, 아침에 눈뜨자마자 허공에 대고 "잘 잤어?"라고 묻던 중얼거림도 시나브로 사라졌다. 남들이 내게 건넬 때마다 진저리치던, '시간이 약'이라는 그 잔인한 말은 과연 사실이었다.

동시에 그 돌덩이가 영원히 사라지지 않으리라는 사실도 나는 안다. 그것은 세월에 따라 조금씩 닳겠지만 결코 없어지지는 않을 것이다. 돌덩이가 조약돌, 나아가 모래알만큼 줄어들 수는 있어도 절대 세상에 없는 존재가 되지는 못한다. 당신을 모르던 세계로 나는 돌아갈 수 없다.

글쓰기는 내 몸을 누르고 있던 그 무거운 돌덩이를 조금이라도 줄여 보기 위한 나만의 방식이었다. 나를 짓누르던 사별의 고통을 잊기 위해, 또 우리가 함께하던 시간을 박제하기 위해 밤마다 글을 남겼다. 우리를 기록하던 그 밤들이 당시의 나를 살게 했다.

매일 같은 시간에 올리는 그 글을 꽤 많은 사람들이 읽어 주었다. 종종 브런치 메인을 장식하는 바람에 하루에도 수만 명이 내 글을 읽었다는 알림이 울렸다. 의아했다. 사람들이 이런 불행의 잔치를 왜 읽어 주는 것일까? 나를 연민하나?

"이 글을 사람들이 왜 읽을까요? 그냥 일기일 뿐인데요."

누군가를 만날 때마다 물었다. 수많은 대답 가운데 "저는 위로받았어요"라는 말이 기억에 남는다. 지금은 누가 해준 말인지도 어렴풋한데, 듣는 순간 내가 그 말을 기다렸다고 느꼈던 것만은 또렷하다. 내 불행에도 효용이 있다는 안도, 내 글이 불행의 포르노가 아니라 한 사람을 위로하는 수단이라는 안도가 당신이 떠난 후 100일 동안 글을 쓰게 만든 원동력이다. '그래, 뭐가 되었든 계속 쓰자. 연민이든 위로든 있는 그대로 받아들이자.' 이 생각으로 매일 밤 컴퓨터 앞에 앉았다.

이 글들을 책으로 엮어 보자고 결심한 것도 같은 이유에서였다. 만약 내 글이 지금 불행을 지나가는 누군가에게 위로나 연민으로 다가간다면 나름의 가치가 있겠다고 생각했다. 어쩌면 조금 먼저 아파 본 내가 뒤에 올 사람들에게 돌덩이를 세심하

게 깎는 법을 알려 주는 가이드가 될지도 모르겠다. 타산지석이
든, 어쩌면 반면교사든 말이다.

이런 생각을 한 이유는 온전히 내 경험이 한몫했다. 한창
불행에 빠져 있을 때 나는 남들의 슬픔을 무시했다. 아들을
잃은 시엄마의 눈물을 하찮게 봤고, 딸과 사위를 향한 엄마의
안타까움을 미워했고, SNS 속 헤어진 연인들의 힘듦을 우습게
여겼다. 이런 이기적인 나임에도 많은 사람이 곁을 내주었다.
내가 한없이 울고 있으면, 내 슬픔을 덜기 위해 자신의 불행을
고백해 주었다. 남의 불행이 내 불행을 줄이는 데 하등 쓸모없음
에도, 그런 말들을 듣고 있으면 내 불행이 조금은 작아 보여
위로받았다. 그것들은 '세상에. 저런 일을 겪었음에도 살아갈
수 있구나' 하는 놀라움과, '저 사람도 살아가고 있으니 어쩌면
당신을 잃은 나도 계속 살아갈 수 있겠구나, 살아가도 되겠구
나' 하는 안도를 주었기 때문이다.

이제는 안다. 내 불행이 세상에서 가장 크다는 생각은 대단
한 착각이다. 사람은 각자 자신의 몫만큼의 불행을 안고 산다.
그저 그 불행의 종류가 다를 뿐이다. 당신의 죽음은 내게 이런
깨달음을 주었다. 내게 이토록 많은 깨달음과 다정을 주고 간
당신을 오랫동안 잊지 않겠다.

2021년 11월
저자를 대표하여 이지은

차례

4 / 하루하루가 이별의 날

1
사랑이라는 화사한 마음

시작할 때의 마음

환희

훌륭한 시간이었다. 자랑하고 싶을 만큼. 손과 손이 포개진 순간, 몸짓과 소리와 촉감이 몸을 섞어 공기 중으로 달게 녹아들었다. 숨을 들이쉴 때마다 설탕기 어린 공기가 살갑게 기도를 스쳤다. 그러다 조금은 쑥스러운 시선이 닿는 어느 한 사람 이외의 모든 세계가 소멸하기도 했다. 니체가 그랬던가. 인간은 감정이 아닌 행동만을 약속할 수 있다고. 아직 설익은 마음을 섣불리 꺼내 놓기보다는 시작할 때의 마음을 더 가꿔 가려 애쓰고, 표현하겠다고 말하고 싶다. 영육 모두 좀 더 건강한 사람이 되어야겠다.

2015.10.15.

○○○

지은

연애 첫날부터 당신은 자신의 마음을 한껏 열어 보였다. 그때 당신의 모습은 누가 보아도 '진짜 좋아 죽네, 죽어'라는 생각이 절로 들었다. 매번 세상을 시니컬한 관점으로 바라보는 글 아니면 남을 웃기기 위한 각종 드립으로 난무하던 당신의 페이스북이 연애 이후 옅은 핑크빛으로 물들었다. 무엇을 써도 꿀 바른 글이어서 내 친구들 사이에서 당신은 '환희버터칩'이라고 불리었다. 한 친구는 "너 혹시라도 나중에 헤어지면 환희 씨 나한테 넘겨"라며 부러움을 표현하기도 했다. 반면에 당신 친구들은 180도 변한 당신 모습에 재미있어 하며 '뭐 잘못 먹었냐'고 놀렸다.

초반에는 부담스러웠다. 당신 입장에서는 거의 1년간 품어 왔던 연정이 받아들여진 날이었지만, 내게는 고작 한두 주 전에 친구 이상의 호감이 생긴 이성과 차츰 알아 가기로 결정한 정도였으니까. '엇, 이거 길 잘못 들었다' 싶으면 금세 발을 빼고 이 관계를 정리할 수도 있을 정도의 감정. 그러니 고작 어제 만나기 시작했는데 오늘 온 세상 사람들이 우리의 관계를 다 알아 버린 것 같은 상황이 나로서는 크게 당황스러웠다. 당신에

17

게 제안했다.

"우리 회사는 정말 말이 많고 소문이 금세 돌거든요. 그래서 당분간 내 페이스북에서는 우리가 연인인 티 안 냈으면 좋겠어요."

당시 나는 합정 근처에서 남자 지인과 길만 걸어도 다음 날 "그 친구랑 사귀는 거야?"라는 질문이 돌아오는 회사를 다니고 있었다. 동료들은 사생활 노출을 친분의 지표로 삼았다. 상대가 먼저 이야기를 꺼내기 전에는 사적인 영역에 관심을 두지 않는 나로서는 순탄치 않은 생활이었다.

언젠가는 사귀던 애인과 헤어진 뒤에 이런 말을 듣기도 했다. 회사 동료는 본인 자녀 앞에서 나에게 "지은 씨, 우리 애 보면서 무슨 생각해요? 전 애인과 결혼했으면 이런 아이 있었을 텐데, 뭐 그런 생각하는 거예요?"라는 말을 농담이랍시고 건네었다. 그 후 '누구와 만나도 절대 회사에서 티내지 않겠다'라고 결심했다. 그러니 연애 첫날부터 '우리 사귄다!'라고 동네방네 소문내는 당신의 행동이 당황스러울 수밖에.

관계 노출을 꺼리는 내게 당신이 많이 서운했을 것 같다. 티 나게 풀이 죽은 당신을 보며 미안해지기도 했다. 그래서 당신이 나를 위해 "영육 모두 좀 더 건강한 사람이 되어야겠다"고 쓴 연애 선언 글에 시치미 떼고 이런 댓글을 달았다.

"연애 축하해요! 브레이트 시가 생각난다. '내가 사랑하는 사람이 나에게 말했다. 당신이 필요해요 그래서 나는 정신을 차리고 길을 걷는다. 빗방울까지도 두려워하면서. 그것에 맞아

18

살해되어서는 안 되겠기에.'"

　당신은 내 댓글에 "고마워요. ^^ 지은 님도 좋은 사람 만날 거예요!"라는 답글을 달았다. 이후 우리 댓글에 '좋아요'가 수십 개 달렸다. 이미 우리가 연인인 사실을 모르는 사람이 없었던 것이다. 하는 수 없이 나는 '코 꿰었다 셈치고 이 사람과 오래 만나야겠네'라고 생각했다.

　이렇게 미지근하게 시작한 내가 어떻게 만난 지 석 달 만에 당신에게 '우리 그냥 결혼하자'라고 제안했을까. 돌아보면 신기한 일이다.

꽃으로 고백하던 날

환희

첫 만남부터 오늘까지 많은 여백들이 있긴 했지만 삶의 태도나 정치적 신념, 하는 일, 이제는 종교까지 많은 부분에서 유사했던 지은 씨와 제법 많은 이야기들을 쌓아 올 수 있었던 것 같아요. 그 이야기들을 쌓는 시간이 나한테는 귀했어요. 지은 씨에게는 어떠했는지 모르지만 뭐, 되도록 같은 생각이길 바라요. 그리고 앞으로는 여백 적은, 조금은 더 밀도 있는 다른 이야기들을 만들어 나갈 수 있다면 좋겠네요.

2015.09.13.

○○○

지은

전 애인은 '남자가 사랑을 표현하면 자존심이 하락한다'라고 생각하는 사람이었다. 장난 거는 것으로 애정 표현을 대신했고, 함께 걸을 때 내게 먼저 손 내민 적이 한 번도 없었다. 저만치 혼자 앞서 걸어가는 그의 뒷모습을 바라보며 '내가 지금 21세기를 사는 건지 조선시대를 사는 건지 모르겠다'라고 생각했다. 그에게 자꾸만 물었다. "나 사랑해?" 그때마다 어김없이 짜증 섞인 큰소리가 났다. "아, 좀! 그런 걸 대체 뭐하러 물어." 그는 이내 고개를 돌려 버리고 "지금 함께 있는 것으로 대답이 된 거"라고 말했다. 본인은 대답했다는데 나는 아무것도 듣지 못했다. 이 기울어진 권력관계가 서글펐다.

나중에는 '사랑한다'라는 말 듣기를 포기하고 "나 꽃 좀 사줘"라고 졸랐다. 그가 꽃집 직원 앞에서 한껏 어색해하며 "애인이 좋아할 만한 꽃 좀 추천해 주세요"라고 물어보길 바랐다. 그 어색함을 무릅쓰고 꽃을 사 온다면, 그러면 그가 나를 사랑한다고 믿을 수 있을 것 같았다. 그는 '무리한 요구'라며 고개를 가로저을 뿐이었다. 언젠가 꽃을 살 수 없다고 버티는 그를 억지로 끌고 꽃집 앞까지 데려갔다. 가게 입구에 전시해

21

놓은 꽃다발 하나를 손가락으로 가리키며 "저 꽃으로 사줘"라고 말했다. 그는 대답 대신 내 팔을 한껏 잡아끌어 그 상황을 모면했다. 이미 포장까지 마친, 돈만 치르면 되는 그 꽃다발을 결국 사주지 않았다.

그와 이별한 날, 집에 돌아가는 길에 꽃을 한 다발 샀다. 사랑받지 못한 내게 보상해 주고 싶었다. 2, 3만 원쯤 건네었더니 꽤 풍성한 꽃다발이 돌아왔다. 고작 꽃 몇 송이인데 그걸 받는 게 그렇게 힘들었다.

그 받기 힘든 꽃을 당신은 친구인 나에게 건네었다. 성당에서 갓 세례를 받은 내게 "새로 태어난 걸 축하해요"라고 적힌 손편지와 함께 장미 꽃다발을 주었다. 그 꽃다발을 무심히 바라보며 '이렇게 쉽게 편지와 꽃다발을 주고받을 수도 있구나'라고 생각했던 기억이 난다. 언젠가는 뜬금없이 손수 만든 수정과 머핀과 편지를 한 장 쥐여 주고는 도망(?)가기도 했다. "편지를 왜 줘요?"라고 물으니 "써달라면서요"라는 대답이 돌아왔다. "써달라고 한 기억은 없지만 아무튼 고마워요"라고 대답했다. 당신이 그대로 줄행랑친 뒤에 홀로 남은 나는 카페에 앉아 그 편지를 읽었다.

편지의 의도가 헷갈려서 친구들에게 보여 주며 "'밀도 있는 이야기'가 친하게 지내자는 말이겠지?"라고 물어보기도 했다. '뭔 헛소리냐, 분명 좋아한다는 말 아니겠냐'는 친구들의 설레발에 "아냐, 이 친구 원체 다정해. SNS 보면 맨날 이것저것 만들어서 남들 나눠 주고 그래"라며 부정했다. 말이 안 되었다.

애인 사이에서도 정말정말 주고받기 힘든 꽃과 편지를 이렇게 쉽게 건네주다니. 아무것도 아닌 날 받은 당신의 꽃과 편지는 지금까지 내 연애 상대들이 나를 사랑하지 않았다는 증명 같았다. 그러니 당신이 그냥 '만인에게 다정한 독특한 사람'이어야지만 내가 아둔한 연애를 한 것이 아닌 게 되었다. 돌아보면 아까운 시간들이었다. 잡소리 그만하고 빨리 친구들 말 들었어야 했는데.

당신과 사랑한 덕분에 숱하게 많은 꽃다발을 받았다. 내 생일이라고, 만난 지 n년째라고, 결혼기념일이라고, 퇴근길에 "그냥 자기한테 꽃 선물한 지 오래된 것 같아서"라는 이유로 화사한 꽃다발을 한 아름 안겨 주었다. 그때마다 나는 꽃처럼 환하게 웃으며 당신에게 안겼다.

내일은 입춘이자 당신 생일이다. 봄처럼 화사한 꽃 한 다발과 당신이 좋아하던 녹차와 초코 조각 케이크를 사서 당신이 잠들어 있는 용인에 가기로 했다. 집 근처 꽃집을 검색하다가 깨달았다. 당신은 아무렇지 않은 날에조차 나에게 꽃을 사주던 사람이었는데, 나는 당신이 죽어서야 꽃을 사다 바친다는 사실을. 좀 더 표현하고 아껴 줬어야 했는데. 후회는 언제나 한 걸음 늦는다.

환희

오래전 영화 <비포 선셋>을 보고 썼던 글은 이렇게 마무리했던 것 같다.

"그들이 용기를 내어 하룻밤 사랑의 추억을 현실의 삶으로 치환한다면 그들은 진정 행복할 수 있을까?"

시리즈의 마지막이라는 <비포 미드나잇>에서 제시와 셀린느는 로맨틱한 기억을 실제 생활 안으로 끌어들였다. 그 모습은 마냥 행복한 것과는 거리가 있었다. 그들은 내가 왜 낭만적 사랑을 긍정하길 꺼려하는지 상기시켜 주었다. 그렇지만 영화 속 제시의 어떤 대사처럼, <비포 선라이즈>와 <비포 선셋>뿐 아니라 <비포 미드나잇>에서 그려지는 두 사람의 순간들까지가 모두 포함되어 있는 것이 사랑일 것이다. 그것의 질은 '좋을 때'가 아니라 '나쁠 때'를 어떻게 다루느냐에 따라 결정된다.

연인 관계 역시 마찬가지다. 연애든 동거든 결혼이든 사랑이라고 칭해지는 성적인 끌림을 바탕으로 한 두 사람의 지속적 결합에서도, 둘 사이에서 끊임없이 발생하는 때론 미묘하고 때론 노골적인 갈등들을 어떻게 해소해 나갈 것이냐가 핵심이다. 그렇기에 판타지에 가까웠던 전작들과 달리 <비포 미드나 잇>은 온전한 사랑 영화였다.

좋아하는 사람과 약속을 잡았다. 경복궁역 3번 출구에서 만나 택시를 타고 평창동으로 향했다. 쌈밥집에서 저녁을 먹고 근처 윤종신 가족이 운영하는 카페 로브에서 차를 마셨다. 카페를 나와 한적한 동네를 나란히 걸었다. 기분이 좋았다. 선선한 바람이 저절로 마음을 들뜨게 하던, 가을이 막 시작하려던 때였다. 무엇보다 좋은 사람이 옆에 있었다. 다시 택시를 타고 경복궁역으로 돌아가던 길, 그가 말했다.

"다음에 여기 오고 싶으면 또 같이 와요."

그건 마치 '하트 시그널' 같았다.

그다음 주에 그와 다시 만나게 되었다. 광화문 TV조선 건물에 있는, 필요 이상으로 커 보였던 어느 카페 야외 테이블에 앉았다. 늘 그랬듯 그와 나 사이에는 조금의 어색함도, 위화감도 없었다. 어느 순간 나는 가방에서 꽃다발을 꺼냈다. 기분 좋음과 당황의 경계에 선 표정을 짓던 그가 내게 물었다.

"나 좋아해요?"

덜덜 떠는 내가 말했다.

"네, 우리 만나 볼래요? 귀하게 대해 줄게요."

지난주보다 더 좋은 바람이 얼굴을 스치던 가을밤이었다.

얼마 후 내 모닝콜은 이 노래가 차지했다.

나도 모르게 눈 떠진 이른 아침.

서둘러 거울부터 보네.

설렘으로 볼 빨개진 때 마침.

너에게 걸려 오는 전화. (일어났네)

두근두근 너의 목소리.

왜 이렇게 일찍 일어난 거야. (넌)

너와 같은가 봐.

조금 도도해도 이해해 줄래.

내 맘 아직 들키지 않게.

두근두근 나의 가슴이.♪

그리고 수시로 이 노래를 들었다.

말하지 말고 마구 사랑만 하자.

지난 일보단 차차 우릴 알아 가자.

널 사랑해 날 바라보는 널.

지금 이 순간이 좋은 걸.

상관없어 지난날 지난 얘기.

넌 지금 내게 있잖아.

함께 걸어 보자 보이는 게 많듯이.

지나치는 것도 많을 거야 앞으로.

♪　〈새로고침〉, 윤종신·정지찬·하림·김태우·서인국·린·조문근 작사,
윤종신 작곡, 2010.

널 사랑해 새로운 내 사람 널.

새로운 만큼 생소할 우리 날들.

만나겠지 다른 너 또 다른 나.

그들까지 사랑해 줘.♪

연애의 시작에 이 노래만큼 어울리는 노래가 없었다. 애인에게
도 권했다. 어느덧 애인은 이 노래를 나와 무관하게 흥얼거렸
다. 가을에서 겨울까지, "우리 옷은 점점 짙어져 가고 우리
사랑도 짙어"♪♪ 갔다. 여기까지는 <비포 선라이즈>, 혹은
<비포 선셋>.

결혼은 연애와 달랐다. "다른 너 또 다른 나"를 곧 만날
수 있었다. 결혼 전 가사노동은 늘 공정하게 분배될 것이라고
확언했는데, 점점 아내 쪽으로 치우치면서 아내가 불만을 가지
기 시작했다. 나는 아내가 무언가 마신 컵을 바로 씻지 않고
싱크대에 넣어 두는 것과 같은 작은 습관이나 아주 작은 소리에
도 예민한 걸 잘 못 견뎌 했고. 이제부터는 <비포 미드나잇>이
었다. 우리 앞엔 온전한 사랑으로 가는 고된 길이 펼쳐졌다.

아내와의 결혼을 후회한 적은 없다. 다만 결혼 자체는 종종
후회하기도 했다. 아내도 마찬가지였을 것이다. 결혼 생활은
나 하나 겨우 돌보던 사람이 남을 돌보고, 남의 가족을 돌보게

♪　　<New You>, 윤종신·퓨어킴 작사, 윤종신 작곡, 2014.

♪♪　<9월>, 윤종신 작사, 윤종신·이근호 작곡, 2001.

강제한다. 남까지는 몰라도 남의 가족까지 사랑하기는, 혹은 사랑하는 연기를 하는 것은 쉽지 않다. 그 외에도 이전에는 겪어 보지 못했던 에너지 소모가 심한 갖가지 상황이 종종 연출된다. 명절에 흔히 일어나는 갈등 같은. 결혼을 통해서 깨달은 것 가운데 하나는, 결혼은 몸과 마음이 모두 건강하고 기본적으로 성격이 관대해야 감당되는 종류의 행위라는 것이다. 불행히도 아내도 나도 그리 튼튼한 편이 못 되어서 쉽게 잘 지친다.

그럼에도 지금까지 꽤 괜찮은 결혼 생활이었다. 혼자 있을 때라면 빵으로 대충 때울 끼니를 아내와 함께 먹기 위해 부지런히 몸을 놀려 차리기도 하고, 같이 일주일에 한 번 이상 청소를 하고, 빨래를 널고, 장을 봤다. 함께 웃고 울고 서운해하고 즐거워하는 등, 따로 살 때보다 더 다양한 감정을 더 깊이 있게 느끼는 사람이 되어 갔다. 자존심을 죽이고 타협하고 사과하는 데 조금씩 더 능숙해지기도 했고. 아내와 함께할 때, 확실히 나는 좀 더 괜찮은 사람이 된다.

우리 집 고양이가 이불에다 실수를 하면 나는 "아 저 망할 놈. 진짜"라며 짜증부터 내지만, 아내는 조용히 생각한 뒤에 말한다.

"요즘 쟤가 몸이나 마음이 안 좋나."

지금까지 나는 그런 사람과 함께 살기 나쁜 사람이 되지 않는 선에서 구색을 맞추었다. 결혼하고서 한 번도 크게 다투지 않았던 건, 대부분 아내 덕이었다.

물론 가끔은 아내가 생각보다 진중하거나 사려 깊지 못함을 발견하고 실망감이 들려 할 때가 있다. 그리고 몸이 너무 지쳐 있을 땐 발화가 많은 편인 아내의 이야기를 듣는 게 버겁기도 하다. 그럴 땐 작가 은유의 "글은 꼭 나만큼만 써진다"라는 말을 떠올리며 관계도 꼭 나만큼만 맺어진다고 생각하면 이내 너그러워졌다. 따지고 보면 애초에 타인에게 내가 가진 덕목 이상을 기대하는 것 자체가 적절치 못한 삶의 태도다.

모든 것에 끝이 있듯이 결혼 생활에도 끝이 있다. 아내와 나의 결혼도 이혼이든 사별이든 어떤 형태로든 반드시 끝날 것이다. 그러기 전에 내 덕을 키워 하루라도 더 일찍 균형을 맞추고, 돌아보았을 때 후회가 최소화될 결혼 생활을 이어가기로.

○○○

지은

2015년, 친구 꼬드김에 이끌려 서울시에서 진행하는 시민 도시 계획가 양성 과정 강연을 들었다. 강연은 몇 달 동안 진행되었다. "오늘 저녁에 뭐 해요?"라는 당신의 질문에 몇 번쯤 "도시 계획가 강연을 들어요"라고 대답했다. 그때쯤 당신은 오라면 오고 가라면 갔다. 서울 연남동에 살면서 '성당 혼자 가기 싫다'는 핑계로 일요일마다 내가 다니는 고양 백석동 성당까지 와서 오전 열 시 반 미사를 함께했다. 그때는 당신에게 친구 이상의 관심은 없던 시절이라 '어지간히 성당 혼자 가기 싫은가 보네' 생각해 버리고 말았다. 그날도 "오늘 저녁에는 뭐 해요?" 묻는 당신에게 심드렁하게 "강연 같이 들을래요?"라고 물었다. 당신은 기꺼이 응했고, 파주 출판 단지에서 서울 광화문까지 열심히 달려왔다.

강연이 끝난 후 근처 도너츠 카페에 앉아 짧은 수다를 나눴다. 그때 분위기가 좋았는지, 수다가 즐거웠기 때문인지, 아니면 내 눈에 콩깍지가 뒤덮였는지 모르겠다. 문득 눈에 들어온 당신 옆모습이 너무 해사하고 웃음도 예뻐 보였다.

'헉. 뭐야. 왜 갑자기 이 친구가 잘생겨 보이지?'

객관적으로 잘생긴 얼굴이 아닌데 잘생겨 보인다면 이건 문제라고 생각했다. 집에 돌아와서 곰곰 생각해 보았다. 자꾸 눈앞에 알짱거려서 익숙해진 바람에 생긴 착각인지 아니면 저 사람이 시나브로 마음에 들어온 것인지 가늠이 되지 않았다. 다시 한번 얼굴을 마주 보고 잘생겼는지 확인해야겠다고 생각했다. 이번에는 내가 물었다.

"토요일 저녁에 뭐 해요?"

평창동 모 쌈밥집에서 저녁을 먹고 윤종신 가족이 운영한 다는 카페에서 차를 한잔 마셨다. 당신이 '성을 보여 주겠다'며 산책을 제안하더니 평창동 주택의 높은 담들을 보여 주었다. "이게 무슨 성이냐"고 물으니 당신이 씩 미소 지었다. 하아. 여전히 잘생겨 보였다. 이제 그에게 호감이 생겼음을 인정해야 했다.

그날 이후에도 그 지루한 강연은 계속되었다. 마지막 수업 은 10월 15일이었고, 당시 박원순 서울시장이 직접 단상에 올 라 청강생들에게 수료증을 전달했다. 함께 강연 듣자고 제안한 친구는 진작 내뺐는데, 쓸데없이 성실한 나는 출석률 80퍼센트 를 넘겨 그 수료증을 받아 냈다. 당신은 마지막 수업을 축하해 준다는 핑계로 광화문까지 와주었다.

수료증을 트로피처럼 들고 강연장을 빠져나왔다. 당신과 나 둘 중에 누군가 차 한잔하자고 제안해 근처 카페테라스에 자리 잡았다. 당신이 가방 안에 숨겨 두었던 연보라색 소국을 꺼내더니 내게 건네주었다. 또 이유 없이 꽃을 주네. 단도직입

적으로 물었다.

"나 좋아해요?"

0.1초 만에 "네"라는 대답이 돌아왔다. 평소 쭈뼛거리던 당신의 캐릭터와 어울리지 않는 반응이라 크게 당황해서 얼이 빠졌다. 당신은 오랫동안 품어 왔을 말을 건네었다.

"우리 만나 볼래요? 귀하게 대해 줄게요."

그 말이 내게 와 닿는 순간 이미 나는 귀해졌다. 그 고백에 뭐라고 대답해야 할지 몰라 눈만 동그랗게 뜨고 있었다. 그도 그럴 것이 그에 대한 나의 호감은 생긴 지 고작 한두 주밖에 되지 않은 연약한 감정이었다. 게다가 내게 당신은 친구로도 놓치기 아까운 존재였다. 고민하다가 그저 남은 차만 홀짝거렸다. 당황해 만들어 낸 내 침묵에 당신 또한 당황하는 게 느껴졌다.

집에 가야 할 시간이 다가왔다. 카페에 값을 치르고 함께 문을 나서는데, '이대로 헤어지면 이 친구 성향상 다시는 고백 비슷한 말조차 내밀지 않겠지' 싶었다. 슬며시 당신 손을 잡았다. 당신은 흠칫 놀라더니 가만히 손을 맡겼다. 이후 손끝으로 파르르 떨림이 느껴졌다. 오늘도 눈치 없는 나는 당신에게 "에? 추워요?"라고 물었다.

첫 키스의 추억

환희

안녕, 자기.

이렇게 편지를 쓰는 나는 당신의 애인이야. 자기와 함께할 수 있음을 감사해하고, 앞으로도 늘 감사하는 마음을 가지려 애쓰고자 하는.

나와의 시간 동안 자기 행복의 총량이 조금은 더 늘어났는지 모르겠다. 세상 모든 일이 그렇듯이 마냥 좋지만은 않았을 거야(나는 마냥 좋긴 했는데……). 나 때문에 운동은 못 하는데 먹는 건 더 많아 살도 찌고, 하고 싶은 외국어 공부를 하거나 보고 싶은 책을 읽을 시간도 줄어들고, 신경 쓰고 챙겨야 할 사람이 하나 더 늘었다고 여길지도 모르겠어. 그 모든 게 연애를 하기 위해 감수해야 할 당연한 일들일 수도 있겠지만, 연애로 인해 생겨난 삶의 단점들을 줄이거나 완화시키도록 내가 더 신경 쓸 테니, 앞으로도 사이좋게 지낼 수 있었으면 좋겠어.

사실 어제 통화 중에 자기가 아픈 데 없다고 하더니 아픈 사람이었다며, 자기는 자기 어머니한테도 아프면 안 돌봐 줄 테니 아프지 말라고 했다는 소리 듣고 뭔가 좀 서운하더라. 서운할 것도 없이 아프지 않게 미리 건강관리를 잘하라는 이야기 정도로 받아들였다면 좋았을 텐데, 아프면 자기한테 안 가고 부모님한테 가면 되지 않냐며 대거리하면서 서운함을 드러내고 말았네. 미안했어.

언젠가 자기 아버지 아프셨을 때, 자기가 썼다 지운 글이 생각나더라. 자기한테 기대는 것들만 너무 많아서 자기도 어딘가에 의지하고 싶다던. 자기가 전적으로 의지하기에 적합한 사람이 나라면 좋을 텐데 그러기엔 내가 많이 부족하다고 느낄 수도 있을 거야. 부족하더라도 자기가 종종 의지할 수 있는 사람일 수 있고, 최소한 짐은 되지 않기 위해서라도 스스로를 잘 돌보도록 할게. 각자 건강한 모습으로 오래오래 함께하자. 사랑해.

지은 씨의 환희가

2015.12.18.

○○○

지은

결혼하기 전에는 회사 근처 주택가 밀집 지역에 살았다. 오전 여덟 시 반에 집을 나서면 아홉 시 되기 5분 전 회사에 도착했다. 두세 개 아파트 단지를 지나고, 다리 하나를 건너 웨스턴돔이라는 번화가를 벗어나면 회색빛 회사 건물이 눈에 들어왔다. 요즘처럼 걷지 않는 세상에, 그것도 아침 시간에 25분 거리를 두 발로 걷는다고 말하면 다들 놀랐다. 그저 아파트 단지 정원에서 해바라기하는 동네 고양이도 구경하고, 잘 정돈된 길을 천천히 걷는 시간이 좋았기 때문이다. 그 길을 걷는 순간에는 출퇴근 나온 직장인이 아니라 산책 나온 한량이 된 느낌이었다. 그 시간을 사랑한 덕분에 한 회사에 비교적 오래 발붙일 수 있었던 것 같다.

그 길을 사랑한 이유는 몇 가지 더 있다. 그곳이 우리가 처음 키스한 장소이자 당신이 프러포즈한 곳이기 때문이다. 연애 초반이라 서로 조심스러워할 때, 당신은 걸어서 퇴근하는 나를 위해 그 길을 같이 걸어 주었다. 함께 웨스턴돔 어딘가에서 저녁을 먹고, 카페에서 수다를 나누며 시간을 공유했음에도 헤어지기 아쉬워서 그 길을 함께 걷자고 했을 것이다. 늦은 시간이라 인적이 드물어진 그 길을 두 손 잡고 천천히 걸었다. 아무리 발걸음을 느리게 만들어 보아도 집은 금세 도착했다. 좀 더 같이 있고 싶은 마음은 당신도 마찬가지여서, 벤치 하나를 손가락으로 가리키며 "저기에 앉아 있다가 가자"고 제안했다. 당신의 손가락은 '저기에 벤치가 있었나?' 싶을 정도로 으슥한 곳을 향하고 있었다. 가로등이 고장 났는지, 아니면 원래 어두운 곳이었는지는 기억나지 않는다. 속으로 '불량청소년이 돈 뜯으러 올 것 같은데' 하는 생각이 스쳐 지나갔다.

둘이 벤치에 마주 앉았다. 당신은 평소에 가방에 생수와 죽염을 가지고 다녔다. 수시로 죽염을 먹으며 생수를 들이켜야 건강에 좋다고 했다. 그날도 당신은 가방에서 생수를 꺼내더니 물을 마셨다. 몇 모금쯤 들이켠 다음에 나에게 "지은 씨도 마셔요"라고 권했다. 별로 목마르지 않았으나 주니까 받아 마셨다. 나중에 왜 그때 물을 자꾸 마시고 나보고도 권했는지 물어본 적이 있다. 당신은 "긴장해서. 자꾸 입술이 말라서"라고 대답했다. 그러니까 벤치에 앉힌 것도, 물을 먹인 것도 다 거사를 치르기 위한 사전 준비 작업이었던 것이다. 그렇게 내가 아끼던 그 길 그 벤치에서 첫 키스를 했다. 당신의 입술에서는 죽염 맛이 났다.

키스한 다음에 당신은 집에 가야 된다고 했다. 내일 오전까지 넘겨야 할 일이 있는데 아직 못 끝내서 마저 하고 자야 된다나. 순간 잘못 들은 줄 알았다.

'이 남자, 장난하나. 가긴 어딜 가. 중학생이야 뭐야. 키스

만 하고 가는 게 어디 있어!'

나는 침착했다. 다수의 연애 경험으로 다져진 내가 당신을 붙잡을 방법쯤은 알고 있었다. 요즘에는 "라면 먹고 갈래요?"가 상대를 붙잡는 관용어로 통용되지만, 나에게는 그런 말이 필요하지 않다.

"우리 집 고양이 보고 갈래요?"

그러나 상대는 손만 잡아도 바들바들 떠는 이환희 씨라는 사실을 잊고 있었다. 그렇게 순진한 우리의 이환희 씨는 내 자취방에 들어와 우리 집 고양이들을 구경하고는 일해야 된다며 차 끊기기 전에 집으로 돌아갔다.

환희

고통이 사람을 강하게 만든다고들 한다. 쉽게 동의할 수 없다. 고통은 사람을 부서뜨린다. 그렇다고 고통을 회피하거나 외면하는 것도 답은 아니다. 자기 몫의 고통에 대한 회피와 타인의 고통에 대한 외면은 스스로를 안락한 방식으로 망가뜨린다. 그렇게 망가지는 것보다는 고통을 제대로 마주하고 부서지는 것이 나을지 모른다. 안온한 삶을 살려 애쓸수록 자기 영혼이 구원받을 가능성이 낮아지고, 과거의 고통들을 낳은 유사한 개인적·사회적 비극이 반복될 확률은 높아질 테니까. 작년 4월의 얘기는 함부로 꺼내기가 어려웠다. 그럴 자격 없다 여겼기 때문이다. 바다에 잠겨 생을 다한 이들과 남겨진 사람들의 고통을 제대로 들여다본 적이 있냐고 스스로 물었을 때, 그렇다고 대답할 수 없었다. 지금 이 글을 쓰는 것조차 민망하지만, 이 행위가 어떤 작은 의미라도 획득할 수 있길 바란다. 평온하면 안 되는 시간들 안에서조차 평온을 좇다 병든 마음을 점검할 수 있게 해준 이지은 님께 고맙다. #세월호를잊지마세요

2015.04.10.

지은

당신과 나는 출판편집자로, 같은 업계에 포지션도 같다. 그러다 보니 우리를 피상적으로 아는 이들은 당연히 우리가 업계에서 인연을 맺었다고 생각한다. 사실 세월호 농성장에서 처음 만났다. 유민아빠의 단식이 막 시작되고 시민들의 릴레이 단식이 이어지던 때였는데, 우리를 포함한 청년 몇몇이 우연히 광화문에 모여 함께 현수막을 만들고, 1인 시위를 하고, 광장을 걸었다. 당시에 백수였던 당신이 그 후 우연히 출판계에 입성했고, 같은 편집자 동료라는 반가운 마음에 친하게 지내다가 연인으로 이어졌다.

첫 만남을 추억할 때마다 농담으로 우린 당시 대통령이던 박 씨가 맺어 준 인연이라고, 결혼식 주례를 그가 봤어야 한다고 말하곤 했다. 언젠가 지인과 사담을 나누는 시간에 그 농담을 했다. 그분은 내게 가만히 대답했다.

"아니죠. 아이들이 이어 준 거죠."

그분의 말이 너무 마음에 들어서, 집에 오자마자 당신에게 이야기해 주었다. 알고 있었냐고, 우리는 아이들이 맺어 준 인연이었던 거라고.

반려인 당신과 반려묘 리아가 암으로 외과적 수술을 한 지 꼬박 세 달이 지나갔다. 지옥 같던 나날이 어느새 잊혀지고, 집에 가면 당신이 나를 기다리는 삶에 익숙해졌다.

물론 시간이 지나도 익숙해지지 않는 것도 있다. 당신이 수술 후유증으로 인해 깊이 잠들지 못한 채 매일 밤 대여섯 번씩 일어나고, 리아는 새벽마다 자는 나에게 만져 달라고 끊임없이 코를 들이대는 매일 같은 것들. 그럼에도 둘의 기척에 함께 잠을 설치는 나날이 늘어나는 매일이 오래오래 지속되었으면 싶다. 우린 보통 인연으로 이어진 사이가 아니니까, 쉽게 끝날 수 없으니까.

당신은 나와 처음 사귈 때 말했다. 우리는 늦게 만난 만큼, 남들처럼 '밀당' 같은 거 하지 말고, 어느 노래 가사처럼 "말하지 말고 서로 사랑만 하자"♪고. 나는 그러자고 대답했다.

이제는 이 문장에 한 가지가 더 추가되어야 할 것 같다. 우리는 늦게 만난 만큼 좀 더 오래 사랑하자고. 우리 인연은 그럴 만하다고.

♪　　<New You>, 윤종신·퓨어킴 작사, 윤종신 작곡, 2014.

'아내' '남편'이 아닌 '반려자'

환희

평범한 주말 아침이었다. 여느 때와 다름없이 느지막이 일어나, 침대를 등받이 삼아 기대 휴대전화를 보고 있었다. "잘 잤어?" 잠시 후 이제 막 일어나 부스스한 머리에 위아래로 분홍색 잠옷을 입은 애인도 잠에서 깼다. 굿모닝 인사를 나누다 말고 애인이 말했다.

"우리 결혼할래?"

잘못 들었나, 귀를 의심했다. 의심할 이유는 충분했다. 우리는 사귄 지 석 달밖에 되지 않았다. 게다가 애인도 나도 평소 비혼주의자를 자처했다. 하지만 잘못 들었다기엔 서로 간 물리적 거리는 30센티미터 될까 말까 했고 목소리도 너무 선명했다. 음, 그렇다면 뭔가 대답을 해야겠군. 내 머리 굴리는 소리를 내가 들으며 몇 십 초의 시간을 보냈다. 더는 지체하면 안 될 것 같아 정신을 차리고 대답했다.

"저…… 결혼보다 연애가 낫지 않아?"

정신을 차린다고 차렸는데 정신을 차리고 한 대답은 아닌 듯했다. 불길한 예감에 휩싸였다. 아니나 다를까 곧 큰 적막이 뒤따랐다. 수습을 위해 서둘러 고요를 깼다.

"결혼을 왜 하고 싶은데?"

내 질문에 약간 당황한 애인이 쭈뼛거리며 답했다.

"자기랑 결혼하고 싶고, 자기 아니면 누구와도 결혼하고 싶지 않을 거 같아."

생각했다. 이런 말까지 듣고 '결혼은 좀 아닌 것 같다'라고 이야기한다면 이별로 가는 KTX 열차를 예매하는 거겠지.

한창 좋을 때였다. 결혼은 별로였지만 헤어지거나 사이가 어색해지는 건 더 별로였다. 무엇보다 꽤 근사한 프러포즈 대사였다. 나 아니면 누구와도 결혼하지 않고 싶을 것 같다니. 더구나 아직까지 프러포즈는 남성이 여성한테 바치는 걸로 정형화되어 있는 이 낡은 세계의 한 귀퉁이를 부수고 먼저 프러포즈를 하다니.

"그래, 결혼하자."

그렇게 말하는 내 눈에서는 눈물이 주르륵 흘렀다. 그런 나를 보는 애인의 눈가도 동향 창문을 관통한 햇살에 반짝 빛났다. 서로를 꼭 끌어안았다.

애인이 당시 살던 곳은 고양시 일산 동구 백석동 13블록이었다. 프러포즈는 애인이 살던 13블록 원룸에서 이뤄졌다. 나는 당시 서울시 마포구 연남동에 살았다. 백석동은 서울에서 가장 가까운 일산이고 마포는 일산과 가까운 서울이라, 서울과 경기도를 잇는 200번 광역 버스를 타면 25분 내외로 서로의 동네에 닿을 수 있었다.

연애 초기에 다들 그렇듯 만날 때 너무 좋고 헤어질 때 너무 싫었다. 광화문에서 데이트한 어느 날은 삼성 빌딩 앞에서 애인이 타고 가야 하는 일산행 M버스를 몇 대나 그냥 보냈는지 모른다. 이러면 평생 이 빌딩 앞에서 이러고 있어야 할지도 모르겠다는 생각에 겨우 애인을 버스 태워 보냈다. 주엽역 인근에서 영화 <캐롤>을 본 어느 날엔 애인이 나를 200번 버스에 태워 보내고 자신은 백석까지 걸어가겠다고 했다. 버스 오른편에 타서 오른쪽 인도로 걷는 애인과 서로 보이지 않을 때까지 손을 흔들었다. 넘나 깊은 사랑 이야기를 본 직후라 감정이 고조되어서였을까, 그 순간 나는 그만 눈물을 왈칵 쏟았다. 차창 너머, 횡단보도 너머 애인에겐 그 모습이 보이지 않았겠지. 헤어질 때 너무 아쉬워 울었다고 이야기했으면 서로 더 애틋했을 텐데, 남자는 쉽게 울면 안 된다는 오래된 주술에서 헤어나오지 못했던 나는 애인에게 그 말은 차마 하지 못했다.

그렇게 헤어짐이 아쉽고 힘들었기에 함께 있는 시간을 늘리기 위해 주말에는 서로의 집에 번갈아 가며 머물렀다. 애인의 방이 내 방보다 훨씬 넓었고, 애인은 고양이 두 마리와 함께였기에 집 비우는 게 쉽지 않아 내 방보다는 애인 방에 머무는 날이 더 많았다. 자연스럽게 데이트도 주로 일산에서 하게 되었다.

결혼하기로 하고 다시 만난 날, 자주 갔던 백석동 일본식 음식점에서 만났다. 우린 결혼하려면 앞으로 뭘 해야 할지 이야기했다. 우선 애인 집과 우리 집에 각각 인사를 해야 했고, 상견례 날짜를 잡아야 했으며, 같이 살 동네도 고민해야 했다. "우리 또 뭘 더 생각해야 되지?" 결혼을 결심한 모든 커플들이 했을 법한 이야기들을 나누며 애인과 마주하고 있는 내내 기분이 이상했다. 결혼을 앞둔 남성들이 으레 하는 재미도 의미도 없는 농담처럼 '아, 이제 내 좋은 총각 시절도 다 끝나는구나' 같은 느낌은 전혀 아니었다. 분명 좋은 기분이었다. 뭔가 새로운 국면, 새로운 세상으로 접어든 느낌. 이젠 익숙해진 애인의 얼굴인데, 쑥스럽고 부끄러워 똑바로 쳐다보기가 어려웠다. 그때 처음으로 이런 생각이 들었다. 어쩌면 나는 결혼을 하고 싶지 않았던 게 아니었는지도 모르겠다.

○○○

지은

'남편'과 '아내'는 우리 관계를 표현하기에 너무 좁다. 내 남편이 당신이어서 다행이었지만 우리는 두 손 꼭 맞잡고 '생활동반자법 통과되면 이혼하자' 약속했다. 우리는 서로의 남편과 아내가 아닌 온전히 평등한 동반자이길 바랐다. 그러니 삶의 동료, 반려자 등이 좀 더 적합하다고 생각한다.

우리는 친구로 지내다가 점차 친밀해졌다. 동갑인 데다가 정당·사상·직업·종교까지 일치한 덕에 금세 가까워졌다. 그때는 당신을 이성으로 보지 않았다. 종종 속으로 '아, 제발 나 좋아하지 마라, 고백하지 마!'라고 외쳤다. 이토록 잘 맞는 친구를 고작 연애 따위로 잃고 싶지 않았다. 당신을 만나기 전까지 '연애'는 피 터지도록 싸우고 밀고 당기는 관계 속에서 내 몫을 쟁취해야만 하는 것이었다. 당신만큼은 감정과 에너지를 소모하는 연애 상대보다 마음 잘 통하는 편한 친구로 평생 가져가고 싶었다. 게다가 사귀다가 헤어지기라도 하면 다시는 함께할 수 없으니까. 물론 당시의 내 생각은 틀렸다. 남들과는 수년을 밀고 당겨야 겨우 타협되던 것들이 당신과는 아무렇지도 않게 맞더라.

우리가 잘 맞는 짝이라 생각하는 이유는, 일반적인 성 역할에서 벗어나 있었음에도 이를 이상해하지 않았기 때문이다. 성 고정관념에 따르면 프러포즈는 남자가 하고 여자는 그 프러포즈를 받으며 눈물 흘려야겠지만, 우리는 반대였다. 연애는 당신이 먼저 손 내밀었으나 결혼은 내 쪽에서 제안했다. 이토록 잘 맞는 당신을 연애하다가 잃을 수는 없다는 생각에 연애 3개월 만에 결혼하자고 했다. 내 프러포즈에 당신은 울었다. 당신은 이런 전복을 자랑스러워했다.

결혼 생활도 탈가부장적이었다. 당신이 2월 4일에 태어났고 내 생일이 그 전해 12월 29일이므로 내가 40일쯤 연상이다. 나는 종종 당신 앞에서 '누님' 행세를 했다. 집에 공구 사용할 일, 조립이 필요한 일들이 생기면 당신은 나를 호출했다. 그러면 내가 "누님이 해줄게, 누님만 믿어"라고 말하며 그 일들을 처리해 주었다. 당신은 "그 정도는 나도 할 줄 알아"라며 자존심 세우지 않았다. 오히려 "자기는 뭐든 진짜 잘해"라고 진심으로 칭찬했다. 바깥일로 힘들어하는 당신에게 "일 그만하고 집에서 조신하게 살림이나 해. 남자가 벌면 얼마나 번다고. 그깟 돈 누나가 벌면 되지"라는 유의 농담을 던지면 당신은 진심으로 즐거워했다. 남들에게 "지은 씨가 저 이제 계속 집에서 살림하래요"라고 자랑하기도 했다. 실제로 투병 생활 동안 내가 밖에서 돈을 벌고 당신이 살림하면서 나는 당신을 '집사람'으로, 당신은 나를 '바깥양반'으로 지칭했다.

우리는 서로 '자기'라고 불렀지만 남들 앞에서는 '~ 씨'라고 불렀다. 친구일 때 호칭이 굳은 거였다. 나는 당신에게도 '씨'를 붙였지만 함께 키우는 고양이들에게도 '웅이 씨' '리아 씨'라고 불렀다. 말투도 고양이와 당신 사이에 큰 차별을 두지 않았다. 제3자에게 소개할 때면 당신을 '반려인', 웅이와 리아를 '반려묘'로 소개했다. 한번은 당신이 우리 엄마에게 "지은 씨는 웅이와 리아와 저를 공평하게 사랑해 줘요"라고 자랑했다고 한다. 물론 엄마는 이게 왜 자랑인지 이해 못 했고. 이전의 애인들은 우리 집 고양이들을 경쟁 상대로 생각했는데, 당신은 기꺼이 셋째 고양이가 되었다. 이런 부분을 자랑으로 생각해 주는 사람이 내 반려자라 행복했다.

당신은 우리가 "애초에 각자를 위해 설계된 것만 같은" 사이라고 했다. 나는 이를 '상호보완 관계'라고 해석한다. 나는 자존심이 세며, 쉽게 욱하고, 남에게 기대는 걸 못 견뎌 한다. 반면에 위기 극복 능력과 생활력, 책임감이 강하고 궂은일에 먼저 나서는 편이다. 당신은 여리고 겁이 많으며 경제 관념은 미숙하나, 모나지 않고 욱하는 게 없으며 상대에게 잘 굽혀주는 순한 성향이 장점이었다. 그래서 추진력과 행동력은 내가 맡고, 당신은 서포터 역할을 주로 담당했다. 이 이야기를 하면 다들 깜짝 놀라는데, 우리는 함께한 5년 동안 단 한 번도 싸우거나 얼굴을 붉힌 적이 없다. 아마 서로의 약점을 잘 알고 적당히 받아들였기 때문이었던 것 같다. 누군가 "그는 좋은 남편이었나요?"라고 묻는다면 "좋은 남편이었다기보다는, 나에게 잘 맞는 상대였다"로 압축할 수 있을 것 같다.

사랑이라는 화사한 마음

환희

"진부하게도 우리가 처음 만났던 날을 떠올리는 것으로 편지를 시작해야 할 것 같네요." 이렇게 말문을 열었던, 당신에게 처음 쓴 편지가 생각난다. 같은 방식으로 이 글을 여는 게 게을러 보일 수도 있겠지만 일단은 첫 만남을 떠올려 보기로 하자.

광화문 세월호 농성장에서였지. 내가 자기에게 "안녕하세요"라며 평범한 인사를 건네었어. 당신은 귀염성 있고 여리여리한 첫인상과는 괴리가 있는 냉랭하고도 씩씩한 말투로 일관했지. 나는 약간 당황했던 거 같아. 아닌 척하고 짧게나마 더 대화를 이어 가긴 했지만.

그날 이후로 볼 일이 없을 거라 생각했는데 어느 자리에서 다시 만날 수 있었지. 이후 우린 같은 일을 하고 같은 종교를 가졌다는 사실을 알게 되었고, 그 때문에 금세 가까워질 수 있었던 것 같아. 사실 그것만으로는 설명 안 되는 것들이 있지. 이제껏 숱한 공통점을 공유하고 있어도 나와 녹아들지 못하는 사람들이 많았으니까. 당신은 아니었어. 자기와 함께 있을 때는 어떤 위화감도 들지 않았지. 애초 각자가 서로를 위해 존재하도록 설계된 것만 같은 느낌이 있었다고 할까.

이 넓은 세상에서 이렇게 잘 맞는 사람끼리 만나는 건, 흔한 말로 '기적'일지도 모르겠어. 하지만 우리가 함께하는 건 봄을 맞이하는 게 아니라 사계절을 비순차적으로 끊임없이 겪어 내는 것에 가까울 거야. 우리가 참 닮아 있기에 오히려 서로를 잘 안다고 방심하며 서로에게 무감각해질 여지도 클 테고, '또 하나의 내가 아닌 그저 타인에 불과했다'는 진실을 알아채는 순간마다 유독 실망할 수도 있겠지. 그런 어리석음을 범하지 않도록, 당신과 나는 함께하는 동안 서로를 쉼 없이 민감하게 살피면서 삶의 방식을 조율해 나가야 할 분리된 사람이라는 걸, 또 각자가 미숙하고 불완전한 사람에 지나지 않는다는 걸 인지하면서 나에게는 좀 더 엄격하고 당신에게는 좀 더 관대한 내가 되어야겠다는 생각을 해.

평소에 일일이 말하지 못했지만 당신에게 고마운 게 많아. 우선 작고 나약하며 어디 한 군데 크게 잘난 구석 없는, 어느 노래 가사처럼 "굳이 고된 나를"♪ 선택해 준 것만으로 그래. 게다가 당신 덕분에 내 비좁았던 세계가 차츰 넓어져 가고 있어. 평소 꺼리던 고양이가 사실은 얼마나 사랑스러운 존재인지 당신이 아니었으면 몰랐을 거고, 당신이 아니었다면 그 많은 새로운 요리들에 도전할 생각도 못 해보았을 거야. 무엇보다 결혼이라는 불합리한, 특히 나보다는 여성인 당신에게 불리할 제도에 우리를 연루시키는 일 앞에서 머뭇거리는 내게, 니체라는 사람

♪　<오르막길>, 윤종신 작사, 윤종신·이근호 작곡, 2012.

의 "악행이라도 저질러라"라는 말을 떠올리며 평생 나 스스로
만 돌보면서 편하게 살겠다는 이기적인 자아를 조금이나마 허
물 수 있는 힘을 주었어. 고마워.

　　역시 니체라는 사람이 이런 말을 했다고 해. "인간은 감정
이 아니라 오로지 행동만을 약속할 수 있다"라고. 구체적으로
어떤 맥락에서 나온 말인지는 모르겠지만 그냥 내 식대로 소화
해 보려 해. '사랑'이라는 화사한 마음은 분명 어느새 '정'과
같은 다른 어떤 질박한 모습을 하고 있을 거야. 하지만 그때에도
당신의 먹을 것, 몸 뉠 곳, 아픈 곳을 신경 쓰고, 하루의 하소연을
나눠 지며, 가급적 좋은 말만 해주려 애쓸게. 약속해.

　　2016.10.30.

○○○

지은

언젠가 가수 이효리가 예능에 나와서 자신이 바람을 필까 봐 반려인 이상순과의 결혼을 망설였다고 언급한 적이 있다. 예능 진행자들은 그 말을 장난으로 알아듣고 와르르 웃었지만, 나는 그 말이 농담이 아니었다고 생각한다. 결혼 제도는 인간이라는 불확실성을 간과하고 있다. 자기 마음이 언제 어떻게 바뀔 줄 알고 결혼이라는 제도에 뛰어드나. 나조차도 나를 못 믿는데, 나는 물론이고 남까지 믿어야 하는 그 결혼을 어떻게 지속한다는 말인가. 어떻게 한 사람과 평생 함께하겠다고 장담하나. 설마 그 불완전한 사랑을 믿는다는 것인가? 당신을 만나기 전까지 이런 사고방식이 내 결혼관을 지배했고, 그러므로 자연스럽게 비혼주의를 자처했다. 이런 내가 당신에게 먼저 결혼하자고 제안했으니 돌아보면 신기하다.

당신과 결혼하기로 결심한 이유는 간단하다. 당신은 "내가 나로서 온전히 존재해도 괜찮다"고 말해 주는 사람이었다. 이전의 연애 상대들은 나를 자신들이 이상적으로 생각한 무언가로 바꾸기 위해 부단히 노력했다. 한고집 하는 나는 절대 물러서지 않았고, 그러다 보니 연애는 늘 알력 다툼의 연속이었다.

반면에 당신은 지금의 나로 충분하다고 격려했고 내가 그냥 나라서 좋다고 말해 주었다. 나를 있는 그대로 인정해 주는 사람이라면 평생 함께할 수 있겠다고 생각했다.

게다가 당신과 함께 있으면 편안했다. 당신이 내게 속마음을 고백하면 어쩌나 전전긍긍하던 세월이 있었나 싶을 정도로 우리는 잘 맞았다. 나는 기꺼이 당신을 공부했다. 당신 같은 유형의 이성을 접해 본 적이 거의 없어서, 당신을 연구하느라 하루를 다 보냈다. 당신이 좋아한다는 윤종신 노래를 찾아 들어 보고 "나는 <1월부터 6월까지>가 제일 마음에 들어요"라고 말해 주었더니, "나도!"라고 말하며 신나 하는 반응이 돌아왔다. 서로를 공부하는 시간이 좋았다. 매일 좀 더 열심히 당신을 배우고 싶었다.

이런 연유로 당신에게 결혼하자고 제안했고, 곧이어 원가족에게 결혼을 '통보'했다. 결정은 내가 하는 것이지, 부모의 허락은 필요 없었기 때문이다. 나는 우리 집에 "올해 애인과 결혼하기로 했으니 그렇게 알아요"라고 말했다. 내 동생은 그 통보가 꼭 "올해 여름휴가를 ○○○로 가기로 했으니 그렇게 알아요"라고 말하는 것처럼 들렸다고 한다. 원가족은 황당해했지만 나는 개의치 않았다. 내가 원래 좀 가모장적이다.

'결혼하자'라고 말했으면 그걸로 이야기 끝난 건 줄 알았는데, 결혼 협의와 프러포즈는 별도의 이야기인가 보다. 그와 관련된 녹음 파일이 하나 있다. 아마도 당신이 통화하다가 잘못 눌러 자동으로 녹음된 것 같다. 파일에는 당신이 시아빠에게

"지은이가 먼저 결혼하자고 했는걸"이라 자랑하며 해맑게 웃는 내용이 담겨 있다. 당신의 말에 시아빠는 "그래도 그게 아니다. 평생 욕먹기 싫으면 꼭 정식으로 프러포즈해라" 조언한다. 그 말 때문이었을까. 당신은 정말로 프러포즈를 준비했다.

2016년 4월 9일, 벚꽃이 흐드러지게 핀 주말이었다. 당신은 내게 "여의도로 데이트 가자"고 제안했다. 벚꽃을 보기 위해 여의도에서 만났다. 예상한 대로 엄청난 인파가 여의도를 가득 메웠다. 그 벚꽃 길에 행사가 많았던 기억이 난다. 왜인지 모르지만 호박 마차도 진열되어 있고, <전국노래자랑>도 열렸다. 신난 나는 혼자 호박 마차에도 들어가 보고, <전국노래자랑> 무대도 구경하고, 쉴 새 없이 벚꽃 사진도 찍었다. 그날 일기를 보면, 당신에게 "중국 사람이 엄청 많네. 역시 여행을 가면 부지런해지는 것 같아"라며 관찰 일기류 수다를 던지고, "면세점에서 대형 캐리어를 사면 어떻게 들고 기내에 탑승하지?"라는 밑도 끝도 없는 질문을 하고, "<전국노래자랑>은 어른들이 진짜 좋아해. 나 10대 때는 <뮤직뱅크>가 그렇게 재밌었는데" 같은 쓸데없는 추억 팔이에다가 "어머, 저 여자는 스타킹 안 신어서 너무 춥겠다"라는 남 걱정까지 쉴 새 없이 늘어놓았다고 적혀 있다. 생각해 보면 그날 당신은 계속 안절부절못했는데, 그때까지만 해도 나는 내 수다에 취해서 아무것도 몰랐다.

여의도 데이트는 이미 끝났는데 당신이 일산까지 바래다준다고 했다. 둘 다 뚜벅이인 관계로 지하철에 버스로 이동하는 것이니 엄밀히 말하면 바래다준다기보다는 함께 타고 가는 것에 더 가까웠지만, 기꺼이 오케이 했다. 마두역에 내려서 집까지 15~20분 정도 걸었다. 집이 가까워질수록 당신은 조급했다고 한다. 횡단보도만 건너면 내 자취방이 나오는 길 한가운데에서 당신이 나를 불러 세웠다. 왜 그러냐고 묻는 나의 양쪽 어깨를 살포시 잡더니 두어 발자국 뒤로 물러나게끔 살짝 밀었다. 그 자리에는 벚꽃나무 대신 분홍색 꽃이 핀 목련나무가 있었다. 어리둥절한 내게 가만히 있어 보라고 말하더니 가방에서 주섬주섬 꽃다발과 갈색 케이스를 꺼냈다. 그제야 지금이 프러포즈하는 시간임을 알았다. 벚꽃 흐드러지게 핀 곳에서 반지를 주고 싶었는데 사람도 너무 많고 타이밍도 못 잡아서 여기까지 왔다고 속상해하는 당신이 너무 귀여웠다. 비록 아파트 단지 길 목련나무 앞이었지만 내게는 그 어느 장소보다 근사했다.

2

지속 가능한 사랑

우리가 다시 만나려면

환희

살다가 한 사람을 만났다. 이 사람은, '사람들 각자에겐 꼭 맞는 인연이 있다'고 믿는 운명론자였던 나를 더욱 강한 운명론자로 만들었다. 알고 있다. 설령 운명이라는 게 있다 한들 그건 운명의 상대를 만나게 되는 그 순간까지만 작용하며, 이후의 관계는 온전히 노력과 인내의 몫이라는 걸. 20대 때는 '혼자 살겠다'라는 말을 수시로 내뱉고 살았다. 어떤 제도적 형태의 관계에 대한 거부감의 발로이기도 했지만, 그보다는 누구도 돌보지 않고, 또 신경 쓰지 않고 혼자 편하게 살겠다는 이기적인 선언에 가까웠다. 지금은 좀 다르다. 나 이외의 다른 한 사람 정도는 어떤 계산도 없이 보듬어 보고 싶다. 그 마음은 그리 약하지 않다. 상대도 같은 마음일 거라 믿는다.

결론은 그런 연유로 결혼이라는 걸 하게 되었다는 것이다. 서로를 처음 만났고, 또 처음 시작했던 그 어디쯤에서. 2016년 10월 30일, 서울 정동 프란치스코 회관.

2016.03.26.

지은

아픈 당신은 주 양육자의 눈치를 보는 아이처럼 늘 내 표정을
유심히 살폈다. 나에 대한 의존도도 절대적이었다. 온종일 "지
은 씨!"를 외쳤고, 병이 악화되면서 기억이 뒤죽박죽되고부터
는 기억마저 나에게 의존했다. 시아빠가 건네는 "이건 누가
준 거야?" "오늘이 무슨 날이라고 했지?" "우리 오늘 점심에
뭐 먹었지?" "이 노래는 제목이 뭐야?" 같은 간단한 질문들
앞에서 언제나 우물쭈물하다가 나를 지그시 바라보았다. 답을
알려 달라는 신호다. 대신 답해 주면 이내 그 답을 얼른 낚아채
따라 말했다. 내 표정과 말투, 행동에 따라 당신의 기분이 정해
졌기에 나는 당신 앞에서만큼은 최대한 침착하려 애썼고, 늘
밝게 웃었다. 스테로이드 때문에 얼굴이 팅팅 붓고 움직이지
못해 점점 말라가는 왼쪽 손발을 마주할 때면 한바탕 눈물이
쏟아질 것 같다가도 조심조심 내 기분을 살피는 당신의 흔들리
는 눈동자를 보고 다시금 마음을 다잡았다. 시아빠 역시 스스로
에게 다짐하듯이 수시로 이런 이야기를 건네었다.

"아무리 무거운 상황이어도 마음을 가볍게 가져가야 한다.
우리가 무거워지면 힘들어서 안 돼."

암은 분명 커다란 불행이었지만, 우리는 그 불행을 그대로 받아안지 않았다. 불행이 우리를 파괴하게 방종하거나 불행에 침몰되지 않고 그 안에서 기어이 기뻐할 것들을 찾아내고야 말았다. 덕분에 불행 한가운데에서도 온전한 행복을 맞이했다.

매번 실없는 이야기를 주고받으며 한바탕 웃었고, 손발을 씻기거나 서로의 얼굴을 부비는 등 꾸준히 상대를 만졌다. 햇살 좋을 때 당신이 좋아하던 산책로를 따라 함께 걸으며 노래 불렀고, 밥을 떠먹여 줄 때마다 다정한 눈인사를 주고받았다. "사랑해요" "고마워요"라며 존댓말로 다정을 건네던 당신과 마주하는 그 짧은 눈 맞춤이 그렇게 좋았다. 사진을 찍으려고 얼굴을 최대한 가까이 대면 당신은 꼭 내 볼이나 입술에 입을 맞추었다. 다른 환자들은 죽기 직전 악다구니를 부리기도 한다는데, 당신은 사랑만 보여 주다가 떠났다. 그렇게 우리는 마지막까지 최대한 밀도 높게 사랑했다.

시아빠는 그런 우리 모습을 볼 때마다 감동했다. 자꾸만 우리에게 "나는 너희가 이 정도로 사이가 좋은지 정말 몰랐다. 나는 그런 사랑 못 해봤다"며 감탄했다. 이런 말이 듣는 입장에서는 싫지 않았다. 한번은 시아빠가 친구에게 아들 부부가 서로 얼마나 사랑하는지 내내 자랑했다고 한다. 그 친구는 "야, 함께 50년 살아도 그렇게 사랑 못 하는 부부가 태반인데 5년 동안 그리 사랑한 게 훨씬 나은 인생이다. 그 정도면 잘 살았다" 했다고 한다.

지금 내가 걱정하는 것은 단 하나다. 우리가 나중에 만났을 때 서로를 알아보지 못할까 봐. 당신은 계속 만 35세인데 나는 70, 80에 가는 바람에 당신이 나를 못 알아보면 어떻게 하지? 호스피스 병동에서 죽음의 문턱을 넘나드는 당신을 바라보며 주문을 외우듯 몇 번씩 말을 걸었다.

"이환희 씨, 내가 누구야. 나 이지은이야. 이환희 아내는 이지은, 이지은 남편은 이환희. 잘 기억해 둬요. 다른 건 다 잊어 버려도 이건 잊으면 안 돼. 우리 조만간 다시 만나야 되니까."

발인하는 날, 장례지도사는 당신을 관에 넣은 뒤 내게 펜 한 자루를 건넸다. 당신 머리맡에 마지막 편지를 적으라는 의미였다. 고심하다가 짧게 적었다.

"이환희 씨, 내 남편아. 나와 함께 살아 주어 고마워. 다시 태어나도 내 남편 해줘. 당신의 아내 지은."

영원할 것 같던 사랑도, 늘 다정했던 인연과도, 언제나 내 곁에 있어 줄 줄 알았던 가족 또는 친구와도 어떤 형태로든 헤어지게 마련이다. 시기와 방법의 차이만 있을 뿐이다. 우리는 비교적 일찍, 그것도 사별이라는 형태로 헤어졌지만 누구보다 밀도 높게 사랑했다고 자부한다.

요즘 들어 다시 기도를 시작했다. 남들 앞에서는 약식으로 오른쪽 엄지손가락으로 작은 십자가만 그리던 '식사 전 기도'도 지금은 눈 꼭 감고 두 손 모아 간절히 기도를 바친다. 당신을 다시 만나려면 이 방법밖에 없으니까. '신 따위 없다'며 울며불며 소리치던 게 갑자기 태세를 전환해 정성스러운 기도를 바치는 모습을 보면 하느님이 괘씸해하시려나. 그래도 어쩌겠는가. 불쌍한 어린양이라 생각하고 용서해 주셔야지. 당신이 필요해서 조금 일찍 데려간 대신 내 미움을 품삯으로 받았다고 생각하셔야지. 하느님은 관대하니까 '이 정도면 그나마 마음 일찍 바꿨네' 생각해 주시지 않을까. 이렇게 불손한 신자는 오늘도 천국 가서 당신을 만나겠다는 일념 하나로 간절히 두 손 모아 식사 전 기도를 올린다.

서로에게 든든한 보호자가 되어 주려면

환희

두 번째 입원했던 리아는 어제 집으로 돌아왔다. 리아를 데리러 갔던 아내에 따르면 항암이든 방사선치료든 효과가 없을 상태고, 3~6개월 보고 항생제나 스테로이드로 관리하면서 보내 주어야 한댔다. 나는 일주일 넘게 지속된 두통이 그제와 어제 대폭발을 해서 스스로 내 목을 따버리고 싶었다. 아내도 리아도 보듬어 주지 못했고 나의 나약함을 원망했다. 결혼이든 반려동물 키우기든 외롭다든가 너무 원한다든가 하는 이유로 하면 안 되고, 몸과 마음이 단단한 사람만이 할 수 있는 일이라는 걸 새삼 생각한다.

2020.04.25.

지은

반려묘 리아가 아픈 지 3개월쯤 지난 어느 날, 순간 참지 못하고 당신에게 쌓였던 짜증을 토해 낸 적이 있다. 잘 견디던 리아가 다시 토를 시작해 한껏 예민해진 날이었다. 몇 주째 가사노동을 전담하고, 퇴근할 당신을 기다리다가 혼자 식어 버린 저녁을 연거푸 먹던 나날이었다. 지친 몸을 이끌고 집에 들어오는 당신에 대한 연민으로 기꺼이 집안일을 자처했던 마음이 점점 '왜 나만 이러고 있지'라는 원망으로 바뀌었다. 가사노동에다가 아픈 고양이 돌봄 노동이 겹치니 어느 순간 마음속에 수많은 서운함을 쌓아 두었던 것 같다. 한번 터진 화는 나를 극단으로 몰아세웠다. 고양이 화장실을 치우면서 생각했다.

'이럴 바에는 혼자 사는 게 낫지 않나.'

며칠 전부터 당신은 자꾸 머리가 아프다고 했다. "얼른 병원 가"라는 말 외에 별다른 조치를 취하지는 않았다. 머릿속으로는 온통 열두 시간에 한 번씩 약을 먹여야 하는 리아의 상황과, 점점 부풀어 오르는 리아의 배와, 수술 여부를 결정해야 하는 순간 같은 것들로 가득했다. 이런 상황에 당신까지 간병하기 버거울 것 같아서, 연휴 동안 본가에 내려가라고 권했

62

다. 그 권고는 당신의 편안함을 위한 배려였다기보다는 나의 편리함을 위한 선택이었다. 리아는 내가 없으면 안 되지만 당신은 생각 있는 성인이니까, 스트레스성 두통일 테니 고향에서 쉬면 더 낫겠지. 내 마음 편한 쪽으로 생각했다. 이제 와서 드는 후회이지만, 그때 시골이 아닌 병원으로 등 떠밀어야 했다.

당신이 없는 사이에 리아는 수술대에 올랐다. 당신과 연락이 잘 닿지 않아서 수술 여부를 결정하고, 입원 대기, 수술, 병문안까지 혼자 감당했다. 조금 서운했지만 어쩌다 연락이 닿는 당신 목소리가 너무 희미해서, 꼭 조만간 꺼질 촛불 같아서 그 감정을 입 밖으로 내놓지는 못했다. 그럼에도 '당신 부모님이 잘 돌보아 주시겠지, 나는 리아 돌보느라 바쁘니까' 생각하며 우선순위에서 밀어 두었다. 소외된 당신은 내게 어떤 감정을 느꼈을까.

리아와 나는 오후 두 시 반에 동물병원에 도착했다. 대기하고 수술하고 수술 후 회복실에서 눈뜨는 모습까지 확인한 뒤에 혼자 병원 밖을 나서니 저녁 여덟 시가 다 되어 가고 있었다. 한껏 지치는 바람에 집에 돌아오자마자 뻗어 버렸다. 자고 일어났더니 전화가 스무 통 넘게 와있었다. 당신을 새벽에 응급실로 옮겼다는 내용이었다. 오전에는 동물병원으로, 오후에는 대학병원으로 달려갔다. '한 집에 두 생명이 병원행이라니, 우리집 터가 안 좋나?' 쓸데없는 생각을 하다가 주차장 기둥에 차 뒤 범퍼를 박아 버렸다.

진통제를 맞고 비몽사몽 하던 당신의 모습이 마치 어제

회복실에 누워 있던 리아 같았다. 당신은 나와 눈이 마주치자마자 또 사그라드는 목소리로 "미안해"라고 읊조렸다. 그 말에 내가 더 미안해졌다. 이렇게 혼자 아픈 줄도 모르고 나는 당신을 우선순위에서 제외하고, 또 혼자 사는 게 낫겠다고 생각하고 앉아 있었다니.

우스운 점은, 당신이 누워 있는 모습을 보며 순간적으로 '리아 수술을 괜히 시켰나' 하는 생각이 올라왔다는 것이다. 그 순간 스스로가 싫어졌다. 리아 앞에서는 당신을 원망하더니, 당신 앞에서는 리아 탓을 하다니 얼마나 이기적인가. 사람은 불행을 만나면 자신의 바닥과 마주하게 되는 것 같다.

흔히 반려동물을 가족으로 맞이할 때 주의사항 가운데 하나로 '비용'을 이야기한다. 화장실과 스크래처, 캣타워 같은 기본 용품 값에다가 사료와 모래 등 생활 유지비, 각종 예방접종과 아플 때 드는 병원비까지 감당할 여력이 있을 때 데려오라고 조언한다. 결혼도 마찬가지다. 누군가와 함께하기로 결심했다면 급여와 혼수, 살림 집 같은 비용을 셈해 보아야 한다. 이제야 깨달았는데, 여기서 '비용'은 돈이라는 물질만을 이야기하는 것이 아니다. 상대를 마음껏 사랑하고, 기쁠 때뿐 아니라 슬플 때마저도 기꺼이 함께하는 마음가짐, 불행에 침몰되지 않고 의연하게 대처하는 건강한 정신 상태, 서로를 결코 포기하지 않는 용기, 상대의 아픔마저 잘 반려할 수 있는 건강까지 모두 포함하는 게 아닌가 싶다. 생각이 여기까지 미친 나는 집에 있던 홍삼 한 포를 뜯어 마셨다.

나에게 기대지 그랬어

환희

병원 생활이 너무너무 지겨워서 견딜 수 없는 상태가 되었다.
너무 하고 싶은 일들을 떠올려 보았다. 아내와 고양이들과 좁은
침대에서 낮잠 자고 싶다. 아내와 드라마 보면서 밥 먹고 싶다.
거실에 이승환 무적 전설 라이브 틀어 놓고 따라 부르고 싶다.
이사 가기 전에 피규어 잘 포장해 두고 싶다. 맛있는 거 사
들고 회사에 놀러 가고 싶다.

2020.05.17.

○○○

지은

리아와 당신은 보름 차이로 수술대에 올랐다. 코로나19 때문에 환자는 물론 보호자도 병원 밖을 나갈 수 없기에, 내가 당신 병원에 보호자로 등록하면 리아 간호를 포기해야 했다. 열두 시간에 한 번씩 약을 먹여야 하는 데다가 고양이 약 먹이기는 쉽지 않은 미션이니 남에게 부탁하기도 어려웠다. 하는 수 없이 경북 상주에 계신 시아빠를 서울로 불러 보호자로서 병원에 들어가시게 했다. 한창 농사일로 바쁠 시기였는데, 게다가 며느리가 "고양이 때문에 병원에 못 들어간다"는데도 군말 없이 보호자를 자청해 주셨다. 미안함에 안절부절못하는 내게 "이런 기회 아니면 언제 아들과 24시간 붙어 있겠니"라는 말로 죄책감을 조금은 덜어 주셨다.

시아빠는 에너지가 많은 사람이다. 수많은 상상력으로 온갖 일을 창조해 내는 분이 병원 안에 갇혀 있으니 오죽 답답했을까 싶다. 병원 안에 있을 때 너무 우울해서 '이러다가 아들보다 내가 먼저 가는 게 아닌가' 하는 생각까지 스쳤다고 했다. 시아빠는 우울한 감정을 이기기 위해서였는지, 아니면 지루한 시간을 견디기 위해서였는지 당시 아들과 함께 나눈 모든 대화,

그때 느꼈던 생각들을 기록해 두었다. 어쩌면 내가 있어야 할 자리에 본인이 대신 했으니 그 기억을 나눠야 한다고 생각하셨던 것인지도 모르겠다. 시아빠는 병원 밖을 나서자마자 상주로 떠났고, 집에 도착하자마자 "환희에게는 보여 주지 마"라는 말과 함께 그 기록을 공유해 주셨다.

그 기록 안에는 내가 모르고 살던 환희 씨 당신의 약한 감정들이 담겨 있었다. 일이 밀릴 때면 남에게 폐가 되는 스스로가 미워서, 출근 시간인 아침 아홉 시가 오는 게 두려워서 변기 위에 앉아 엉엉 울었다는 이야기, '정말 죽지 않을 정도로만 아팠으면 좋겠다'고 상상했던 나날 등. 당신은 시아빠에게 "아빠, 이건 어쩌면 내가 원했던 것일지도 몰라"라고 했다. 그 감정을 마음속에 담고 살았으니 얼마나 힘들었을까. 나는 당신의 가장 가까운 친구였으면서도 정작 당신이 반드시 털어놓았어야 하는 나약함을 받아안아 주지 못했다. 나는 왜 당신에게 든든한 울타리가 되어 주지 못했을까. 당신은 왜 나를 힘들 때 기대도 되는 듬직한 존재로 느끼지 못했을까.

당신은 나와 함께하는 모든 나날이 행복이었다고 대답했다. 아마 그 행복에 찬물을 끼얹고 싶지 않아 혼자 참아 냈을 것이다. 하지만 당신이 간과한 것이 하나 있다. 우리는 서로에게 기댄다고 해서 함께 쓰러질 만큼 나약한 관계가 아니었다는 사실이다. 만약 당신이 그 정도로 연약해졌음을 알았다면 나는 어떻게든 당신을 등에 업고 그 길을 함께 헤쳐 나갔을 것이다. 내가 약해졌을 때 당신이 그런 것처럼.

시아빠가 퇴원하면 뭐가 제일 하고 싶냐는 물음에 "지은 씨와 고양이들과 침대 위에서 낮잠을 자고 싶다"라고 대답했다지. 그 사소한 일상을 지키기 위해 나는 못 할 것이 없었는데. 뭐든 할 수 있었는데.

울지 않고 고맙다고 말하기

환희

새벽에 눈을 뜨니 곧 출근해야 할 아내가 한 손으로는 식욕부진에 빠진 암 환자 리아에게 밥을 먹이고 있고, 다른 한 손으로는 그걸 빼앗아 먹으려는 웅이를 방어하고 있었다. 내가 저걸 대신하든지 저 풍경 안에 들어가서 함께하든지 둘 중 하나는 무조건 해야겠다는 생각에 일어났다가 왼발에 힘이 풀려 쿵 소리를 내며 넘어졌다. 다행히 크게 다친 데는 없고 잠깐 아프다 말았는데, 아까 그 풍경에 기여는 하지 못할망정 방해는 하지 말자는 생각에 '조금 있으면 혼자 일어날 수 있겠지' 싶어 계속 누워 있었다. 곧 아내가 놀란 얼굴로 나타나서 왜 안 불렀냐고 한 소리 하고는 나를 일으켜 세워 화장실로 데려갔다. 하루하루 나아지고 있으니까 조급해하지 말라고, 그런 모습 보이면 자기가 너무 속상하다고 어제 아내가 그렇게 당부했는데, 내 마음이 안 그래.

2020.07.03.

69

지은

반려인과 반려묘 리아가 동시에 암으로 병원에 입원했을 때, 나는 또 다른 반려묘인 웅이를 껴안고 종일 집에 누워 울기만 했다. 가족이 둘이나 아프지만 또 나는 아픈 당사자는 아니니까 회사에 나가야 했다. 일이 될 리가 없었다. 회사 탕비실에서 물 뜨다가도 울고, 점심시간에 동료들과 카페에 둘러앉아 잡담하다가도 울고, 컴퓨터 앞에 앉아 타자를 치다가도 울었다. 자꾸 남들 앞에서 우는 게 민망해서 나중에는 눈물이 나올 것 같으면 아무도 없는 회사 옥상에 뛰어올라 갔다가 내려왔다. 그때는 누가 "지은 씨"라고 말만 걸어도 수도꼭지 튼 것처럼 눈물이 쏟아졌다. 우는 것 말고는 할 수 있는 게 아무것도 없는 며칠이었다.

그러다가 문득 이럴 게 아니라 집으로 돌아올 가족들을 위해 정신을 바짝 차려야 한다는 생각이 들었다. 지금 내가 중심을 잡지 않으면 우리가 가꿔 온 모든 것이 무너질 수 있다는 두려움이었다. 그때부터 집을 치우고, 고추장에라도 밥을 비벼 먹었다. 또 SNS 계정에 리아와 당신 관련 글을 쓰기 시작했다. 힘을 내고 싶기도 했고, 우리를 아는 이들에게 기도와 기운을 받고 싶다는 생각도 있었다.

힘듦을 SNS 계정에 공개할수록 고통에서 조금씩 벗어났다. 암 수술을 잘 이겨 내준 둘 덕분이고, 또 글을 읽고 기도해 주고 다독여 준 이들 덕분이었다. 신기한 점은, 아는 이들이 지레짐작으로 다는 댓글, 힘내라는 두루뭉술한 댓글보다 오히려 얼굴도 모르는 이들의 진심 어린 댓글에서 한없이 위로받는 날이 더 많았다는 사실이다. 특히 본인 또는 지인의 회복 케이스를 설명하며 반려인과 반려묘가 곧 나을 거라고 남겨 주는 희망의 글들 앞에 눈물짓는 날이 많았다.

그때부터 주변을 돌아보기 시작했다. 몇 년 전 갑상샘암으로 수술했던 언니 K와 친구 B, 유방암 수술을 받은 지인 J 등. 그들이 SNS에 글을 올렸을 때 내가 하트와 '힘내요' 이모티콘 하나 누르고 지나갔던 많은 경험이 머릿속에 차례차례 떠올랐다. 그들이 어떤 두려움으로 그 글들을 남겼는지 이제야 알아챈 것이다. 잡아 달라고 내민 손을 제대로 들여다보지도 못했구나 싶었다.

댓글 하나 달지 못한 이유는 있었다. 종종 위태로워 보이는 글에 말을 얹으려다가도 '실수하면 어쩌지' 싶어 쉽게 쓰지 못하고 창을 닫아 버렸다. 실제로 나 역시 우리 상황을 쉽게 판단하고 지레짐작해 던지는 말들에 상처받은 날이 많았다.

그럼에도 당신이 아프고, 리아가 병들면서 종종 그 닫아 버린 댓글 창을 생각하게 되었다. 안면도 없는 이들이 내 계정에 들어와 한없이 마음을 보내 줄 때, 먼저 암을 겪은 이들이 걱정

어린 전화를 걸어 줄 때, 용기가 없어 제때 건네지 못했던 위로의 말들을 떠올리게 되었다. 그때 나도 내게 곁을 준 이들처럼 짧은 한마디라도 걸어 볼 것을, 힘들어도 밥 잘 먹으라는 따뜻한 말 한마디면 되었을 텐데. 나는 어리석어서 늘 이렇게 한 박자씩 늦는다.

너에게도 나는 고마운 기억일까

환희

결혼식이 열렸던 정동 프란치스코 회관의 규정상 축가는 딱 한 곡만 할 수 있다 했고, 그렇다면 내가 하고 싶었다. 윤종신의 <오르막길>을 할까 <같이 가 줄래>를 할까 고민했다. 고민 끝에 이승환의 <화려하지 않은 고백>을 불렀지만.

축가로 고민했던, '월간 윤종신' 2012년 6월호 <오르막길>의 싱어는 가수 정인이었다. 윤종신이 정인·조정치 커플을 위해 만든 노래라고 들었다. 그랬던 이 노래는 가사에 여러 해석의 여지가 있는 만큼 의미가 확장되어 청와대와 북한에서도 불리었고, 어느새 결혼하는 모든 부부를 위한 노래가 되기도 했다. 돌잔치가 <O My Baby>라면, 결혼식은 단연 <오르막길>이다. 정인은 이 노래로 축가 하느라 바쁠 것 같다. 당장 나만 해도 여러 지인의 결혼식에서 축가로 불러 준 적이 있다.

사랑해. 이 길 함께 가는 그대,
굳이 고된 나를 택한 그대여.
가끔 바람이 불 때만 저 먼 풍경을 바라봐.
올라온 만큼 아름다운 우리 길.

기억해 혹시 우리 손 놓쳐도 절대 당황하고 헤매지 마요.

더 이상 오를 곳 없는 그곳은 넓지 않아서

우린 결국엔 만나. 오른다면. ♪

"굳이 고된 나를 택한 그대여" 부분을 부를 때마다 나도 모르게 울컥한다. 굳이 고된 나를 택한 그대라니, 다시 생각해도 너무 고마운 사람이라서.

♪　<오르막길>, 윤종신 작사, 윤종신·이근호 작곡, 2012.

지은

당신의 노래 실력은 수준급이었다. 주변 모든 지인의 결혼식 축가는 당신 담당이었고, 우리 결혼식에 이승환의 <화려하지 않은 고백>을 부르는 당신을 보고 다들 "이승환인 줄 알았다" 고 말할 정도였다. 암세포는 그런 당신의 노래 실력까지 잡아먹었다. 옛날처럼 화려한 기교를 선보이거나 멋들어진 목소리를 내지 못했고 어린이들처럼 목만 사용해 노래 불렀다. 뭐, 그래도 내게는 최고의 가수였지만.

이제 그 노래들을 못 들을 줄 알았는데, 시아빠가 우리 모르게 당신과의 대화를 저장해 두었더라. 녹음 파일 몇 개를 받았다. 대부분 녹음은 우리 집 거실에서 이뤄졌다. 당신 목소리보다 시아빠 목소리가 더 크게 녹음되어 있어서 한껏 집중하며 들어야 하는 게 아쉽긴 하지만. 우리 처음 사귄 날을 기념하며 케이크를 먹던 저녁, 아침 식사 후 세수를 시키던 이른 오전, 노래에 취해 흥얼거리는 한낮 등 일상 속 당신 목소리를 몇 번씩 돌려 들었다.

녹음 파일 속 당신은 계속 노래 부르고 있다. 대부분 CD 노래를 따라 부른 것이다. 아침마다 CD 플레이어를 스피커에 연결해 당신에게 틀어 주었기 때문이다. 지독한 두통과 사라진 이성, 제어되지 않는 왼쪽 신체 같은 것들에 집중하지 않게 돕기 위해서, 또 자꾸만 휘발되는 기억력을 붙잡기 위해서 매일 기도하는 마음으로 CD 속 노래들을 들려주었다.

당신은 방금 전 일어난 일은 순식간에 까먹어도 즐겨 듣던 노래 가사만큼은 기막히게 잘 떠올렸다. 특히 윤종신 CD 가운데 '후반'(後半)이라는 음반에 반응이 좋았다. 앨범 속 윤종신이 공부 잘할 것같이 생긴 앳된 청년 모습을 하고 있는 만큼 꽤 오래된 음반일 것이다. 당신은 박정현과 윤종신이 함께 부른 <우둔남녀>만 나오면 목청껏 따라 불렀다.

가슴속에서 울고 있죠. 떠나지 말라고.
그 짧은 한마디에 왠지 눈물이 날 것 같아.
또 다른 약속 할 것만 같은데.♪

사랑하지만 이별할 수밖에 없는 상황을 앞둔 남녀 이야기. 그 노래를 열창하는 당신을 가만히 들여다보며 '우리 상황을 떠올리며 부르는 건가' 곰곰 생각해 보고는 했다.

신청곡을 받아 노래 부르는 순간도 녹음되어 있다. 자꾸만 잠드는 당신을 어떻게든 붙잡고 싶어서 시아빠와 나는 당신에게 쉴 새 없이 노래를 불러 달라 했다. 시아빠의 신청곡은 보통

♪ <우둔남녀>, 윤종신 작사·작곡, 2013.

성시경의 <난 좋아>였다. 이 역시 내가 틀어 놓은 CD 노래 가운데 한 곡이었는데, 제목을 모르는 시아빠는 자꾸만 당신에게 "'괜찮아' 한번 불러 봐"라고 청했다. 노래 가사에 '괜찮아'가 많이 나오니 그게 제목인 줄 아셨던 것 같다. <난 좋아>는 과거에 이별한 연인을 우연히 마주쳤다가 어색하게 헤어진 후 혼자 읊조리는 내용이다. 노래 주인공은 아직 미련을 못 버리고 "다시 돌아오고 싶다면 난 좋아"라고 중얼거리는데, 상대가 그냥 가던 길 간 것을 보면 별 가능성은 없었던 듯하다. 다시 말해 가사에 나오는 '괜찮아'는 반어법으로, 시아빠가 생각하는 그 괜찮다는 말이 아닌 것이다. 이런 노래를 왜 자꾸만 청하실까. 의아했다.

아마 "너에게도 나는 고마운 기억일까"라는 가사에 마음을 빼앗기신 것 같았다. 한창 노래에 취해 부르는 당신에게 자꾸만 물었다. "환희야, 나는 너에게 고마운 기억이었어?" "지은이는 너에게 어떤 기억이야? 고마운 기억이야?" 그때마다 당신은 고개를 끄덕거리며 "고마워요"라고 말했다. 덕분에 고맙다는 말을 참 많이 들었다.

나도 당신에게 신청곡을 자주 청했다. 우리 결혼식 축가였던 이승환의 <화려하지 않은 고백>과 우리가 처음 사귀는 날을 떠올리게 하는 윤종신의 <환생>을 주로 요청했다. 당신은 내 신청곡을 거절한 적이 없었고, 매번 열창해 주었다. 심지어 꾸벅꾸벅 졸면서도 옆구리를 탁 치면 끊겼던 노래를 이어서 불렀다. 졸릴 때 건드리면 얼마나 짜증나는데, 그깟 노래 부르라고 깨웠는데도 당신은 짜증 한번 내지 않았다.

　엄마 친구가 속상한 마음에 엄마에게 "이렇게 아플 줄 알았으면 결혼 안 시켰을 거 아냐"라고 말했다고 한다. 그 말을 듣고 곰곰 생각해 보았는데, 지금 같은 결론이 나왔다고 해도 나는 당신과 만났을 것 같다. 당신에게 내가 고마운 기억이었던 것처럼, 나도 마찬가지거든. 내 생에서 당신과의 시간을 빼고 나면 나에게는 아무것도 남지 않는다.

　오늘은 녹음 파일 속 당신이 듣고 있던 윤종신의 '후반'을 반복해 들었다. <배웅>의 가사가 마음에 남는다.

　　머나먼 길 떠나는 사람처럼
　　마치 배웅 나온 것처럼
　　다시 돌아올 것 같은 그대
　　사라질 때까지 보네.
　　한 번만 더 안아 보고 싶었지.
　　내 가슴이 익숙한 그대.
　　안녕이라 하지 않은 이유 그댄 알고 있나요.
　　언제 어디라도 내겐 좋아요.
　　혹시 나를 찾아 준다면
　　내가 지쳐 변하지 않기를.
　　내 자신에게 부탁해.
　　이렇게 해야 견딜 수 있을 거야.
　　영영 떠나갔다 믿으면

내가 포기해야 하는 남은 날들이 너무 막막해.

아무도 날 말리지 않을 거예요.

잊지 못할 걸 알기에

그냥 기다리며 살아가도록

내내 꿈꾸듯 살도록.♪

♪   <배웅>, 하림 작사, 윤종신 작곡, 2014.

간병의 기억

환희

암은 당을 먹고 자란다기에 단 음식 일체 안 먹고 있고, 탄수화물 양을 확 줄였으며, 밥도 현미·잡곡으로 바꿨다. 혈당을 낮추기 위해 식후에는 꼭 10분 이상 걷고 있고, 걸을 때는 숨을 깊이 쉬면서 암세포가 싫어한다는 산소를 몸속에 충분히 집어넣고 있다. 지금이야 혹시 체력 떨어질까 봐 골고루 먹고 있지만, 방사선치료 등 병원에서 해줄 수 있는 게 끝나면 짧게 2, 3일 정도 단식하고, 완전 생채식으로 식단을 바꾸고, 가능한 한 적게 먹고 최대한 많이 걷고, 족욕과 반신욕 등으로 몸을 따뜻하게 해주면서 암세포가 도저히 살 수 없는 환경을 만들려고 한다. 10여 년 전 민족생활의학자 장두석 선생 밑에서 수련하면서 얻은 가장 귀한 자산은, 내가 어떻게 하느냐에 따라 현대 의학이 못 고치는 그 어떤 병도 다 낫게 할 수 있다는 자신감이다. 실제로 병원에서 고칠 수 없었던 내 몸의 많은 증상들이 10여 년 전 그때 다 사라졌다. 이번에도 그렇게 될 거라는 믿음이 있고, 아마도 내 믿음이 나를 살릴 것이다.

2020.06.07.

ⓞⓞⓞ

지은

수개월간 말기 암 환자를 간병했다고 하면 보통 안쓰럽게 생각한다. 편견이다. 남은 생이 3개월 정도라는 이야기를 듣고 병원 밖을 나선 뒤 장례를 치를 때까지, 우리는 그 시간을 행복으로 꽉 채웠다. 지금도 종종 그 기억으로 산다.

특히 병원에 재입원하기 전 집에서 당신을 돌볼 때 추억을 많이 쌓았다. 대화의 대부분은 먹을 것에 대한 집착이었다. 침대에 가만히 누워 있다가도 작은방에 먹을 게 있는지 확인하고 오자고 재촉했다. "봐. 없지? 내 말이 맞지?" 눈으로 확인시켜주면 그제야 포기했는데, 창고에 먹을 게 없음을 깨달은 뒤에 당황해하다가 시무룩해지는 그 모습이 어찌나 귀여운지. 작은방 창고를 확인한 뒤에 거실로 돌아오는 그 행동을 우리는 매일 했다.

엄마가 부엌에서 음식을 준비하고 있으면 나보고 얼른 가서 뭐 만드는지 확인하고 오라고 졸랐다. 몸을 마음대로 움직일 수 없으니 나를 정찰병으로 삼은 것이다. 부엌에서 돌아온 내가 "오늘은 꽃게탕이래" "저녁은 갈치조림이래" 같은 정보를 건네주면 "와아, 너무 맛있겠다" 하며 진심으로 신나 했다. 맛있는 냄새가 나면 꼭 "연포탕인가?"라고 물었다. 문어와 낙지에 흠뻑 빠진 상태라 먹어 본 적도 없는 연포탕을 끼니마다 찾았다. 한번은 엄마가 진짜 연포탕을 해주었더니 접시에 코 박을 정도로 열심히 먹었다. 우리는 그 모습을 보며 또 한참 웃었다. 함께 식사하는 중에 "맛있어?" 물으면 오른손 엄지손가락을 한껏 들어 올려 열심히 흔들었다. 엄마는 사위의 '따봉'을 받기 위해 더 정성껏 요리를 해주었다.

또 다른 '따봉' 음식은 찹쌀떡과 도지마롤이었다. 당신이 찹쌀떡과 도지마롤 좋아한다고 SNS에 언급했더니 하루가 멀다 하고 택배로 그 음식들이 도착해 냉동실을 꽉 채웠다. 덕분에 당신에게 종류별로 떡과 빵을 먹였다. 간식으로 찹쌀떡이나 도지마롤 하나 쥐여 주면 너무 맛있다며 또 따봉을 주었다. 입을 오물거리며 흔들어 대는 '따봉'에 뿌듯해하며 내일 간식 스케줄을 짜는 게 내 하루 일과였다.

당신은 말 잘 듣는 착한 아이 같았다. 내 말끝마다 "네" 하며 고개를 끄덕거렸다. 더는 혼자 할 수 없는데 자꾸 화장실에 데려가만 달라고, 스스로 볼일 볼 수 있다고 우기던 때가 있었다. 그때마다 내가 "이환희 씨, 지난번에 화장실 가다가 넘어졌죠? 그래서 이제 화장실 안 가기로 했죠?"라고 거짓말을 했다. 당신은 넘어진 적도 없으면서 "네"라고 순순히 대답하고 곧 상황을 인정했다. 기억을 자꾸 잊으니까, 기억하는 것마저 나에게 의존하는 당신을 그렇게 간단히 속였다. 부축하면 볼일을 보게 할 수 있었을지도 모른다. 인간으로서 존엄을 지키고 싶어 직접 볼일을 보겠다고 한 거였을 텐데, 나 편하려고 당신을 속였다.

당신은 여전히 다정하면서도 애정이 넘쳤다. 종일 "지은 씨? 지은 씨!" 하며 하도 나를 찾아서 화장실 문을 반쯤 열고 "나 여기 있지? 그러니까 조금만 기다려" 외치며 볼일을 보기도 했다. 애달피 부르는 소리에 "어어. 간다, 가" 하며 다가가면 가만히 나를 들여다보며 볼을 꼬집고 머리를 쓰다듬어 주었다. 내 왼쪽 볼을 하도 꼬집어서 나중에는 멍이 든 것처럼 얼얼해졌다. 그래도 그 애정 표현이 사랑스러워서 기꺼이 얼굴을 내주었다. 나중에 현실과 환상을 구분하지 못하고 자꾸만 헛것을 보고 들을 때조차 당신은 나를 찾았다. 한번은 나에게 지은 씨를 찾아 달라고 했다. "나 여기 있잖아" 하니 "아니, 지은 씨 말고, 지은 씨 저기 밖에 또 있어. 내가 봤어"라고 말했다. 내 앞에서조차 나를 찾다니. 내가 너무 좋아 그랬을까.

평소 당신의 최대 장점이 밝은 유머였는데, 기억력과 이성은 잃어도 유머만큼은 잃지 않았다. 몸을 제대로 가누지 못하는 당신을 위해 시아빠가 낚시 의자를 구해 왔다. 그곳에 반쯤 눕혀 목욕을 시켜 주면 당신은 시아빠에게 "좋은데요? 오늘 서비스가 아주 훌륭한데요?" 같은 농담을 건네었다. 그런 모습을 마주할 때마다 우리는 좀 더 힘껏 웃었다.

병간호가 힘이 들지 않았던 이유는 이런 당신의 천성 덕분이었다. 끝까지 당신은 자기 아픔보다 타인의 기쁨을 더 챙기고 떠났다. 당신답다. 덕분에 우리가 서로를 얼마나 사랑하는지 확인한 시간을 얻었다. 돌아보면 당신과 나는 최선을 다했다. 우리에게 주어진 시간을 알뜰하게 사용했고, 틈날 때마다 웃었다. 다시 같은 상황이 온다 해도 그때보다 더 잘할 수는 없을 것 같다.

환희

공허했다. 무엇을 사면 채워질까 싶었다. 어떤 것을 사면 좋을지 생각해 보았다. 없었다. 늘 그랬듯이. 물건을 사서 손쉽게 허전함을 달랠 수 있다는 것이야말로 자본주의사회에서 누릴수 있는 최고의 이점 아니던가. 그런 이점을 취할 수도 없는체제 부적응자의 삶이란.

가능한 한 에너지를 보존한답시고 은둔형 외톨이처럼 주말을 소비했다. 그러다 가만히 숨 쉬는 게 지겨워져 들른 서점은 스스로를 질리게 만들었다. 회사에도 방에도 나를 압사시키고도 남을 양의 아직 서문도 읽지 못한 책이 가득한데, 기껏 나선다는 곳이 서점이라니. 어리석은 관성을 원망했다. 그냥 방에있는 책을 한 권이라도 더 읽어 내 영역 밖으로 밀어내는 걸선택했어야 했다. 책이든 뭐든 스스로 썩어 사라질 수 없는것들은 가급적 치워 버리고 싶을 뿐, 더 들이고 싶진 않다.

내 안에 쌓아 놓은 것들이 워낙 적어서 일할 때 써먹을능력들이 벌써 바닥을 보이는 것 같다. 최선을 다해서 빈 곳들을채워 넣어야 할 텐데, 몇 달째 컨디션이 영 아니다. 스스로를파괴하면서까지 일하고 싶진 않아서 모든 일에 7, 8할의 공만들이고 있다. 어쩌면 그 이하일지도. 4월에 바닥을 쳤던 몸 상태는 회사를 그만두지는 않아도 될 정도로만 유지되는 중이다. 보름 정도의 여유만 주어지면 최상의 상태로 끌어올릴 수 있을 텐데. 월급쟁이에게 주어질 그만큼의 시간 같은 건 없어서 서글프다.

2015.06.07.

지은

25일은 월급날이다. 이날 내 급여뿐 아니라 한 가지 더 들어온다. 유족연금이다. 당신이 국민연금 받을 나이를 채우지 못하고 고인이 되어 버리는 바람에 유족인 나에게 매달 얼마간 보내 준다. 이 돈이 들어오는 날이면 국민연금공단에서 메시지를 보낸다. "이지은 님, 오늘은 ○○은행 통장으로 국민연금이 들어오는 든든한 날입니다." 메시지를 받을 때마다 당신이 겪지 못할 '만 60세 이환희'를 떠올린다.

결혼할 때 우리는 가지고 있던 물건을 그대로 합쳐 살림을 차렸다. 장롱, 피규어장, 이불만 샀고 나머지는 결혼 전과 다르지 않았다. 내 그릇에 당신 그릇을 포개고, 내 수건을 당신 수건과 더하고, 내 책과 당신 책을 결혼시켰다. 나와 당신, 고양이 둘, 당신의 피규어들이 합쳐져 15평짜리 신혼집에 들어앉았다. 8평짜리 원룸에 살던 나와, 5평짜리 원룸에 살던 당신에게 그 집은 세상에서 가장 넓고 포근했다. 우리는 그 작은 집이 너무 마음에 들어서, 그곳에 평생 살기를 소원하기도 했다.

당신이 파주에서 서울로 회사를 옮긴 후 퇴근도 점차 늦어지고 얼굴에 근심도 가득해지면서 나 또한 걱정이 많아졌다.

전 회사를 다닐 때 당신은 스트레스 받으면 카스텔라를 구웠는데, 이제는 빵 구울 힘도 없다고 했다. 내가 무엇을 도울 수 있을지 혼자 고민하다가 '서울로 이사하자'고 제안했다. 출퇴근 시간이라도 덜어 줘야겠다는 생각이었다.

내가 당신의 출퇴근 부담을 덜어 주기 위해 이사하겠다는 근시안적인 대책을 내놓을 때, 당신 마음속에는 새로운 불안이 싹트고 있었다. 일을 사랑하는 크기만큼 이 불안도 같이 부풀어져 갔다.

'이 업계에서 편집자로 일하는 시기가 길어 봤자 10년인데 그 이후에는 뭘 하며 먹고살지? 지은 씨네 원가족은 노후 준비도 부족해 보이는데 그분들 노후는 어떻게 대비하지? 연금으로 먹고살 수 있는 우리 부모와 달리 우리는 연금도 없는데 노후는 어쩌지?'

종종 당신은 이런 걱정을 나에게 드러냈는데, 나는 "아, 걱정하지 마. 이환희 하나쯤 이 누님이 먹여 살릴 테니까"라며 농담처럼 받아들였다. 시아빠는 "권정생 선생이 얼마나 가난하게 살았는지 아나?"라는 말로 당신의 걱정을 사치스럽게 여겼고, 시엄마는 "하느님께 기도하면 다 해결해 주셔"라는 중세적인 처방을 내렸다. 이때 내가 당신을 앉혀 놓고 미래에 대한 구체적인 계획을 보여 줬다면 어땠을까. 당신이 불안과 걱정을 한시름 덜어 놓을 수 있었을 텐데. 머릿속에 종양이 생긴 건 아무리 생각해도 내가 막을 수 없는 지점이었지만 돈이 주는 불안만큼은 얼마간 덜어 줄 수 있었을 것 같은데 말이다. 하다못해 노후에 15평 신혼집 수준으로 다시 돌아가면 되는 일 아니냐고 윽박이라도 질러 볼 것을.

종양이 당신의 뇌를 조금씩 잡아먹으면서 비이성적인 행동이 자꾸 늘어났을 때, 당신은 한 '로또 번호 알려 주는 업체'에 돈을 주고 회원 가입을 했다. 회원이 되면 3등 번호에 당첨될 때까지 계속 번호를 알려준다고 했다. 일주일에 두 번, 한 번에 다섯 개씩 총 열 개의 로또 번호가 선정되어 왔다. 랜덤으로 선정되는 번호를 그들이 어떻게 안다고 회원으로 가입하나. 말도 안 된다고 생각했지만 당신이 하도 진지하기에 그냥 놔두었다. 당신은 꼬박꼬박 이 로또를 사러 집을 나섰다. 집 근처에 로또 파는 데가 없어서 내가 직접 당신을 집에서 차로 10분 거리에 있는 로또 가게 앞에 내려다 주기도 했다.

집에서 요양할 때 당신은 살 것도 없으면서 지갑을 꼭꼭 챙겼다. 지갑 한쪽에는 당첨을 기다리는 로또 종이가 끼워져 있었다. 종종 "로또 사러 가야 해"라고 말했다. 그때마다 동생이나 아주버니에게 "오실 때 로또 좀 사다 주세요. 번호는······"으로 시작하는 문자를 보냈다. 그 업체에서 선정한 번호들이었다. 당신에게 로또를 쥐여 주고 함께 맞춰 보기도 했다. 한번은 5000원이 당첨되었다. 우리가 축하한다고 손뼉을 쳐주었더니 자형 가지라며 호기롭게 로또를 내밀었다. 로또, 로또 노래를 부르다가 막상 당첨되니 남에게 줘버리는 저 행동은 또 무슨 경우일까. 내일모레 떠날 사람과 로또는 너무 간극이 크기 때문에 자형에게 양보한 것일까.

기도하는 방법을 모르겠어

환희

예정대로라면 지난주 금요일부터 다시 출근했어야 했다. 그러니까 벌써 진단받고 수술한 지 3개월이 지났다. 수술 전에 담당의가 진단 및 앞으로의 치료에 관해 브리핑해 주던 날이 생각난다. 별것 아닌 양성종양일 거라고 금방 지나갈 시련이라고 자신만만해 있었는데, 의사가 말했다.

"종양이 6, 7센티미터 정도 되고, 다른 정상 조직들과의 경계가 불분명한 거 보니까 악성이네요. 머리 열어서 종양 잘라내고 항암 약도 좀 먹고 방사선치료도 좀 받고 그렇게 합시다."

건조하고 담담한 말이었는데, 듣는 순간 너무 쉽게 무너져내렸다. 브리핑룸에 부모님을 놔두고 아내와 함께 방을 빠져나갔다. 암이라고 죽는 것도 아닌데, 그때는 꼭 사형선고처럼 들렸다. 절로 흐르는 눈물에 젖어 아내에게 말했다.

"나 없어도 씩씩하게 잘 살아."

아내는 울면서 약간 화가 난 말투로 말했다.

"나 과부 만들 생각 하지 말고 어떻게든 나아서 같이 살 생각을 해야지."

갑자기 정신이 번쩍 들어 비극의 주인공 역할에서 빠져나왔다. 어떻게든 생존해야 된다.

내 담당 의사들은 신중한 편이라 내게 이 병이 얼마나 악독한지, 걸린 사람들이 보통 얼마나 살 수 있었는지, 이런 이야기를 한 적이 없다. 환자 입장에서 너무나 권위 있는 의사들이 환자한테 솔직히 말한답시고, 남은 삶을 정리할 기회를 준답시고, "환자 분의 경우 보통 몇 개월 정도 더 살 수 있습니다" 이런 비슷한 이야기를 꺼내는 순간, 환자들은 삶의 의지를 쉽게 꺾고 절망 속에서 시간이 얼마나 남았는지 헤아리다가 삶을 마감할 가능성이 높다. 나중에 조직 검사 결과가 나오고 정확한 병명을 알고서 이래저래 검색해 보니, 내 병 걸린 사람들은 발병 후 평균 15개월 정도 살았더라(검색하고 후회했다. 차라리 모르는 게 나았을걸). 최고의 의료 서비스를 받았을 구본무 전 LG 회장이나 존 매케인 전 상원 의원도 살지 못했으니 현대 의학으로는 치료가 불가능하다고 봐도 된다.

근데 나는 앞으로 최소 30~40년은 더 살아야겠다(아내는 50년만 더 같이 살자고 했지만 너무 길다고 거절했다. 여든 넘어서까지 살기는 싫다). 일단 15개월을 잘 살아남고, 그다음으로 5년을 잘 살아남고, 그다음에는 10년을 잘 살아남고, 철저하게 이기적으로 살아남는 것에만 신경 쓰자. 작은 스트레스라도 받을 수 있는 환경을 최대한 제거하자.

가끔 무심결에 당연히 계속 살아 있을 것처럼 아내와 장기 계획을 세우고는 한다. 몇 년 후에 어디에 여행 가자, 몇 년 후에 저기로 이사 가자. 몇 년 후에는 뭘 어떻게 하자. 지난

3개월간 삶에 대한 의지로 공들여 만들어 낸 생존에 대한 자신
감으로 있지도 않을 미래를 성급하게 약속하는 것 아닌가 하는
의문이 공존한다.

2020.08.11.

○○○

지은

당신의 죽음을 예상하지 못했던 것은 아니다. 처음 당신이 병원에 입원했을 때, 당연히 '15년 전에 콩알만 하게 있었다던 양성 종양이 커졌나 보다, 수술만 하면 괜찮아지겠지'라고 낙관했다. 눈물을 감추지 못하는 시부모에게 별거 아닐 테니 걱정하지 마시라고 등을 토닥이기도 했다.

'뭔가 잘못됐다' 싶었던 순간은 금세 찾아왔다. 의사가 보여 준 MRI 사진 속 종양은 비전문가인 내 눈에도 너무나 커 보였다. 6, 7센티미터 종양은 이미 한껏 커져 뇌를 한쪽으로 밀어내고 있었다. 순간 다리에 힘이 풀렸는데, 당신이 눈치 챌까 싶어 얼른 옆에 있던 의자를 끌어와 자리에 앉았다.

의사와의 면담은 몇 분이 채 되지 않았다. 코로나19 때문에 병문안도 안 돼서 입원한 당신을 너무 오랜만에 만났는데, 우리는 서로를 안아 줄 새도 없이 헤어져야 했다. 간호사에게 부탁해서 몇 분의 시간을 더 얻었다. 마주 앉아 당신의 손을 잡아 주었더니, 당신이 울면서 "나 없이도 잘 살아"라고 말했다. 수술 후 뇌사에 빠져 석 달 이상 깨어나지 못하면 그냥 놔달라는 말도 덧붙였다. '이 사람, 포기했구나.' 우선 수술부터 시켜야 했다. 나는 당신에게 "나 과부 만들 생각 하지 말고 나을 생각부터 해야지"라고 힘주어 말했다. 당신이 수술 후 내게 "나였으면 그런 상황에 그냥 울고만 있었을 텐데 자기가 참 대단하다고 생각했어"라고 말해 준 순간 가운데 하나였다.

양성이 아니라면 수술만이라도 잘되게 해달라고 기도했다. 그때 좀 더 구체적인 언어로 기도해야 했을까. 수술은 후유증 없이 잘 끝났지만 수술 직후 의사에게 받은 소식은 예상과 달랐다. 마음의 준비를 하라는 전갈이었다. 시아버지는 울먹거렸고, 시어머니는 팔다리를 하늘로 뻗은 채 악을 쓰며 그 자리에 드러누웠다. 얼마나 남았느냐 물었더니 평균 수명이 1년 5개월인데 당신은 젊으니 3년 정도 살지 않겠느냐고 했다. 완치율은 어떻게 되냐는 물음에는 "전 세계에서 1퍼센트"라는 대답이 돌아왔다. 전 세계 1퍼센트라니. 마치 희망을 버리라는 의미로 들렸다.

가족 중 누군가가 시한부 선고를 받는다면 나는 꼭 당사자에게 알리겠다고 생각해 왔다. 당사자가 존엄한 죽음을 선택할 수 있도록 돕는 것이 가족으로서의 의무라고 여겼다. 근데 그 말, '당신, 마음의 준비를 해야 된대'라는 말이 도저히 입에서 떨어지지 않았다. 수술 직후 정말 잘 살아 내겠다고 의지를 다지는 당신 앞에서 몇 번 머뭇거리다가 결국 입을 닫았다.

'그래, 당장 눈앞에 닥친 상황도 아니고, 의사는 보통 보수적으로 이야기하니까, 못해도 마흔까지는 살겠지. 그때까지 최대한 편하게 해주자.'

이미 몇 번이나 내 낙관이 부서졌는데, 또 낙관 회로를 돌리고 말았다.

시한부라는 이야기를 듣자마자 이사를 결심했다. 다음 날 오전에 집을 내놓아 가계약하고, 저녁에 이사 갈 집을 구해 가계약해 한 달도 안 되어 이사를 마무리했다. 환경이 좋은 곳으로 옮기면 좀 더 오래 살지 않을까 싶어서 무리한 거였는데 이 결정이 당신을 며칠이나 더 살게 했을지 모르겠다.

이사 온 집을 너무나 마음에 들어 하는 당신 덕에 한동안 뿌듯했다. 이곳에서 사계절을 몇 번 겪고 난 뒤에 깨끗하게 나아서 나갈 수 있기를 간절히 바랐다. 그때부터 성당에 가면 "저희 집 식구들에게 있는 암세포를 깨끗하게 걷어 가주세요" 라고 빌었다. 내 기도 내용을 들은 당신은 "그런 기도는 하느님이 안 들어 줘"라고 했는데, 정말이었다. 그럼 뭐라고 기도해야 통했을까. 아직도 잘 모르겠다. 안 들어 준다는 말만 하지 말고 어떻게 기도해야 들어 주는지도 좀 가르쳐 주고 가지.

오늘은 호스피스 병동 담당 수녀님에게서 전화가 왔다. 아픈 데는 없는지, 밥은 잘 먹고 있는지 궁금해서 걸었다고 했다. 당신의 발인 날 쏟아진 당신 관련 연예 면 기사들이 호스피스 병동 내에서도 화제였던 것 같다. 그렇게 당신 이야기로 한동안 이야기꽃을 피웠다. 수녀님은 내게 "잘 먹어야 해요. 지은 님이 밥도 안 먹고 울기만 하는 거 보면 환희 님이 얼마나 슬프겠어"라고 이야기했다.

당신은 1년 5개월은커녕 7개월도 채 살지 못했고, 1, 2년은 더 살 수 있다던 리아도 마찬가지였다. 수녀님께 대체 어떻게 기도를 해야 하느님이 소원을 들어 주시는지 묻고 싶었는데 우느라 말을 잇지 못했다.

우리가 함께 들어앉은 감옥

환희

어떻게 이런 일이 일어날 수 있지? 뇌종양 진단받고 수술하고 회복하던 초창기에는 '살다 보면 이런 일도 일어날 수 있지!' 했는데, 어제는 정신이 들자마자 '어떻게 이런 일이 일어날 수 있지'라는 생각이 들었다. 여느 때와 다름없이 점심을 먹고 기분 좋게 산책을 나섰는데, 눈 떠보니 머리에 피를 철철 흘리면서 돌바닥에 누워 있는 나를 여러 사람이 둘러싸고 이야기하고 있었다.

"의식 있는지 없는지 한번 봐요" "피를 엄청 흘렸네" "몇 살이에요? 어디 살아요?" "119 부른 지 10분이 넘었는데 왜 아직도 안 오는 거지" "차로 진관사 현판 있는 끝까지 그냥 쭉 들어오시면 돼요" "구급차 들어오기 전에 미리 차단기 좀 올려놔 주실래요?" "가족이랑 전화 연결시켜 줄 수 있어요?"

나를 둘러싼 말들마다 안쓰러움과 긴박함과 낯선 이에게 보이는 최선의 다정함으로 가득 차 있었다. 119 구급차가 왔다. 의식도 있고 스스로 일어날 수도 있는데, 왜 이러고 있는지 기억이 전혀 없다. 날이 너무 더워서 열사병으로 길에 쓰러졌다가 머리를 부딪쳐 기억을 잃은 것인가. 얼른 회복하라는 스님들의 인사를 받으며 은평성모병원으로 이송되었다. 넘어지면서 바닥을 찧어 피를 흘린 건 왼쪽 머리였는데, 정작 거긴 아프지 않고 오른쪽 귀부터 턱을 지나 어깨 쇄골까지 오른쪽이 너무 아팠다. 겉으로 외상이 전혀 보이지 않는데 마치 큰 외상을 입은 것처럼 화끈거리고 욱신거리는 통증이 계속되었다. 병원에 도착해서 CT와 엑스레이를 찍어 뇌종양의 상태 변화나 뇌출혈이나 골절 등이 없는지를 확인받고 왼쪽 머리 상처 부분을 꿰맸다. 다행히 뇌종양의 재발이나 뇌출혈이나 골절은 없었다. 곧 아내가 병원으로 왔는데, 몸도 너무 아프고, 쓰러진 줄도 모르고 쓰러져 있었던 게 너무 서럽고, 놀라게 한 게 미안해서 보자마자 왈칵 눈물을 쏟았다.

오른쪽 통증이 왜 이렇게 심한지 의사들에게 물었지만, 외상도 없고 CT나 엑스레이 소견으로도 통증을 유발할 만한 원인이 보이지 않아 특별히 해줄 수 있는 건 없고 우선 집으로 돌아가라고 했다. 집으로 돌아오는 길에도 차가 과속방지턱 때문에 약간 흔들리기만 해도 아플 정도로 통증이 심했다. 통증을 잊으려고 일찍 밥 먹고 병원에서 처방해 준 진통제를 먹어도 아무런 차도가 없고, 자면 잊히려나 싶어서 평소보다 더 일찍 누웠는데 통증 때문에 전혀 잠들 수 없어서 소리치고 끙끙대다가(아서 프랭크의 『아픈 몸을 살다』에 보면 저자가 가족의 평온한 새벽을 해치기 싫어서 아파도 신음소리를 내거나 도움을 청하지 않고 혼자 통증을 감내하는 대목이 나온다. 책 읽으면서 아름답고 훌륭한 태도라 생각했고 나도 저렇게 해야겠다고 생각했지만, 너무 아프니까 일단 소리부터 지르고 봐야겠더라, 나는.) 참다 참다 주사 진통제라도 맞으면 나으려나 싶어서 새벽에 다시 병원 응급실로 갔다. 진통제를 맞고서야 통증이 조금 완화되어서 응급실 대기 의자에 앉아 꾸벅꾸벅 졸다가 집으로 돌아와 겨우 한숨 잤다.

의사는 간질 증세가 있었던 것 같다고 했다. 간질이었다면 기억이 없을 만하지. 근데 그렇다면 뇌수술 후유증이 없어서 다행이었다고 생각할 게 아니었잖아. 이제 혼자서는 어디 제대로 나가지도 못하겠구먼. 질병 의식 안 하고 매일매일 즐겁고 씩씩하게 잘 살고 있었는데, 이런 식으로 갑자기 뒤통수를 맞는다. 신은 대체 나를 얼마나 단단하게 키우려고 공들여 회복한 내 일상을, 잘 다져 놓은 평온한 일상을 마음대로 다시 거둬 가는가.

2020.08.25.

○○○

지은

알 수 없는 이유로 당신이 길에서 쓰러지고 하루에만 응급실에
두 번이나 실려 갔다 온 지 일주일도 지나지 않았다. 쓰러질
때 뇌에 받은 충격으로 원인 모를 통증이 생긴 당신의 몸은
바람만 맞아도, 샤워기 물만 갖다 대도, 옷만 스쳐도 신음 소리
를 내도록 만들었다. 머리에 깨진 상처 때문에 항생제를, 통증
때문에 마약성 진통제를 먹는 당신의 얼굴은 한눈에 봐도 퉁퉁
부어 있었다.

한껏 예민해진 나는, 앞으로 나 없이 아무 데도 가지 말라고
으름장을 놓았다. 재택근무로 인해 열심히 키보드 치며 일하는
내 맞은편 의자에 앉아 숨죽이고 만화영화를 감상하는 당신을
지켜보며 '내가 당신을 보이지 않는 감옥에 가둬 둔 것은 아닌
가'라는 생각에 마음이 불편해졌지만 '또 길에서 정신을 잃는
것보다는 나으니까'라며 스스로를 합리화시켰다.

아침에 머리 상처를 소독하려고 병원에 갔다. 대기하던
와중에 당신은 화장실에 다녀온다고 했고, 한창 페이스북 뉴스
피드를 훑던 나는 당신과 눈도 마주치지 않고 대충 고개를 끄덕
거렸다.

얼마나 지났을까. 의사가 부르는 시점이 다가왔는데도 당신은 돌아오지 않았다. 전화도 받지 않고, 병원 로비 어디에도 당신이 보이지 않았다. 그제야 등줄기에 식은땀이 나서 대학병원 로비를 뛰어다니기 시작했다. 또 어디서 쓰러진 게 아닐까, 화장실 안에서 쓰러졌으면 문은 어떻게 열지. 남자 화장실 앞에서 서성이다가 결국 문을 열고 들어가 "이환희 씨!" 소리 지르고 여기저기 두드렸다. 볼일 보던 아저씨가 놀라 지르는 "뭐예요?" 소리는 안중에도 없었다.

갔던 화장실을 또 가보고, 건너편 화장실까지 다 둘러보았지만 당신은 없었다. 전화기만 들여다보고 있던 나를 원망하다가, 더는 못 찾겠다 싶어 보안 요원에게 사람 찾는 긴급 방송을 부탁하려는 순간, 당신 번호로 전화가 왔다. 받자마자 냅다 소리를 질렀다.

"어디야!"

"나 지금 치료실이야."

서둘러 달려간 치료실에 곱게 앉아 상처를 소독하고 있는 당신 얼굴에는 '화장실 갔다 온 건데 왜 난리냐'는 표정이 지나갔다. 그러게, 나는 왜 그 난리를 쳤을까. 당신을 안전한 감옥에 가둬 놓고서는 나도 그 안에 들어앉아 버린 건 아닐까. 일상을 빼앗긴 나날은 내 마음을 지옥으로 만들어 버렸다.

서로를 위한 선택

환희

아내가 요양병원 이야기를 꺼낸다.
어제부터 힘겨워하는 아내를 느낀다.
서로를 위한 길이라면 선택해 보고 싶다.

지은

병원에서 '뇌종양이 재발했다'는 사실을 전해 듣기 전 오전의 일이다. 2차 항암 치료를 막 끝낸 시기였는데, 그때쯤 당신은 왼쪽 반신을 못 쓰기 시작했고, 환청을 들었으며, 정신적으로 점점 아이가 되어 갔다. 지금 가진 지식 정도면 재발 반응임을 한눈에 알아볼 텐데, 그때는 미숙하기도 했고 항암 시기와 겹치는 바람에 '항암 부작용이 너무 심하다'라고만 생각했다. 항암 약이 듣지 않는다는 사실을 의사만 알고 우리는 모르던 때였다.

돌아보면 가장 후회스러운 순간이다. 그렇게 아파하면 병원에 한 번쯤 달려갔을 법도 한데, 당시 내가 회사 일에, 암에 걸린 고양이와 남편 케어에, 집안일까지 혼자 도맡느라 심신이 지친 상태라 올바른 판단을 내리지 못했다. 머릿속은 '저 상태로 다가오는 3차 항암을 어떻게 견디지' '힘들다고 도중에 항암 포기한다고 하면 어쩌나'라는 걱정으로 가득했다. 머리가 아파 힘들어하는 당신에게 암 전문 요양병원에 가서 케어받고 오면 어떻겠냐고 제안했다. '요양병원에는 의사도 있고 여러 항암 보조약도 있다고 하니까 아마추어인 나보다는 잘 케어하겠지' 생각하며 등 떠밀듯 당신을 강서구 어느 뇌 질환 전문 요양병원에 데려다주기로 했다.

　병원에 가기로 한 날, 가기 전에 목욕이라도 시키자고 마음
먹었다. 아무래도 병원에서 목욕하는 것보다 집이 편할 테니까,
말끔하게 씻겨서 보내야지 싶었다. 내 결심과 무관하게 당신은
욕실 안에서 가만히 있지 않았다. 병원 떠나는 줄도 모르고
사랑하는 아내와 물장난하는 게 너무 신나서 자꾸만 노래를
부르고 내게 물을 뿌리고 제대로 서지도 못하면서 수시로 욕조
에서 일어났다.

　왼팔로는 당신을 넘어지지 않게 고정하고 오른손으로 몸
과 머리 구석구석을 씻기다가 한껏 지쳐 버렸다. 팔이 떨어져
나갈 것 같았다. 면도도 그날 처음 해봐서, 역방향으로 깎아야
하는 줄도 모르고 계속 애를 쓰다가 정말이지 울 것 같은 기분이
들었다. 병원 예약 시간은 다가오는데 이 친구는 왜 이렇게
나를 도와주질 않는 건지 원망도 했다.

　그래도 일단 시작한 샤워는 끝내야 하니까 어찌어찌 거품
을 털어 내고 나오려는데 아무래도 어설프게 깎은 그 수염이
마음에 걸리는 거다. 건드리지나 말 걸, 어디는 짧고 어디는
긴 그 수염이 계속 신경 쓰여서 화장실에서 당신을 데리고 나오
려다 말고 잠깐 가만히 있으라고 했다. 내가 면도기를 다시
집기 위해 당신의 팔을 잠깐 놓은 사이, 중심을 잃으며 미끄러진
당신은 욕조 모서리에 갈비뼈를 부딪쳤다.

　"아악!"

　아파서 소리를 지르며 우는 당신을 보고 너무 놀라서 "아,

어떡해. 미안해, 미안해"를 연발하며 함께 주저앉아 울어 버렸다. 당신은 너무 아파서 옆구리를 제대로 펴고 앉지도 못하고 눈물을 찔끔거리면서도 우는 내 머리를 쓰다듬으며 "괜찮아 나 안 아파, 괜찮아"를 반복했다. 그렇게 우리는 화장실에서 서로를 쓰다듬으며 한참 울었다. 울면서 생각했다.

'정말 당신답다. 본인의 아픈 몸보다 내 아픈 마음이 더 속상한 사람.'

호스피스 병동에서도 비슷한 일이 있었다. 당신 숨소리가 심상치 않다고 느낀 의사는 흉곽에 청진기를 대보더니 "폐에 물이 찬 것 같아요"라고 말했다. 그 전날부터 금식하던 상태였기에 의아했다. 그럴 리가 없다고, 아무것도 안 먹였다는 내 항변에 의사는 '일전에 먹었던 걸 입안에 머금고 있다가 흘러들어 갔을 수도 있다'고 대답했다. 폐에 물이 들어가면 하루 이틀 만에 고통스럽게 떠날 수 있다고 들어서 순간 패닉이 왔다. 어제 한 숟가락만 더 먹어 보라고 억지로 목구멍 안으로 밀어 넣었던 그 두유가 기도로 들어간 것인가?

"어쩌지. 이제 환희 씨 가나 봐" 혼자 중얼거리던 그 순간, 마침 아침 기도를 해주러 병실에 들어서던 호스피스 병동 담당 수녀님과 마주했다. 순간 두렵고 무서워서 "어떡해요, 수녀님, 환희 씨 폐에 물이 찼대요. 제가 먹인 게 기도로 들어갔나 봐요. 제가 그랬나 봐요" 호들갑 떨며 엉엉 울었다. 수녀님은 폐에 물은 아무것도 안 먹어도 찰 수 있다며, 내가 그런 마음 가지는 걸 당신이 알면 얼마나 슬퍼하겠냐고 위로했다. 그 말을 들으니

욕조에서 당신을 넘어뜨렸던 그날이 떠올랐다.

'맞아요, 수녀님. 환희 씨는 제가 먹인 게 폐에 들어갔다 해도 저를 원망할 사람이 아니에요. 그걸 알아서 제 자신이 더 원망스러운 거예요.'

다행히 그날 저녁, 엑스레이상 폐에 이상이 없음이 확인되었고, 순간 온몸에 긴장이 풀려 주저앉은 나는 또다시 눈물을 한 바가지 쏟아 냈다.

환희

친구들과 인왕산 성곽 길 산책. 아내가 오늘은 또 왜 울 것 같은 표정이냐고 물었다. 내가 대답을 못 하자, "오랜만에 만난 친구들은 다들 건강한데 자기만 아픈 사람이라서?"라고 재차 물었다. 나는 "힘든 시기에 당신이 옆에 있는 게 너무 고맙고 좋아서"라고 대답했다.

2020.06.27.

지은

재발 직후 응급실에 입원했을 때 당신 상태는 우리 엄마도 못 알아볼 만큼 심각했다. 의사는 지금 많이 고통스러울 테니 통증을 줄여 주기 위해서라도 빨리 재수술해야 한다고 재촉했다. 함께 있던 엄마는 의사의 말에 담긴 의미를 전혀 이해하지 못했다. 반면 단번에 알아들은 나는 우리에게 가장 중요한 한 가지만 물었다.

"얼마나 남았나요?"

돌아보면 그날이 제일 길었다. 당신을 잃을 순간이 막연한 추측이 아닌 구체적인 언어로 다가온 날. 내내 치매에 걸린 사람처럼 행동하던 이유가 재발 때문이었구나. 곧 당신에게 온갖 약물이 투여되었고, 스테로이드로 뇌부종을 가라앉히자 잠시 예전 모습으로 돌아왔다. 정신을 차린 당신은 내게 "지은 씨, 나 어떡해. 나 미친 것 같아. 장모님도 못 알아보고…….나 미친 것 같아"라고 울면서 말했다. 정신이 부서진 당신에게 재수술 이야기를 꺼내지 못했다. 그저 "괜찮아, 괜찮아. 금방 괜찮아진대" 하며 의미 없는 위로를 건네었다.

제정신을 차린 당신이 나 다음으로 찾은 건 '준혁'이라는 친구였다. 전화를 걸고 싶은데, 스마트폰 패턴 여는 법을 잊어버려서 혼자 애쓰는 모습을 본 엄마가 대신 전화를 걸어 주었다. 평소에 중고등학교 친구들 이야기를 많이 하지 않아 의아했다. 나중에 "준혁이는 어떤 친구야?" 물어보니 당신은 "선한 친구야"라고 대답했다. 어린이집 다녔을 만큼 작은 아이이던 시절부터 알고 지낸 친구라고 했다. 그 친구 이름을 기억해 두었다.

다급하게 수술을 이야기하던 의사는 MRI 사진을 보고는 태도를 바꾸었다. 이미 뇌 안쪽까지 종양이 다 퍼졌고, 지금 수술하는 건 큰 의미가 없다고 했다. 무리해서 수술했다가 뇌사에 빠질 가능성도 크다고 했다.

"남은 생이 6개월 정도라도 된다면 시도할 텐데⋯⋯."

혼잣말처럼 중얼거리던 그에게 다시 한번 물었다.

"그럼 얼마나 남은 건가요?"

"글쎄요, 한 2, 3개월?"

의사는 퇴원을 권했다. 남은 생을 병원에서만 지내는 건 환자에게도 불행이라고, 밖에 나가서 맛있는 것도 많이 먹고 좋아하던 것도 많이 보다가 들어오라고 했다. 길에서 쓰러졌을 때 재발했다고 알려 줬어야지. 환자에게 말하기 어려우면 보호자인 나에게라도 언질을 줬어야지. 의사가 원망스러워 소리라도 지르며 따지고 싶었지만, 내 눈을 자꾸만 피하는 그를 보며 우리에게 나름 미안해하고 있다고 생각하기로 했다. 당신의 남은 생을 온전하게 행복으로 채우기에도 짧은 시간이니까, 내 인생에 별로 중요하지 않은 의사까지 생각하기에는 너무 바빴다.

퇴원하자마자 면회 스케줄을 짰다. 당신이 좋아하던 동료
와 친구들을 하나둘 불러들였다. 그 가운데 준혁이라는 친구도
있었다. 당신이 이야기한 대로 선하게 생긴 친구였다.

사랑하던 사람들과의 만남은 당신에게 행복이자 동시에
독이었다. 당신은 친구들을 만날 때면 한껏 즐거워하다가도,
그들이 가고 나면 심하게 좌절했다. 그 좌절은 간질이나 발작,
호흡곤란, 눈물 같은 것들로 표현되었다. 한번은 너무 힘들어서
숨을 몰아쉬는 당신을 본 시아빠가 "이제 환희 생각해서 사람
들 부르는 건 그만해야겠다" 이야기했다. 당신은 그 말을 듣자
마자 "나를 좀 생각해 줘!"라고 외쳤다. 남의 말을 앵무새처럼
따라 하던 시기라 한 말이었겠지만, 그 말에 가슴이 미어졌다.
"알겠어, 안 부를게" 달래며 안아 주었다.

이후로는 사람들의 만남을 자제시키고 전화 통화, 카톡,
페이스톡 위주로 소통했다. 주로 걸려 온 전화를 받아서 건네주
었으나, 준혁이란 친구에게는 종종 우리 쪽에서 먼저 전화를
걸었다. 임종방으로 옮겼을 때도 시부모 다음으로 연락한 사람
이 준혁 씨였다. 그는 반차를 내고 바로 달려와 당신에게 마지막
인사를 건네주었다. 준혁 씨의 장점은 아무렇지 않은 척 당신에
게 일상적인 대화를 건넬 줄 안다는 것이었다. 그는 마치 당신이
가지 않을 사람인 것처럼 "너 일어나면 제수씨에게 진짜 잘해
줘야겠다, 너 때문에 엄청 고생한다" 같은 가벼운 말들로 면회
시간을 꽉 채운 다음에 돌아갔다. 이별하기에 짧은 시간이었지

만 가장 만나고 싶었던 친구를 보았으니 당신도 만족하지 않았을까 싶다.

당신이 떠나고 나서도 그 친구에게 도움을 받았다. 당신을 집에서 간호할 때 "자기 먹고 싶은 거 다 말해 봐"라고 물어본 적이 있다. 펜과 종이를 쥐여 주었더니 몇 가지 끄적거렸다. 삐뚤빼뚤한 그 글씨에 적힌 음식 모두 다 먹였는데 딱 한 가지, 수제 버거를 못 먹였다. 그게 마음에 걸린다는 내 말에 시아빠는 "하늘나라에서 파는 수제 버거가 더 맛있을 거야"라고 대답했다. 내 마음 편하게 해주려는 말인 줄 알면서도 자꾸만 무거워졌다. 준혁 씨는 당신이 묻힌 곳에 수제 버거를 사들고 직접 가주었다. 그 인증 사진에 고마워서 또 한참 눈물 흘렸다. 연고 없는 용인에 당신을 놔두고 온 게 계속 걸렸는데, 마음 알아주는 친구가 가까이 살아서 다행이라 생각했다.

내 휴대전화에 준혁 씨 번호를 저장해 두었더니, 카톡 '생일인 친구'에 그가 떴다. '아, 준혁 씨 생일이구나' 잠깐 생각하다가 그에게 선물을 주고 싶어졌다. 원래 당신이 줘야겠지만 이제는 내가 줄 수 있는 선물을 생각해 냈다.

당신이 떠나고 며칠 지나지 않아 당신 휴대전화 카톡이 울렸다. 장례 후 개인 톡으로 온 처음이자 마지막 메시지였다. "메시지 보내면 지금이라도 답장이 올 것 같은데"로 시작해 "보고 싶다"로 끝나는, 준혁 씨 문자였다. 그 문자를 본 첫 느낌은 '부럽다'였다. 가끔 나도 당신에게 문자를 보내고 싶기 때문이다. "보고 싶어"라는 메시지에 "나도"라는 답장을 받으

111

려면 먼저 메시지를 보내야 한다. 그는 그렇게 했다. 반면에 나는 한 번도 당신에게 메시지를 보내지 않았다. 당신의 휴대전화는 내 손에 있고, 당신의 문자를 내가 받을 수밖에 없다. 나에게는 당신에게 문자를 보내는 것과 '나와의 채팅'이 다르지 않다.

나는 받을 수 없는 그 선물을 준혁 씨에게 해주기로 했다. 당신 휴대전화로 그에게 카톡을 보냈다. "준혁아, 생일 축하한다. 나도 보고 싶다." 그가 문자를 보낸 지 20일 만에 보낸 답장이었다. 내가 보냈다는 사실을 알겠지만 준혁 씨는 시치미를 떼고 답장을 보냈다. "고마워. 잘 살아 볼게."

서로 알지만 모른 척하는 그 연극이 끝나고 조금 더 길게 울다가 잠들었다. 당신도 연극이 마음에 들었는지 오늘도 꿈에 나와 주었다.

3

조금만 덜 사랑했다면

같은 마음, 다른 행동

환희

아빠는 내게 자꾸 스토아철학적 태도와 무한 긍정주의 마인드를 심어 주면서 병상 옆에서 좋은 얘기 들려주려고, 또 강화된 내 세속적 욕구를 벗겨 내려고 너무 노력하고, 엄마와 누나는 내 이성과 논리를 다 내려놓고 신께 전적으로 의존시키려 한다. 가족들을 좋아하지만 좀 힘들 때가 있다. 교장 훈화 말씀 같은 거 말고 그냥 서로 간의 애정을 확인시켜 주는 가볍고 따뜻한 이야기들을 나누고 싶다. 아내와는 그게 되는데 다른 가족들과는 안 되네. 다른 가족들은 다들 내 몸에 새기고 싶어 하는 자기가 좋다고 생각하는 이야기가 너무 많다.

2020.05.14.

지은

시엄마가 김치를 보내 주셨다. 사람 입은 반으로 줄었는데 김치는 평소와 다름없이 한 통 가득이다. 혼자 있다고 잘 안 먹을까 봐 그러셨을 것이다. 마음은 감사하지만 전화할 용기는 나지 않아서, 결국 시아빠에게 전화 걸어 감사함을 대신 표현했다.

이맘때면 당신과 같이 시골에 내려가 함께 김장을 했다. 도시에서 나고 자라 맞벌이 부모 손에 큰 내게는 김장 같은 연례행사가 신기했고, 체험학습 온 것처럼 신났던 기억이 난다. 대부분 시엄마가 모든 준비를 마치고 우리는 절인 배추에 소를 넣기만 하면 되었으니 즐거웠겠지만 말이다.

시부모는 내가 불편해할까 싶어 먼저 배려하는 고마운 분들이었다. 처음 인사를 드리러 갈 때도 당신은 내게 "내가 사랑하는 사람이라 하면 조건 없이 사랑해 주실 분들"이라고 자기 부모를 소개했다. 결혼한 지 얼마 되지 않았을 때 시부모 댁인 상주에 갔다가 배탈이 났는데, 시엄마가 내 배를 직접 문지르며 간호해 주었다. 시집살이라는 단어는 나와 먼 이야기라고 생각했다.

시부모를 사랑했다. 그들도 나를 사랑했음이 자명하다. 명절이 결혼한 여성에게 가져다주는 불합리를 거부하겠다고 '명절 폐업'에 나선 아들 부부에게 결국 져준 것도 우리를 너무 사랑하기 때문이었을 것이다.

그런 우리가 언제부터 틀어졌는가. 그것은 종양이 우리에게 가져다준 불행 가운데 하나였다. 당신의 병명이 밝혀지고 시한부 인생이라는 사실이 시엄마 귀에 들어간 순간부터 그분 머릿속에는 '내 아들을 살려야 한다'는 마음밖에 남지 않았다.

병원에서 당신 재수술을 포기해, 의사의 지시에 따라 퇴원 (당)하던 참이었다. 왼쪽 반신이 마비되어 제대로 앉지도 못하는 당신의 몸 상태로는 약 세 시간 동안 차를 타는 일이 큰 모험이었지만, 그나마 가장 건강할 때 당신이 나고 자란 고향을 보여 주고 싶어 무리하기로 했다. 고향에서 부모가 지어 준 따뜻한 밥을 먹고 마지막으로 고향 친구들과 친척들 얼굴을 마주하며 아름다운 마무리를 짓길 바랐다.

병원에서 들은 상황을 설명하고 고향으로 내려가기로 한 날 아침, 시엄마에게서 문자가 왔다. 고향에 오는 것을 환영하고, 당신이 나을 수 있도록 모든 준비를 마쳤으니 안심하라는 내용이었다. 그 문자가 무엇을 의미하는지 그때는 몰랐다.

상주에서의 4박 5일은 내 예상과 전혀 다르게 흘러갔다. 시엄마는 당신을 보자마자 "아들!" 하고 외치며 "너는 내 아들이다, 그러니 내 말을 잘 들어야 한다"라고 말했다. "내가 널 살리기 위해 박사 될 만큼 공부했다"라는 말도 덧붙였다. 그날 이후 시엄마는 어딘가에서 전수받은 모든 민간요법을 동원했다. 당신에게 태운 누룽지 달인 물, 녹즙 가루 탄 물, 비타민이 풍부한 사과즙을 수시로 먹게 했다. 산야초에 10여 가지 데친 야채를 섞은 샐러드, 10여 가지 곡물이 섞인 돌솥밥, 풀만 뜯어 먹고 자란 소로 우려낸 곰국 등을 매일 준비했다. 틈날 때마다 당신 머리에 손을 갖다 대고는 "감사합니다, 다 나았습니다"를 외쳤다. 자연 치유 전문가라는 모 박사가 하루 5만 번씩 외치면 살 수 있다고 했다며 나의 동참을 바랐다. 새벽에도 무언가 먹일 생각에 우리가 자는 방문을 벌컥벌컥 열 때도 있었다.

한번은 작은방에 누워 있는데 당신의 비명 소리가 들렸다. 달려가 보니 시부모가 당신의 양팔과 양다리를 붙들고 무언가 하려던 참이었다. 너무 놀라 당신 손을 붙잡고 엉엉 울었다. 우는 나를 본 당신은 "아니야, 아니야. 나 괜찮아. 아무것도 아니야"라며 내 머리를 쓰다듬었다. 관장이라고 했다. 하루 세 번 해야 된다고 했다. 그때의 나는 도저히 이해할 수 없었다. 당신이 싫다는데 대체 왜, 무엇을 위해. 살날이 얼마 남지 않은 이에게 이런 고통을 주는가. 이 아까운 시간을 왜 허비하는가. 당신을 데리고 온 것이 후회됐다. 내가 힘센 남자였으면 얼마나 좋을까. 그러면 당장이라도 당신을 등에 업고 이곳을 떠날 텐데. 무력한 내가 원망스러워 울었다.

그날 밤, 당신의 부모와 누나 가족에게 읍소했다. 제발 우리에게 의사를 물어봐 달라고. '필요하냐'고 먼저 묻고 우리가 도움을 청하면 그때 나서 달라고. 분명 알았다고 했는데 다음 날이 되면 또 내가 모르는 일들이 일어났다.

어떤 날은 동네 할아버지 할머니가 잔뜩 몰려왔다. 내가 잠깐 자리를 비운 사이 그들이 당신에게 "일어나라! 일어나라!" 외치고 있었다. 당신의 우는 소리가 밖에까지 들렸다. 시아빠에게 뭐하는 것인지 물으니 성령기도라는 답이 돌아왔다. 말리지도 못하고 방 밖에서 서성거리다가 기도가 끝나자마자 안으로 뛰어들어 그들을 내보냈다. 누군가 당신이 성령의 힘을 받아야 산다고 그랬단다. 그 노인들은 "몇 번 더 성령 안수기도가 필요한데 환희가 우는 바람에 하지 못했다"며 안타까워하다가 집으로 돌아갔다고 한다.

'아들을 살려야 한다'라는 생각에 사로잡힌 시엄마는 지푸라기라도 잡는 심정으로 주변의 이야기를 그대로 받아안았다.

스테로이드를 최대치로 처방받았더니, 당신의 식탐이 대단해졌다. 당신이 먹고 싶다면 다 주는 나를 시엄마는 못마땅해했다. 암 환자는 많이 먹이면 안 되는데 내가 자꾸 먹인다는 거였다. 내가 먹인 건 찹쌀떡 한 개이고, 시엄마가 매번 식탁에 올리는 '필수 음식'만 열두 가지인데.

한번은 그것 때문에 싸움이 났다. 당신이 인절미가 먹고 싶다기에 찾으러 부엌에 들어갔다가 시엄마의 제지를 당했다. 순간 너무 화가 나서 그 자리에 주저앉아 소리 지르며 울다가 당신에게 다가가 그냥 이 집에서 나만 사라지면 될 것 같다고, 내가 떠날 테니까 당신은 여기 남아 있다가 다 나아서 돌아오라고 일갈했다. 짐을 챙기러 방으로 들어온 나를 시엄마가 따라 들어왔다.

"지은아, 내가 살릴 수 있어. 내게 한 달만 시간을 줘. 한 달만 주면 싹 낫게 해서 돌려보내 줄게. 제발, 제발."

눈이 돌아간 나는 악을 썼다. 매일매일 나빠지는 게 빤히 보이는데 두 달 남았다는 사람의 시간을 이렇게 뺏을 거냐고. 그 순간 밖에서 시아빠의 다급한 소리가 들렸다. 거실로 뛰어나갔더니 눈이 뒤집히고 몸이 축 늘어져 있는 당신의 모습이 눈에 들어왔다. 내가 자리를 박차고 일어나자마자 쓰러졌다고 한다. 단숨에 달려가 당신을 끌어안고 미안하다고, 미안하다고, 어디에도 안 가겠다고 말했다. 곧 정신이 돌아온 당신은 내 품에서 서럽게 울었다. 나중에 시아빠는 "지금 환희는 너 없으면 죽어"라고 이야기했다. 나 때문이었다. 내가 내 화를 못 이겨 당신을 죽일 뻔했다.

다음 날, 상주에서 약속한 시간이 다 되었다. 날이 밝자마자 우리는 서울로 향했다. 이후 시엄마를 보는 내 표정이 달라졌고, 시엄마는 그런 나를 보며 주눅이 들었다. 서로를 사랑하고 아끼던 마음은 이렇게 멀어졌다.

환희

"가부장제의 최전선에 있는 것 같다"라고 아내가 말했다. 큰집 작은방에서 울 것 같은 얼굴로. 아내의 솔직한, 더하고 덜 것 없을 '결혼 이후 첫 명절' 소감이겠다. 아내는 페미니즘 같은 게 뭔지도 몰랐던 어릴 때부터, "집안 여자들이 고생해서 차려 놓은 제사상 앞에서 폼 잡고 절 올리는" 장인을 보며 기막혀 하던 사람이었다. 그랬던 사람이 남의 집안에 와서 남자 십수 명이 자기들끼리만 차례 지내고, 밥을 얻어먹고 그릇 하나 안 치우는 모습, 여자들은 남자들과 아이들이 식사를 마친 후에야 안방이 아닌 거실에서 밥을 먹고 뒷정리까지 다 해야 하는 현실 을 견딜 수가 없었던 것이다. 게다가 "아버님 말씀 들어 보니 어른들 식탁에는 고기가 두 종류였다던데, 내 밥상에서는 고기 자체를 보지 못했다"는 아내의 이야기에 눈을 마주 볼 수가 없었다. 집에 내려가는 길부터 너무 막혀, 평생 '귀성 전쟁'이라 고는 겪어 본 적 없는 사람에게 그런 고생하게 해서 미안했는데, 이런저런 이야기까지 듣고 나니 미안하다는 말을 명절 내내 해도 모자랄 것 같았다.

　이런 명절에 소극적으로나마 균열을 일으키려는 시도를

해보지 않았던 것은 아니다. 나나 사촌형 하나가 언젠가 명절에 일하러 부엌에 들어간 적이 있다. 그 일로 성별 가릴 것 없이 집안 어르신들의 집중포화를 받고, 그분들의 비난이 "남자의 출입을 막지 못하고 자기 할 일을 전가한" 형수님들한테까지 돌아가는 걸 목격한 이후로는 밥상 차리고 치울 때 정도를 제외하고는 움직이지 않게 되었지만.

사실 집안사람들 하나하나 뜯어보면 모두 좋은 사람들이다. 다들 순하고, 서로 스트레스 주는 말들도 주고받지 않는 편이고. 그런데 또 그런 사람들이 어떤 오래되어 단단한, 부조리한 문화 속에 들어와 있을 때는 피치 못하게 나쁜 사람이 되기도 하는 거니까. 같은 맥락에서 아내는 우리가 거부할 수 없는 어떤 강한 구조 안에 갇힌 것 같다는 이야기를 했다.

큰집을 나서면서 부모님이 아내에게 첫 명절 소감을 물었을 때, 그저 민망해서 딴청 피웠다. '우리 집안만큼 명절 참석률이 높고 화목한 가정이 없다'고 믿고 있는 부모님은 분명 긍정적인 대답을 기대했겠지만, 현실은 그게 아닌 걸 알고 있으니까. 얼마간의 시차를 두고 아내는 그저 웃으며 "정신없었다"라는 타협의 언어를 내뱉었고, 부모님도 따라 웃었을 뿐이다. 사실 부모님이 말하는 그 화목한 가정의 이면에는, 명절에 오지 않으면 서운해하거나 성내는 어르신들에 대한 두려움, 여자들의 일방적 희생 같은 게 있는 건데. '여자 어르신'들조차 자신들이 그렇게 살아왔으니까 당연히 혹은 억울해서 자기 아랫세대들에게도 그것을 미덕이라고 여기도록 만들고. 악순환이다.

반가운 얼굴들을 오랜만에 보는 건 좋지만 계속 이런 식으로 만날 수밖에 없다면 탈주할 방법을 적극적으로 찾아야겠다. 명절의 압박감을 느낄 다른 사람들한테는 미안하지만 나눈다고 확 줄어들거나 사라질 고통이 아니라면 누군가는 겪지 않는 게 낫지 않나.

　　2017.01.28.

○○○

지은

친구 1년, 애인 1년, 배우자 4년. 도합 6년을 함께했으나 당신이 소리 지르고 화를 내는 모습을 딱 한 번 보았다. 결혼 후 첫 명절을 치르고 난 다음이었다. 며느리는 손님 행세를 하는 머슴이라는 사실에 충격받아 종일 우는 나로 인해 당신 또한 충격을 받았다. 결혼 이후 가부장제라는 견고한 벽 앞에 선 우리는 망연자실할 수밖에 없었다. 머리를 맞대고 이 상황을 타파할 방안을 고민하다가 '벗어날 수 없다면 피하자'고 결론지었다. 우리 집에 먼저 가고, 당신 집에 그다음으로 가기로 했다. 나는 큰집인 우리 집의 제사 음식 준비를 돕지 못해 미안해했고, 당신은 누나와 조카를 만나지 못해 서운하던 차였기에 나름 합리적인 결정이라고 생각했다.

　당신이 부모에게 전화를 걸어 우리 입장을 통보했다. 노발대발하는 목소리가 전화기 너머 들려왔다. 시종일관 차분하고 논리적으로 설명하던 당신이 갑자기 "됐어, 끊어! 끊으라고!" 하며 소리를 질렀다. "지은이가 그렇게 하라고 시키디?" 시엄마의 이 말 때문에 당신은 평정심을 잃고 말았다. 낯선 당신 모습에 너무 놀라 그 자리에서 얼어 버린 나 대신 고양이들이

슬금슬금 당신 곁으로 다가갔다. 웅이와 리아는 동그래진 눈으로 당신에게 "우엉? 우엉?" 하고 말을 걸었다. 상처받은 당신은 어두운 방에 앉아 얼굴을 파묻고 울었다.

이 엇갈린 생각이 불행의 시작 아니었을까. 우리는 우리의 자유의지로 가정을 꾸릴 때 화목하다고 느꼈지만, 시엄마는 자식의 행복을 위해 엄마가 나서야 한다고 생각했을 것이다. 시엄마는 우리가 먹는 음식부터 건강 습관까지 챙기고 싶어했다. 이런 습성은 당신이 병에 걸린 이후 더 심해졌다.

어떻게든 당신을 재활시키려 노력하던 시절 이야기다. 병이 악화되면서 본인이 무엇을 보고 읽는지 이해하지 못하게 된 당신에게 시엄마가 하루가 멀다 하고 자연 치유 관련 동영상을 보냈다. 한번은 당신이 예능 〈미스터트롯〉 동영상을 틀어 놓았다. 관심도 없는 영상을 왜 보고 있는지 의아해서 물었더니 "엄마가 보내 줬어"라는 대답이 돌아왔다. 보내 준 영상은 아까 지나갔는데, 시작하고 끝나는 시점을 인식하지 못하고 자동 연결되는 다른 영상을 몇 분째 들여다보고 있던 거였다. 그때마다 나는 시엄마에게 전화해 분노를 쏟아 냈다. 제발 이런 영상 같은 것도, 택배도 좀 그만 보내라고, 그냥 우리를 가만히 놔두라고. 그분은 내 폭발에 잠시 수그러들며 "알았다"고 대답했지만 다음 날이면 다시 영상 링크를 보냈고, 당신에게 먹여야 한다는 물건으로 가득한 택배가 폭탄처럼 집 앞에 쌓였다. 당신은 점점 어린아이가 되어 가고, 시엄마는 계속 아집을 부렸으며, 그 사이에 선 나는 자꾸만 무릎이 꺾였다.

당신이 시한부 선고를 받고 나서도 이 상황은 계속되었다. 시엄마가 "이거 먹으면 산다고 한다"며 보내온 음식은 스무 가지가 넘었다. "지금 속이 쓰려서 약 소화하기도 벅차요"라고 항변하면, 속쓰림에 좋다는 음식 수 가지를 추가로 택배 발송했다. 손글씨로 쓴 지시 사항이 음식 하나하나에 포스트잇으로 붙어 있었다. 그 쪽지들을 마주할 때마다 스트레스로 폭발해 버릴 것만 같았다. 나중에는 시엄마에게 당신 상태를 잘 공유하지 않았고, 시엄마는 한껏 성이 난 내가 무서워서 당신을 보러 오지 못했다. 그렇게 우리는 멀어졌다.

당신이 떠난 뒤에 시엄마는 내게 "나는 정말 이렇게 하면 살 줄 알았다. 살릴 수 있을 줄 알았어. 이렇게 갈 줄 꿈에도 몰랐어"라고 말했다. 그분의 한숨에 내가 퉁명스럽게 대꾸했다. "전 세계 완치율이 1퍼센트라는데 어머니가 무슨 수로 낫게 해요." '평균 생존율 1년 5개월' '당신 예상 생존율 3년' '전 세계 완치율 1퍼센트 이하'라는 수치는 수술 당일에 모두 함께 들은 이야기였다. 시엄마는 몰랐던 게 아니라 알고 싶지 않았던 것이다.

한번은 한껏 지친 내가 엄마에게 "어머니는 지금 환희 씨를 자기 아들이 아니라 남편으로 생각하는 게 아닐까. 나를 환희 씨 아내로 인정하지 않는 것 같아요"라고 말했다. '나만 빠지면 되는 게 아닐까'라는 생각이 머릿속에서 떠나지 않던 때였다. 나와 시엄마의 줄다리기에 덩달아 고통받던 엄마는 한숨을 쉬며 "뭐가 그리 대단한 자리라고. 반품한다고 해"라고 일갈해 버렸다. 그 말대로 당신을 놓아 버렸다면 어떻게 되었을까. 우리가 서로를 조금만 덜 사랑했다면 나는 당신을 놓을 수 있었을까. 시엄마가 당신을 조금만 덜 사랑했다면 우리를 온전한 독립된 가정으로 인정했을까. 당신이 사라졌으니 이제 답은 영원히 알 수 없게 되었다. 분명한 것은 사랑이라는 이름으로 우리는 서로를 꾸준히 불행으로 밀어넣었다는 사실이다.

누구보다 많이 이해하고 싶은 사람

환희

아내가 냉동실에 있던 시래기를 꺼내 놓았다. 엄마가 정성스레 말려 보낸 것이다. 시래기에다가 역시 엄마가 만든 된장을 넣어 시래기국을 끓였다. 숟가락 가득 시래기와 국물을 떠서 입에 넣었을 때, 고향집에 온 것 같았다. '나도 엄마의 맛을 낼 수 있게 되었구나'라고 생각하던 찰나에 아내가 말했다. "어머니 덕에 이런 밥상을 받다니 우린 운이 좋은 것 같다"고. 그러게 말이다. 엄마의 맛이 날 수 있었던 것은, 오늘의 밥상 역시 엄마가 차렸기 때문인데. 뿌듯해하기 전에 고마워하고, 또 두려워할 일이었는데. 이렇게 여전히 의지한 채 생활을 꾸리다, 엄마에게서 아무것도 오지 않을 머지않은 언젠가를 그리면.

2017.01.22.

지은

3년 전, 갑작스러운 사고로 아빠를 잃었을 때 생각했다.

'다음번에 내 곁을 떠나는 이는 꼭 병사했으면 좋겠다. 최소한 이별할 시간이라도 가질 수 있도록.'

마음의 준비 없이 맞이한 이별이 서러워서 한 생각이었는데, 막상 병사로 배우자를 보내고 나니 이별을 준비할 시간은 슬픔의 크기와 별다른 상관관계가 없음만 깨달았다. 아빠의 죽음은 글 한두 편 끼적인 것으로 극복했는데, 배우자 이야기는 수 개의 글을 쓰고 계속 이별을 상상했음에도 여전히 머릿속에 수많은 슬픔이 떠다니는 것을 보면 말이다.

사실 '당신이 사고로 떠났다면 얼마나 좋았을까' 상상한 적이 있다. 그랬다면 나와 당신의 가족이 이토록 상처를 주고받지는 않았을 텐데 싶어서. 만약 당신이 좀 더 긴 시간 병을 앓다 떠났다면 나는 당신 가족에게 무슨 짓을 저질렀을지 모르겠다. 세상에서 이토록 누군가를 미워할 수 있다는 사실을 이번에 처음 알았다. 스스로가 낯설 만큼 분노를 주체할 수 없어 악을 쓰는 순간들을 자주 마주했다.

시엄마 사이에 있었던 일을 터놓으면 대부분 비슷한 반응을 보인다. 정말 고생했겠다고 나를 위로하거나, 그분 정말 너무하다고 시엄마를 비난하거나. 사람 마음이 희한한 게, 그토록 미워했건만 시엄마를 욕하는 소리를 들으면 마음이 상한다. 그분을 십분 이해하기 때문이다.

너무 소중해서, 의사는 포기했지만 엄마로서 포기할 수 없어서 뭐라도 붙잡는 심정으로 매달린 그 마음을 모르지 않는다. 내가 내 남편이 남은 생을 충만하게 즐기다가 떠나게 하고 싶은 마음밖에 없었듯이, 시엄마는 아들을 살리고 싶은 마음밖에 없었을 따름이다. 우리의 차이라면 나는 당신의 죽음을 서둘러 인정했지만, 그분은 그러지 못했다는 것이다. 그러니 같은 상황에서 나오는 결과가 달랐고, 그로 인해 계속 서로 상처를 주고받았다.

나 역시 당시에는 우리의 존엄한 이별을 방해하는 시엄마를 이해할 수 없었다. 당신이 의사 표현을 할 수 있었다면 '제발 좀 그만하라'고 했을 순간들이라고 확신했다. 그럼에도 시간이 지나고 시엄마와 물리적으로 떨어지고 나니 보이지 않던 부분들이 조금씩 눈에 들어온다. 그 뒤 시엄마는 내게 분노의 대상이 아닌 연민의 대상으로 치환되었다.

호스피스에 있을 때 지금 뭐가 제일 힘드냐고 묻는 수녀님에게 '환희 씨 어머니가 너무 밉다'고 고백한 적이 있다. 그 말을 들은 수녀님은 시엄마 면담을 자청했다. 그분은 시엄마에게 이렇게 말했다고 한다.

"지금 아들밖에 안 보이죠? 며느리가 얼마나 고생하는지는 보이지 않죠? 지금은 그럴 수 있어. 엄마니까. 근데 환희 님 떠나보내는 거 엄마만 슬픈 거 아니잖아. 엄마가 자기 슬픔에 취해서 이러면 다른 가족들은 제대로 애도하지도 못해요.”

그 면담 이후 시엄마의 태도가 바뀌었다. 일주일에 택배를 다섯 박스씩 보내도 그 안에 내 몫은 하나도 없었는데, 호스피스 병동 안에 갇힌 나를 위해 파스를 사오고 소고기를 사주었다. 병문안 와서도 자기 아들 만지고 기도하는 것만 집중하던 분이 언제부턴가 나를 바라보며 “아프다던 무릎은 다 나았냐” “밥은 잘 챙겨 먹고 있냐”라고 묻기 시작했다. 그때부터 나도 닫힌 마음을 조금씩 다시 열기 시작했던 것 같다. 당신의 질병은 시엄마와 나를 끊임없이 분열시켰지만 어떤 부분은 결합을 가져다주기도 했다. 동병상련. 이것이 우리를 설명하는 가장 적합한 단어일 것 같다.

장례식장에서 시엄마와 처음 마주했을 때, “밥은 먹었니?” 물어보는 그분이 너무 안쓰러워서 무작정 달려가 꽉 끌어안았다. 그렇게 우리는 서로를 불쌍해하며 몇 분간 함께 울었다.

아버지라는 선물

환희

설을 쇠고 서울 자취방으로 돌아오니 등기를 찾아가라는 종이가 방문 앞에 붙어 있다. 아빠가 보냈다던 생일 선물이다. 관할 우체국으로 갔다. 2층 민원실로 가니 직원이 편지를 내주며, 도대체 누가 이렇게 봉투에다 글씨를 예쁘게 잘 써서 보냈냐한다. 아빠예요, 라고 말하니 예술 쪽 일하시냐고. 말 대신 조금 수줍은 웃음으로 모호한 답을 하고서 우체국을 나섰다.

햇살도 좋겠다, 방으로 돌아오는 길은 운동도 할 겸 걸었다. 가서 빨리 열어 봐야겠다는 생각과 함께. 도착한 방 안에서 봉투를 조심스레 열자 장문의 편지와 더불어, 경제활동을 하지 않는 나에게는 제법 큰 액수인 돈이 들어 있다. 아빠에게 생일 선물이라는 걸 받는 게 오랜만인 데다, 편지를 받아 본 것은 내 기억엔 처음이었다. 편지 내용 자체도 그랬지만, 앞서 언급한 의미들이 더 마음을 건드렸는지 어느새 눈물이 주욱 흘렀다.

지난 한 해 동안 함께한 시간들이 아빠한테 참 축복 같았고, 하고 싶은 것을 찾아가며 자유롭게 사는 지금의 내 삶은 자신이 꿈꾸던 그것이었으며, 몸과 마음이 모두 작아서 늘 걱정됐던 내가 이제야 제대로 삶의 방향을 잡고 살아가는 것 같아 마음이

131

놓인다고 하셨다. 흔들리지 말고 그냥 지금처럼 살라고. 다른 이들에 비해 상대적 가난을 크게 개의치 않을 수 있다면 두려울 게 없다고. 작은 것에 만족하면서 겸손하게 살면 그리될 수 있을 거라고.

아내와 아들이 거의 반쯤 죽어 있어서 누구보다 힘들었을 지난 1년을 그냥 축복이라고만 해준 것이 참 고마웠다. 그리고 내가 하고 싶은 것만 선택해서 할 수 있는 건 전적으로 그것이 가능한 환경을 제공해 주고, 기존의 시각으로 보면 낙오자의 것으로 보일 나의 삶을 오히려 제대로 산다고 해주는 아빠 덕택일 것이다. 그동안 살아오면서 삶의 모델이랄까, 닮고 싶다고 생각한 사람이 제법 있었는데 요즘 내가 지향하는 인간상에 가장 가까운 사람은 사실 아빠다.

가정을 유지할 만큼의 딱히 넘치지도 모자라지도 않는 수준의 돈을 벌고, 자기의 직업에 애착을 갖고서 그 일을 통해 만나는 무수한 이들을 하나하나 소중하게 여길 줄 아는. 책 읽기와 글쓰기, 운동, 농사, 서각, 목공, 노래 등 모든 것들을 정말 신이 나서 하고, 그렇기에 그 모든 것들에서 일정 수준 이상의 능력을 보이는. 나와는 달리 워낙 튼튼하고 체력 좋은 아빠인 데다, 고정적으로 적절한 수입을 올리면서 생활의 여유도 찾을 수 있는 직장을 얻기가 아빠 세대에 비해 많이 어려워진 지금 시절에 그러한 삶을 살긴 쉽지 않겠지만, 어쨌든.

역시 아빠의 영향 때문인지 언젠가부터 물건을 사는 행위에서 그 어떤 즐거움이나 만족감도 느낄 수 없게 되었다. 어쩌다 생필품의 범주를 넘어서는 것을 구입하게 되면 도리어 이래저래 죄책감만 느끼고. 그래서 이번 생일 선물처럼 생활에 필요한 최소한의 예산 이외의 예기치 못한 여유분의 돈이 생기면 좀 거추장스러운 느낌이 든다. 다행인지 몰라도 얼마 전에 금니가 완전히 못 쓸 정도로 빠져 버렸는데 그거 해넣거나, 내가 알거나 모르는 나와 연결된 사람들과 관계 맺는 일에 지출하는 걸로.

2013.02.13.

○○○

지은

주변 이들이 종종 물어 온다.

"환희 씨 아버지와는 대화가 잘 통했나 봐요?"

그 질문을 들을 때마다 머뭇거린다. 통했나, 통하지 않았나. 어느 쪽이 맞는 대답인지 헷갈려서다. 시부모 두 분 다 가치관에서는 나와 다른 부분이 많았다. 나는 몸이 가진 자연 치유능력을 아예 부정하지 않지만 현대 의학 기술을 불신하지도 않았다. 반면에 시부모는 '음식으로도 못 고치는 병은 병원에서도 못 고친다' '의사는 이윤을 남기기 위해 과다하게 약을 처방한다'는 인식이 굳건한 편이었다.

두 분 모두 자연 치유의 힘을 믿었다. 시엄마가 전국을 돌아다니며 누군가에게서 사사받은 자연 치유 지식을 시아빠에게 전화로 공유하면, 시아빠는 그 지시에 따라 열심히 움직였다. 호스피스 병동에 들어갔을 때 "환자 마지막 변을 언제 보았냐"라는 의사의 질문에 "시부모가 하루에 관장을 세 번씩 시켰다"라고 대답했다. 순간적으로 의사의 얼굴이 일그러졌다. 뇌종양은 뇌에 압력을 가하면 안 되는데, 힘을 잔뜩 써야 하는 관장을 그렇게 시켰으면 환자가 많이 힘들었을 거라는 말을 덧붙이면서. "환희 씨는 뇌종양이라 관장하면 안 된대요"라고 의사의 말을 몇 번 옮겼음에도 시아빠는 "우리가 잘못 생각했구나" 하지 않았다. 매번 "그래도 커피 관장이 통증을 줄여 준다고 했다"라고 답했다.

한번은 시아빠가 우리 집 장롱 안에서 당신이 평소 아끼던 선물받은 티셔츠, 우리 커플 점퍼와 커플 조끼, 커플 티 같은 것들을 시골로 가져가셨다. 당신 옷들을 원가족끼리 나눠 가졌다는데, 그 모든 일이 나와 상의 없이 이뤄졌다. 장례 후 빈집에 돌아왔다가 절반이 비어 버린 장롱을 마주했다. 분노가 끓어올랐다. "왜. 아직 죽지도 않았는데 대체 왜"라고 중얼거리며 속을 삭혔던 기억이 난다. 아무리 자식의 것이라 해도 이렇게 나눠 가져도 된다고 생각하다니. 주인 없는 집에서 허락 없이 물건을 가져가다니. 너무 화가 나서 당신 옷과 신발, 가방 같은 것들을 전부 트렁크에 실어 '다 가져가시라'라며 버리듯 던져 주고 돌아와 버렸다. 이후 집에 당신을 떠올릴 만한 물건이 너무 많이 줄어드는 바람에 크게 후회했지만.

그럼에도 시아빠와의 관계 안에서 크게 앓은 적은 없었다. 시아빠는 우리를 하나의 독립된 가정으로 인정했다. 내가 의견을 물을 때마다 "네가 원하는 대로 하렴" 했고, "네 가정이니 네가 중심이 되어야 한다"라고 말해 주었다. 새로운 민간요법을 시도할 때는 내게 "이렇게 해보는 건 어떨까?"라고 물었고, 내가 "싫다"라고 대답하면 더는 가타부타 언급하지 않았다. 머릿속에 당신 생각으로 가득한 시엄마를 앞에 두고 "남의 남

135

편 그만 들여다보고 당신 남편이나 좀 챙겨!"라고 말하는 면도 있었다. 시아빠는 우리를 위해 기꺼이 한 발 물러나 주었다. 그러니 나 역시 상대를 존중하는 마음을 담아 필요할 때마다 의견을 물을 수 있었다.

시엄마가 모든 대화를 '이렇게 저렇게 해라'라고 명을 내리는 편이라면 시아빠는 '이렇게 저렇게 해보는 게 우리에게 좋지 않을까?'라고 청자에게 되묻는 타입이다. 지금이야 '초등학교 교사(시엄마)와 중고등학교 교사(시아빠)였던 두 분의 화법 차이인가 보다' 하고 이해하는데, 당시엔 그 차이를 모르기도 했고, 내 감정도 요동치던 때라 시엄마의 말 한마디 한마디가 가시처럼 와 박혔다. 그때마다 시아빠는 시엄마의 말을 곱씹어서 다시 내게 넘겨주며 상처를 봉합시키려 애쓰기도 했다.

장례가 끝나자 시엄마는 당신의 영정 사진을 끌어안고 있는 내게 다가와 "그 사진 버려라"라고 말했다. 또 삼우제 날 내게 "얼른 재혼해 아기 낳아라"라고 했다. 마치 며느리에게 정 없는, 며느리를 얼른 멀리하고 싶은 분의 말처럼 들린다. 사실 저 발언들은 나를 진심으로 아끼고 사랑해서 하는 말이다. 가톨릭 이념과 한국 전통 사회 인습이 고스란히 박혀 있는 그분에게 남편도 자식도 없는 내 상황이 너무나 안타깝고 속상해하는 표현이다. 시아빠는 "이제 내가 네 아빠 해주마. 환희가 이렇게 똑똑한 딸을 선물해 주었구나"라고 말해 주었다. 그러다 보니 시아빠와는 가까워졌다.

당신의 마지막 한 달을 시아빠와 함께 지켰다. 당신을 보내고 난 뒤 '그간 고생했다'라고 나를 보듬는 시아빠를 바라보다가 괜히 눈시울이 붉어지며 '이런 게 전우애일까' 생각했다. 생과 사를 함께 오간 사람들끼리만 나눌 수 있는 뜨거운 무언가가 우리 사이를 감싸고 있었다.

언젠가 당신 앞에서 "우리 아빠도 아버님처럼 다정한 사람이라면 얼마나 좋았을까" 하고 중얼거린 적이 있다. 그때 당신은 안타까워하는 표정으로 나를 살폈다. 아끼는 존재가 바라는 바를 들어줄 수 없기에 그저 연민의 마음을 보냈던 것이다. 나에게 무엇이든 주고 싶어 했던 당신은 자신의 다정한 아버지를 선물로 주고 떠난 것일까. 남겨진 시아빠와 내가 손을 꼭 붙잡고 서로를 위로하는 모습을 그곳에서 지켜보면서 당신은 어떤 표정을 짓고 있을까.

환희

어떻게 살아야 사람답게 사는 건지 모르겠다. 이렇게 살다 죽으면 다시 태어날 것 같은 불길한 예감이 드는데, 일단 너무 피곤하니까 자고 일어나서 내일 아침에 생각해 보기로.

2017.05.10.

○○○

지은

종종 병문안 온 당신의 친구나 친척 들이 내게 조심스럽게 의견을 건넸다.

"그 의사, 괜찮은 의사인 거 확실해요? 뇌종양으로 유명한 다른 큰 병원에 데려가 보아야 하는 거 아닐까요? 그 의사는 수술을 포기했어도 다른 의사는 다르게 말하지 않을까요?"

그때마다 나는 "아니에요. 이미 뇌 안쪽까지 다 퍼진 종양을 MRI로 확인했어요"라고 단호하게 말해 상황을 정리했다. 내 강경함 때문인지 다들 그 말을 두 번 언급하지는 않았다. 자꾸만 당신의 삶을 정리시키려는 나에게 시엄마의 친한 신부님 한 분이 내 손을 꼭 붙잡더니 이렇게 말했다.

"자매님은 지금 다 포기한 것 같아요. 그러면 안 돼요. 의사가 더는 못 산다고 말했다고 해도 우리는 믿음을 잃으면 안 되는 겁니다."

신부님에게 미안한 이야기지만, 그분이 잘못 아셨다. 나는 한 번도 당신을 포기한 적이 없다. 만약 그랬다면 상주에서 시엄마와 부딪쳤을 때 나 혼자라도 시외버스 터미널로 냅다 달려 서울로 올라왔을 것이다.

재수술을 포기하고 상주에 내려갈 때 시엄마는 내게 "시한부 인생이 아니고 다 나았다 생각하고 치유 과정에 있다고 생각하자. 하루에 '감사합니다, 다 나았습니다'를 5만 번 되뇌면 살아날 수 있다는 것이 의학박사의 경험이다"라고 문자를 보냈다. 답답했다. '감사합니다'를 5만 번 외치면 뇌 안쪽까지 퍼진 암세포가 사라지나? 이마에 내 천 자를 그리며 바로 반박 문자를 써서 보냈다.

"저는 어머니가 환희 씨와 이별할 시간을 드리려고 상주에 가는 것이지, 치료하러 가는 게 아니에요. 남은 시간을 무의미하게 보내게 하고 싶지 않습니다. 환희 씨 생각도 마찬가지라고 믿고요. 어머니 마음 이해 못 하는 거 아니고, 저도 마찬가지로 힘이 듭니다. 그래도 환희 씨에게 뭐가 제일 좋은 것인지 생각하면 답은 분명합니다. 저희 가족이 존엄하게 이별할 수 있도록 도와주세요."

뒤늦은 후회이지만 서로의 입장 차이를 확인한 그때 상주로 향하던 차를 돌렸어야 했다.

언뜻 냉정해 보이는 내 행동이 가까운 이의 죽음을 맞이하는 자의 일반적인 반응은 아닌가 보다. 많은 이들이 내 결심에 '대단하다'라는 반응을 보였다. 대부분은 죽음을 인정하지 못하고 시엄마처럼 지푸라기라도 잡는 심정으로 이것저것 끌어다가 시도해 본다는 것이다. 글쎄. 내가 대단하거나 시엄마보다 현명하다고 생각하지는 않는다. 나는 그저 현실을 인식했을 뿐이다.

병이 진행하는 동안 당신 가장 가까이에서 상태를 계속 지켜본 유일한 사람이 바로 나였다. 당신은 하루가 다르게 다리 힘이 빠지고 자꾸 넘어져 화장실도 혼자 갈 수 없었다. 또 남들은 이해하지 못할 말이나 행동을 반복하고, 환각을 보고 환청을 들었다. 타인에게 피해 주는 행동을 가장 경계하던 사람이 새벽에도 아프다고 소리를 지르며 우는 모습까지 매일같이 지켜보았다. 당시에는 이해할 수 없던 그 행동들이 의사의 시한부 진단을 받으면서 확신으로 변했을 뿐이다. 우리가 함께할 날이 얼마 남지 않았다는 확신.

무엇보다 이뤄질지 알 수 없는 기적을 바라며 얼마 남지 않은 생애를 이 병원 저 병원 전전하거나 증명되지 않은 각종 민간요법을 시도하느라 고통받다가 떠나게 만들고 싶지 않았다. 남은 시간을 행복으로만 채워 주고 싶었다. 좋아하는 음식을 마음껏 먹고, 사랑하는 사람들과 예쁜 말들만 주고받으며 평온하게 떠나게 돕고 싶었다.

당신은 당신의 마지막을 존엄하게 만들어 달라고 줄곧 부탁해 온 사람이다. 당신이 아프기 전 언젠가 우리는 죽음에 대해 이야기를 나눈 적이 있다. 당신은 살면서 하고 싶은 것도 웬만큼 다 해보았고 생에 미련도 욕심도 없다고 했다. 그리고 가망 없는 삶이라면 되도록 존엄한 죽음을 택하고 싶다고 말했다. 불치병으로 병실 안에 누워 수많은 줄을 매달고 인공호흡기에 의지해 겨우 하루씩 연장하는 상태가 될 때까지 자신을 놔두지 말고 스위스로 데려가 존엄사를 선택하게 해달라고 부탁한 적도 있다. 병실 안에 하루하루 메말라 가는 생애 마지막은 그간 살아왔던 생기 있던 나날마저 빛을 바래게 만들 테니까. 비록 당신을 스위스에 데려갈 수는 없었지만 존엄한 죽음만큼 은 내가 만들어 줄 수 있다고 여겼다.

　　내 유일한 기준은 '당신'이었다. 나는 당신이 어떻게 느낄 지에만 초점을 맞추고 싶었다. 그러니 자연스럽게 '지금 우리에 게 주어진 시간에 충실하자'라는 결론이 나왔다. 내 앞에서 눈을 맞추며 다정하게 안아 주는 당신을 웃게 만드는 것만이 그 당시 내가 가진 유일한 목표였다. 그 외에 다른 것은 아무것 도 필요 없었다.

슬픔을 경쟁하지 말라는 말

환희

암 환자한테 가장 중요한 게 '암에 걸린다고 죽는 게 아니다'라는 마인드라고 생각해서 멘탈 관리 나름 잘한다고 하는데, 정신이 육체를 이기기가 쉽지 않아서 두통이 있거나 구역감이 생기거나 하면 '재발한 거 아닌가?' 하는 두려움이 올라오면서 온몸에 한기가 든다. 교모세포종은 현대 의학으로는 다룰 수가 없고, 표준 치료 같은 거 잘 먹히지도 않으면서 암세포의 성장 속도가 빠르다고들 하도 그리고, 이 병에 먼저 걸린 환자 대다수가 인터넷에서 살날 얼마 안 남은 시한부 인생인 것처럼 말하고 행동하면서 희망의 증거는커녕 절망의 증거만 제공하는 걸 보니까. "병원에서 하는 말만 잘 들으면 나을 수 있다"라는 허지웅의 말 같은 건 아무런 도움도 안 된다. 병원에 아무 답이 없다는 걸 아니까. 이래서 모르는 게 약이다.

세상에 남아서 특별히 더 하고 싶은 것도 없고, 대단히 크게 저지른 악행도 없고, 지금까지 행복하게 잘 살았기에 아쉬운 것도 없고 해서 죽음 자체가 두렵진 않은데, 죽기 전까지 겪을 여러 고통스러울 과정들과 가족들을 생각하면 죽음에 이르기까지의 유예기간을 가급적 최대한 늘리고 싶다. 표준 치료가 끝나면 내 몸과 마음에 적용해 보고 싶은 것들이 많은데, 지금은 모든 일상이 표준 치료를 기준으로 짜여 있어서 좀 답답한 면도 있고 솔직히 표준 치료 멈추면 급격히 안 좋아질까봐 겁나기도 하고.

2020.06.20.

지은

길어 봤자 3개월 남았다는 말을 들었을 때 '우리 사랑의 깊이에
비해 남은 시간이 너무 짧다'라고 느꼈다. 고작 1년 연애하고
4년 함께 산 게 전부인데 벌써 이별이라니. 3개월은 우리가
그 기간 내내 밤을 새 사랑을 속삭인다고 해도 성에 차지 않을
시간이다. 그래서 시한부라는 이야기를 듣자마자 시아빠에게
'내가 간병하겠다'고 전하고는 바로 코로나19 검사를 받았다.
반려묘 리아가 세상을 떠난 후라 이번엔 간병을 담당할 여건이
되었다.

당신은 이미 온전한 정신이 아니었다. 그 상황에도 아내는
알아봐서 나를 발견하자마자 얼굴에 환한 미소를 비추더니 내
내 싱글벙글했다. 온 관심이 나에게 향해 있어서, 시아빠가 "아
빠 간다!"라고 인사했는데도 돌아보지 않았다. 시아빠는 그때
아들의 태세 전환이 그렇게 서운했다며 웃으셨다. 아들 부부가
이토록 다정하다니 얼마나 예쁜지 모른다는 말과 함께. 병원에
서 나와 마지막 인사를 하기 위해 고향 상주로 내려갔을 때도,
호스피스 병동에 들어가기 전까지 서울 집에서 투병할 때도,
당신은 종일 나를 불렀을 뿐, '엄마' '아빠'를 찾지 않았다.

그러니까 내게 당신이 전부였듯이, 당신에게도 언제나 내가 전부였다. 우리에게 필요한 건 서로뿐이었다.

할 수만 있다면 당신의 남은 시간을 독차지하고 싶었다. 하지만 나 혼자 간병하기에는 힘에 부쳤고, 아무리 밀쳐 내도 아들의 옆자리를 내려놓지 못하는 시엄마를 뿌리칠 방법도 없었다. 그래서 병문안이 금지된 호스피스 병동에서의 나날이 가장 평온했던 것 같다.

호스피스 병동에서는 일정 기간마다 간병인을 변경하기도 한다. 환자와 마주할 수 있는 시간이 얼마 남지 않았기에 가족 모두에게 기회를 나누기 위해서이기도 하고, 간병 보호자의 건강도 중요하기에 한두 주에 한 번씩 교대한다고 한다. 종종 비쩍 말라 가는 나를 마주한 호스피스 간호사나 수녀님이 힘들어 보인다고, 교대할 사람이 없냐고 물어봤다. 그때마다 나는 고개를 가로저었다. 누구에게도 당신 곁을 넘겨주고 싶지 않았다. 이제야 겨우 단 둘이 있을 수 있게 되었는데 왜 내 자리를 넘기나.

시아빠에게 임종도 혼자 보겠다고 선언했다. 다행히 시부모는 임종을 지켜보는 것에 큰 의미를 두지 않았다. 그 모든 것이 내가 바라던 바였음을 짐작도 하지 못하던 우리 엄마는 나 혼자 임종을 지킬까 봐 전전긍긍하며 시부모에게 '빨리 서울로 올라와 계시라'라고 닦달했지만 말이다. 결국 당신의 마지막을 함께한 가족은 나뿐이었고, 나는 그 일을 후회하지 않는다.

그러나 남은 3개월 동안 당신과 충분히 사랑하지 못했던 것만큼은 후회스럽다. 당신을 지키느라, 시엄마를 미워하느라 그 귀한 시간의 많은 부분을 소진했다. 내가 안중에도 없는 시엄마에게 내 자리를 빼앗기지 않으려고 안간힘을 쓰며 버텼다. 나는 당신과 고작 5년밖에 함께하지 못했는데, 어째서 이 시간을 빼앗아 가려고 하나. 너무 이기적이라고 생각했다. 그래서 있는 힘껏 미워했다.

한번은 내가 입원 상담을 위해 요양병원과 통화하는데 마음 급한 시엄마가 내 휴대전화를 낚아채 간 적이 있다. 그때 나는 꼭지가 돌아 버려서 그 자리에서 악을 쓰며 바닥에 드러누웠다. 당황해서 안절부절못하던 시엄마와 안방에 있다가 달려 나와 "왜, 왜 그래" 묻던 울음 섞인 당신의 목소리가 생생하다. 남은 3개월간 당신은 나와 시엄마 사이에서 오가던 그 휴대전화처럼 이리로 옮겨지고 또 저리로 옮겨졌다. 당신과 사랑하기만 해도 모자란 시간에 나는 악다구니를 내느라 기운을 다 소진하고 말았다.

지금도 나는 여전히 악에 받쳐 살던 그 기억에서 쉽게 벗어나지 못한다. 한번은 엄마와 시부모 이야기를 하다가 또다시 그때 감정으로 돌아갔다. 엄마는 내게 "그분이 엄마잖니"라고 말했다. 남편 잃은 슬픔은 시간이 갈수록 감정이 무뎌지지만 자식 잃은 슬픔은 그렇지 않다나. 나를 진정시키기 위해 하는 말이겠지만, 오히려 그런 말이 내게는 '너의 슬픔은 그분에 비하면 별것 아니니 가만히 있어라'로 들린다. 곧장 대꾸했다. "환희 씨는 내 남편이잖아요. 내가 아내잖아요. 나는 뭐 안 슬픈 줄 알아요? 왜 자꾸 '엄마'라는 단어를 갖다 대며 나보고 참으라는 건데!" 그 말에 엄마는 "슬픔을 경쟁하지 말라는 뜻이야"라고 대답했다.

시간이 지나고서도 잊히지 않는 문장이 몇 가지 있는데, '슬픔을 경쟁하지 말라'는 엄마의 말도 그중 하나다. 그러니까 나는 시엄마와 '누가 누가 더 슬픈가' '누가 누가 더 당신을 사랑하나'를 두고 경쟁하고 있었다. 그 같잖은 경쟁에서 시엄마를 이겨 보겠다고, '내가 더 슬퍼'라는 문장을 증명하기 위해 그토록 악다구니를 쓰고 바닥에 드러눕고 소리 질렀던 것이다. 왜 우리는 사랑하기도 모자란 시간에 하찮은 줄다리기나 하고 있었을까. 그럴 시간에 당신을 좀 더 사랑하고 아껴야 했다.

환희

점심을 먹고 산책했을 때, 동료가 말했다.

"전 예전엔 아이가 싫어서 결혼하더라도 아이는 안 낳고 싶었고 '노키즈존'에도 우호적이었는데, 쌍둥이 키우는 사촌 언니와 같이 시간을 보내면서 생각이 바뀌었어요. 아이가 너무 예뻐서 빨리 낳고 싶고, 공공장소에서 우는 아이나 시끄럽게 구는 아이들 보면 사촌 언니가 연상되면서 지금 저 아이들 엄마가 얼마나 힘들지를 먼저 생각하게 되더라고요."

동료는 천성이 착하다. 그런 그도 육아하는 사촌 언니와 함께 지내보기 전에는 아이와 아이 엄마를 꺼리는 사람에 더 가까웠다. 공감 대신 혐오하는 사람들이 양산되는 이유 가운데 하나는 자의든 타의든, 구조적 문제든 개인의 선택이든 경험과 관계의 폭이 지나치게 좁아지기 때문이 아닌가 싶다. 사실상 우리는 경험한 것, 꽤 두텁게 경험한 것에 대해서만 공감할 확률이 높으니까.

공감의 한계나 부작용을 말하는 이들도 있고, 그들이 말하는 바에 동의하는 면도 있다. 그런데 구체적 삶의 구획 안에서 살아가는 힘을 주는 것은 냉철한 사고력과 판단력으로 길을 제시하고 조언해 주는 사람이기보다는 내게 공감(하려 노력)하고 복잡한 인간인 나를 단순하게 판단하지 않는 사려 깊은 사람들이다. '공감의 한계와 부작용'은 주로 인간과 세계를 들여다보고 해석하는 일에는 흥미를 가지지만 자기 삶에서 대면하는 사람들을 들여다보는 데는 무능한 사람들이 자신의 무심함과 차가움을 합리화하는 알리바이로 사용하는 경우가 많을 뿐이다.

2017.09.25.

지은

사람들은 흑과 백, 네 편과 내 편, 옳은 것과 그른 것, 좋은 사람과 나쁜 사람 등으로 나누기를 좋아한다. 세상은 너무 빠르게 돌아가고, 수많은 선택지에서 '얼른 입장을 표명하라'며 내 판단과 결정을 기다리는 것들이 너무 많기 때문이다. 그래서 보통 자신에게 주어진 몇 가지 간단한 정보를 추려 재빠르게 입장을 결정하고 그다음으로 넘어가게 마련이다. 그리고 그렇게 해야 '일 잘한다' '피드백 좋다'는 소리를 듣는다. 문제는 가치판단이 필요한 대부분의 일에는 그렇게 이분법으로 정확하게 나뉘는 경우가 드물다는 사실이다.

내 애도 글을 따라 읽는 많은 이들이 내게 공감을 표하기 위해 시엄마를 비난한다. 1차적으로는 글 읽는 사람들이 화자의 입장에 먼저 공감하게 마련이고, 또 내가 내 감정에 취해 읽는 이로 하여금 제대로 된 판단을 하지 못하게 만들었기 때문일 것이다. 또 내 앞이니까 편드느라 하는 말일 수도 있겠다. 헌데 그 고마운 마음과 달리 나는 그런 말을 들을 때마다 마음 한쪽이 불편해지고, 내 글에 마음 다칠 시엄마한테 미안해진다.

한번은 당신 누나에게 "시엄마 좀 말려 봐라"며 하소연한 적이 있다. 이런 대답이 돌아왔다.

"지은아, 엄마가 갑상샘 수술 왜 했는지 아나? 환희 살리려
고 한 거야."

교사 출신인 시엄마는 매달 공무원 연금을 받는데도 수중
에 돈이 별로 없었다. 수입의 대부분을 기부하는 데 쓰기 때문이
다. 그러다 보니 정작 아들을 구하기 위해 주머니를 돌아보았을
때는 가진 것이 없었다고 한다. 돈 나올 데를 수소문하던 시엄마
는 10년 전 진단받은 '갑상샘암'이 생각났다. 당시에는 '수술할
이유가 없다'고 거부했던 그 암 덩어리 제거 수술을 아들을
위해 감행하기로 결심했다. 수술을 해야 보험금을 받을 수 있으
니까.

그렇게 시엄마는 아들을 살리기 위해 수술대에 올랐다.
보험금을 타러 간다며 집 밖을 나서던 그분을 기억한다. 작은
손가방을 두 손으로 꼭 쥐고 당신 누나와 함께 종종걸음으로
읍내를 향하던 시엄마의 뒷모습. 그분의 작은 어깨가 그렇게
안쓰러웠다.

시엄마는 자신의 약한 몸을 원망했다. 다가올 당신의 죽음
을 인정한 뒤에 그분은 병상에 누운 당신 귀에 대고 "약하게
낳아 주어 미안해"라고 말하며 한없이 울었다. 엄마는 자식이
조금만 아파도 스스로를 검열한다. '입덧 때문에 밥을 많이
못 먹어서 애가 약하게 태어난 게 아닐까?' '젖이 돌지 않아
모유 수유를 제대로 하지 못해서 아이 면역력이 떨어지는 게
아닐까?' '내가 일하는 엄마라 사랑을 많이 못 주어서 아이가

이렇게 된 게 아닐까?' 시엄마는 자식의 불행 앞에 스스로를 탓하는 일반적인 엄마들과 크게 다르지 않았다. 병상에 누운 당신 앞에서 오열하는 시엄마를 연민했다.

시엄마는 병간호 시절에 가족 가운데 당신을 가장 적게 만났다. 평소에도 몸이 약했던 데다가 갑상샘암 수술한 지도 얼마 되지 않았으니 당연히 병간호는 무리였다. 심지어 며느리는 자신을 볼 때마다 잡아먹으려 안달이고, 아들이 보고 싶었겠지만 몸도 마음도 불편해 서울에 올 엄두를 낼 수 없었을 것이다. 이는 그분 가슴에 평생 한으로 남을 것이다. 아들도 제대로 못 만나게 하고 자신이 살릴 수 있(다고 믿)는데 그마저 거부하는 며느리가 얼마나 원망스러웠을까. 그럼에도 그분은 한 번도 내게 원망의 말을 한 적이 없다.

호스피스 병동에 들어가기 전, 시엄마는 "5분만 이야기하자"며 나를 작은 방으로 데려갔다. 그러고는 내 손을 거세게 붙잡은 뒤 말했다. 절대 우리에게 간섭하지 않겠다고, 본인이 너무 사랑하는 나에게 못된 시엄마로 기억되고 싶지 않다고, 지금까지의 일은 전부 잊고 용서해 달라고 흐느껴 우는 얼굴이 잿빛으로 변해 있었다. 그 후로도 그분의 태도는 크게 달라지지 않았지만, 그때 그 눈물과 사과가 진심이라고 믿는다.

얼마 전 당신과 내가 과거에 주고받은 메시지를 읽다가 시엄마가 내게 처음 보낸 메시지 캡처를 발견했다. 내가 자랑하듯 당신에게 보여 준 것이다.

"첫 번째 만남은 마냥 좋았고 두 번째 만남에는 차분히 하느님께 감사 기도를 드렸다. 내 평생 함께할 좋은 인연 보내 주심에 너무도 감사했다. 시아버지는 네가 볼수록 좋다고 좋아서 어쩔 줄 모르는구나. 이런 행복한 시간이 꿈같구나."

이런 사랑으로 가득한 문자를 나는 우리 엄마한테도 받아본 적이 없다. 나를 온전히 받아들이기 위해 모든 준비를 마친 사람이던 그분이 어떻게 나에게 마냥 나쁜 기억으로만 남아 있겠는가. 그분은 내게 때로는 흑이면서 백이고, 네 편이면서 내 편이며, 옳으면서 그르고, 일정 부분 좋은 사람이면서 '나에 한해' 어떤 부분은 나쁜 사람이다.

비록 우리는 극한 상황 앞에서 서로를 미워하고 원망했지만, 서로를 향한 감정들이 그게 다였다고 생각하지는 않는다. 그러니 부탁한다. 누구도 내 편을 들기 위해 우리 시엄마에 대해 미운 말을 보태지 않았으면 좋겠다. 그분은 내가 사랑하는 사람의 엄마니까, 자식을 잃은 슬픔에 힘들어하는 한 사람일 뿐이니까. 사람이 아니라 상황이 만든 불행이었을 뿐이다.

환희

드라마나 영화 같은 거 볼 때마다, "난 그 애 아빠(엄마)야.
내가 왜 걔 마음을 모르겠어" 같은 유의 대사가 나오면 "모를
텐데요……"라고 대답하고 싶어진다.

2018.03.25.

지은

시엄마도 그렇고 우리 엄마도 그렇고, 흔히 부모는 자기 자식을
자신이 제일 잘 안다고 생각하지만 전혀 그렇지 않다. 아무리
본인 속으로 낳았어도 자식은 엄연히 다른 인격체다. '내 속으
로 낳았는데 내가 왜 모르겠어'라는 생각이 오히려 본인 자식을
갉아먹는다고 보는 게 옳다.

　　엄마는 약 한 달 반 동안 이뤄진 방사선치료 기간 동안
우리 집에 살면서 월화수목금 당신 병원 출퇴근과 식사, 운동을
담당했고, 회사에 간 나를 대신해 암 부작용으로 음식을 거부하
는 리아를 돌봤으며, 환자가 사는 집은 깨끗해야 한다며 온종일
우리 집을 쓸고 닦았다. 또 당신이 시한부 선고를 받은 9월부터
호스피스 병동에 입원한 10, 11월, 이 세상을 떠난 11월 말까지
엄마는 시아빠와 함께 우리 집에서 불편한 동거를 감행했다.
우리가 호스피스로 들어간 동안에도 딸에게 따뜻한 밥을 먹여
야 한다는 이유로 빈집을 지켰다. 게다가 11월 말 당신이 떠나
고 12월이 다가왔는데도 엄마는 집으로 돌아갈 생각을 하지
않았다. 그토록 무리한 덕분에 아직까지 엄마는 무릎에 파스를
달고 산다.

장례식장에서 시엄마는 본인이 아는 사람이 올 때를 제외하곤 종일 작은 방에 틀어박혀 기도만 했다. 나는 상주 자리에서 쉴 새 없이 들이닥치는 손님들과 맞절해야 하기에 자리를 비울 수 없었다. 내 동생은 부조를 담당했다. 일손이 없으니 자연스럽게 엄마가 부엌에서 음식을 날랐다. 혼자 분주하게 뛰어다니는 엄마를 멀리서 지켜보며 마음이 안 좋았다.

엄마를 본 상조 회사 도우미 분이 엄마에게 "아버님은 어디 계세요?"라고 물어보았다고 한다. 몇 년 전에 사고로 돌아갔다는 엄마의 대답을 들은 그분이 "에휴, 언니 팔자도 참"이라고 중얼거렸다. 그 한숨이 너무 기분 나빴다고, 자기 팔자 때문에 남편도 사위도 잃었다는 말 같아서 화가 났다고 말하는 엄마 앞에서 몸 둘 바를 몰랐다. 엄마에게 사위 병간호와 고양이 병간호, 장례 부엌일까지 도맡게 한 상황에 이제는 팔자 이야기까지 듣게 하다니.

상을 치르자마자 엄마에게 이제 집으로 돌아가시라고 했다. 나 때문에 여기 붙잡혀 있지 말라고, 엄마도 이제 일상을 찾으라고 말이다. 엄마는 내 걱정에 발을 못 떼겠다며 "너 밥 좀 먹이고"라고 대답할 뿐이었다. 집으로 가라고 두어 번 권유하다가 포기했다. 안다. 나 혼자 남겨 놓고 발길이 떨어지지 않았을 것이다. 밥이라도 챙겨 주고 온기라도 나눠 주면 남편 잃은 딸의 허전함을 조금은 채울 수 있으리라 기대했을 것이다. 그 선택은 엄마가 할 수 있는 최선의 배려였다.

그러나 엄마가 간과한 것이 있다. 당신 딸은 죽어도 엄마

앞에서 힘든 티를 내지 않는 타입이라는 사실이다. 나는 엄마의 돌봄 노동을 밟고 내 슬픔을 이겨 내고 싶지 않았다. 엄마와 둘이 있는 동안 눈물을 꾹 참았고, 밤이 내려오고 잠을 청하기 위해 이불 속으로 들어갔을 때만 숨죽여 흐느꼈다. 혼자 있고 싶었다. 아무도 없는 곳에서 소리 내어 엉엉 울고 싶은데, 그마저도 못 하게 막는 엄마를 원망했다.

한번은 밥을 먹다가 음식을 조금 흘렸다. 손등으로 턱을 닦는데, 순간 내 턱 밑으로 휴지 한 장이 쑥 들어왔다. 엄마였다. 그 순간 참았던 화가 터져 나왔다.

"제발 나한테 오감을 다 열어 놓지 말라고!"

놀란 엄마는 그 자리에서 굳어 버렸다. 그날 오후, 엄마가 말했다. 아빠가 갑자기 세상을 떠난 후 휴가를 내고 두어 주 함께 있어 준 내가 그렇게 고마웠다고, 그래서 엄마도 내게 그렇게 힘이 되어 주고 싶었다고 말이다. 그제야 울먹이며 그 말에 대답했다. 나는 다르다고, 그저 마음껏 울 수 있는 혼자만의 공간만 있으면 된다고. 엄마가 곁에 있으면 마음껏 울지 못한다고. 엄마는 한마디 했다.

"그래, 내가 네 성격을 간과했네."

다음 날 엄마는 짐을 꾸려 본인 집으로 돌아갔다.

상을 치르고 난 뒤 호스피스 병동에 감사 인사를 드리러 갔을 때 수녀님께 이 이야기를 했다. 수녀님은 안타까운 표정으로 "아주 엄마 가슴에 대못을 박는군요" 했다. 그러게. 우리 엄마 힘들게 한다고 그렇게 열을 냈으면서, 나는 더 큰 상처를

엄마에게 주고 말았다. 더는 불효하고 싶지 않아서 엄마에게
일상으로 돌아가라고 권했던 거였는데, 그 말을 하는 과정에서
더 큰 불효를 저질러 버렸다. 내 이 어리석음을 어쩌면 좋을까.
앞에서 '부모는 자식을 전혀 모른다'라고 했는데, 그 반대도
마찬가지다. 자식 또한 죽어도 부모의 마음을 헤아릴 수 없다.

환희

어머님께

안녕하세요, 어머님. 사위 환희입니다.

코타키나발루 가서 생신 축하 편지 쓰고 오랜만에 다시 편지 드리는 것 같네요.

한 달 넘는 시간 동안 저 챙기느라 너무 고생 많으셨죠. 사위가 호강은 못 시켜 드려도 고생은 시켜 드리지 말아야 하는데, 어머님께 면목이 없습니다.

인물도 시원찮고, 그렇다고 능력이 좋은 것도 아닌 것 같고, 어디 하나 특출하게 마음에 드는 데 없는 사람이랑 귀한 딸 결혼시켰는데, 가족이 되었는데도 그다지 살갑지도 않고, 결혼한 지 얼마나 되었다고 중병에 걸려서 비실대고 있는 걸 보고 계실 그 속이 얼마나 답답하실지 짐작조차 안 가네요.

그래도 아프기 전까지 지은 씨랑 둘이 행복하게 잘 살았고, 사람은 누구나 약해지고 병드는 게 순리니까. 제가 얼른 건강해져서 행여나 지은 씨나 어머님이 병들고 약해질 때 잘 돌볼 수 있도록 하겠습니다. 그러니 지금은 미안하고 죄송하다는

160

말씀 대신 돌봐 주셔서 참 감사하다는 말씀만 드릴게요.

어머님 덕분에 한 달간의 1차 항암 방사선치료 무사히 잘 마칠 수 있었어요. 운전하며 병원을 오가시랴, 집안일 하시랴, 너무 힘드셨죠. 제가 지금 정도 건강할 수 있는 것도 다 어머님 정성 덕입니다. 저희 아기 봐주는 거 대신하는 셈 치고 제 병간호하러 오시는 거라고 말씀해 주셨지만, 눈에 넣어도 안 아플 아이 돌보는 일과 다 큰 사위, 어쩌면 어렵기도 한 사위 돌보는 일이 얼마나 큰 차이가 있을지 잘 알고 있어요.

이번 일 겪으면서 지은 씨나 저나 서로의 소중함을 느끼면서 더 돈독해진 것 같아요. 하루라도 빨리 건강해져서 지은 씨랑 더욱 행복하게 잘 사는 모습 보여 드리겠습니다.

늘 건강히 오래 사시면서 지켜봐 주세요.

사위 환희 드림

2020.07.07.

ⓞⓞⓞ

지은

당신 암 수술 후 엄마와 한동안 동거할 예정이라는 내 말을
들은 한 지인은 진심으로 충고했다.

"엄마와 사는 거, 힘들 거예요. 그래도 절대 싸우지 마시고
요, 큰일 앞두고 예민해져서 작은 일에 연연해하지 마세요."

그 말을 주문처럼 외우며 한 달 반을 함께했다.

엄마와의 하루는 엄마의 요청과 나의 노동이 뒤섞여 있다.
엄마는 최선을 다해 집 안을 쓸고 닦았고, 엄마 선에서 해결되지
않는 부분들을 모으고 모았다가 퇴근한 딸에게 전부 쏟아 내고
는 했다.

퇴근하고 돌아오면 자리에 앉기도 전에 온갖 주문이 밀려
들어왔다. "부엌에 헐거운 선반 다시 달아 줘" "작은방 전등
좀 갈아 줘" "저녁에는 거실에 도배 좀 하자" "인터넷에서
바나나 주문해야 된다" "커피가 다 떨어졌으니 오는 길에 사다
줘" "물품 중에 쓰는 것과 안 쓰는 것 좀 분리해 줘" 등. 엄마는
나를 붙잡고 낮 동안 마음에 걸렸던 모든 부분을 속사포처럼
늘어놓고는 했다. 아무래도 몸 아프고 심리적으로 거리가 먼
사위보다는 무뚝뚝해도 딸이 좀 더 편해서 그러했을 것이다.

한번은 퇴근 후 밥을 먹고, 재활용 분리수거를 마치고, 당신과 저녁 산책을 하고, 또 다른 암 환자인 고양이 리아의 약과 밥을 챙겨 먹이고, 설거지 건조대를 설치해 달라는 엄마의 부탁에 응하고 나니 저녁 아홉 시가 조금 넘었다.

밤새 모기와 리아의 치댐에 시달려 잠을 설쳤는데 이 와중에 생리도 터져서 한껏 지친 상태라 그냥 바닥에 대 자로 누워 있었다. 그런 내게 다가와 아직 해결하지 못한 부분들을 하나둘 늘어놓는 엄마. '참아야지, 참아야 해. 싸우지 말자, 싸우지 말자' 중얼중얼 주문을 외웠으나 밤 열 시쯤 고양이 화장실 청소하는 내게 다가와서 "부엌에 안 먹는 것들 좀 정리하자"라는 요청에 결국 폭발하고 말았다. 내 짜증 섞인 목소리에 엄마는 그저 짧은 한숨을 내쉬며 돌아설 뿐이었다.

한번은 내 곁을 스치는 엄마에게서 파스 냄새가 훅 지나갔다. 내게 한 요청보다 엄마 혼자 해결한 일이 몇 배는 많다는 반증이었다. 왜 그 많은 고마움을 뒤로하고 내 감정을 앞세웠을까. 그 짧은 순간의 폭발이 아직도 아쉽다.

당신의 방사선치료와 항암 1차가 마무리되었을 때 비로소 엄마와의 첫 번째 동거를 끝마쳤다. 다 큰 딸이 주는 눈칫밥과 아픈 사위의 병간호로 고생한 엄마에게 홍삼 한 박스와 약간의 수고비, 당신이 직접 쓴 편지를 함께 전달했다. 그 선물들에 엄마는 결국 울음을 터트렸고, 엄마 앞에서만큼은 절대 울지 않는 나는 울음을 꾹 참아 냈다. 엄마는 '엄마니까 한 당연한 일'이라 말했지만, 그 어떤 돌봄 노동도 당연하지 않음을 우리는 너무 잘 알고 있었다.

　당신이 떠나리라는 생각을 꿈에도 못 했던 엄마는 당시에 '이 한 고비를 넘기면 서로가 웃으며 추억할 수 있는 날이 곧 다가올 거'라고 이야기했다. 그리고 그런 날은 영원히 오지 못했다.

환희

사실상 고의로 잘못을 저지르는 사람은 거의 없다. 그런 연유로, 사과를 할 때 변명을 하지 않는 것은 정말 어려운 일이다. '사과의 기술' 같은 매뉴얼이 존재하는 이유겠다. 여하튼 잘 사과하는 것은 중요한데 역시 어렵다.

좋은 생각을 하고 좋은 말을 내뱉는 것은 별것 아니다. 그냥 '쉬운 일'이다. 편안한 위치에 있는 사람들이 하는 좋은 말의 대부분이 차후 허튼소리로 밝혀지는 건 괜히 그런 게 아니다. 좋은 사람은 자신에게 유리하지 않은, 심지어 명백히 불리한 상황에서도 자신이 했던 좋은 생각과 말에 기반한 행동을 하거나, 최소한 그것과 상반된 말과 행동을 하지 않는다.

2017.10.29.

지은

의사로부터 당신의 사망을 확정받고, 병원 14층 호스피스 병동에서 지하 1층 장례식장으로 이동하면서 긴장이 풀렸다. 그 때문인지 장례식장 안에서의 사흘은 단편적으로 기억날 뿐이다. 지인들의 "지은 씨가 장례식장에서 나한테 이런 말했잖아요"라는 말 앞에서 "그랬나요? 기억이 안 나요"라고 답변할 때가 잦았다. 내 슬픔에 취해 있었는지, 장례식장에서 나와 직접 말을 붙였다는데도 그분을 만난 기억이 없는 경우도 있다. 누군가에게 안겨 울 때 '마스크 덕분에 마음껏 울 수 있구나. 코로나19도 좋은 점이 있네'라고 생각했던 기억만 어렴풋하다.

장례식장에서는 '다 끝났으니 이제 나도 좀 마음껏 슬퍼하고 싶다'는 마음으로 가득했던 것 같다. 시엄마와의 줄다리기도, 당신이 언제 떠날지 몰라 불안하던 마음도, 울음을 참고 냉정해지려던 노력도 다 내려놓고 싶었다.

그러나 마음만큼 슬퍼할 수는 없었다. 자꾸만 다가와서 내 상태를 확인하는 가족들 때문에 꼿꼿하게 앉아 억지로 자리를 지켰다. 지겨웠다. 그저 이 모든 절차가 얼른 끝나고 가만히 침잠할 날만 기다렸다.

'좀 쓰러지면 어떻다고 이 난리일까. 이제 다 끝났는데 나보고 언제까지 정신을 붙잡고 있으라는 거야.'

엄마는 내가 밑바닥으로 꺼져 버릴까 봐 전전긍긍했다. 당신을 입관하는 날, 엄마는 청심환을 사와서 내 손에 기어이 쥐여 주고 갔다. 그 알약을 보며 '왜 우리 엄마는 내가 마음껏 슬퍼하지도 못하게 막는 거지'라고 생각했다. 당신의 입관 앞에 한없이 울다가 혼절하고 싶은 마음이었는데. 내가 그 정도는 해도 되잖아. 나보고 대체 언제까지 슬픔을 참으라는 건가. 그럼에도 엄마 마음을 이해 못 할 바는 아니어서 말없이 그 약을 받아먹었다.

그때부터였을까, 엄마가 내 슬픔을 방해하는 존재로 느껴졌던 것은. 혼자 집에 남은 내가 걱정되어 본인 집으로 떠나지 못하는 엄마에게 얼마나 많은 퉁바리를 놓는지 모른다. 당시 낮에 상속 관련 업무를 처리하고 저녁에 당신이 남긴 블로그·페이스북 글들을 찾아 읽는 것으로 내 하루는 꽉 짜여 있었다. 그 사이사이에 엄마는 내 눈치를 살피며 밥을 먹이고, 집 안을 청소하고, 화분의 위치나 부엌살림 노하우 같은 것들을 조언했다. 그때마다 '당신 글 읽어야 하는데 엄마가 자꾸 말 시켜서 흐름 끊긴다'고 속으로 짜증을 냈던 것 같다. 지나치게 나를 배려하는 엄마에게 크게 화를 내기도 했다.

얼마 전 엄마 집에 갔을 때 일이다. 엄마가 무의식적으로 베푼 배려가 내게 지나친 간섭으로 느껴져 그러지 말라고 했다. 엄마는 '딸에게 관심이 있으니 해줄 게 눈에 보이는 게 당연하지 않냐'고 물었다. 그 말에 기어이 한마디 덧붙였다.

"엄마는 내가 식사를 마치면 곧바로 사과를 내오고, 사과를 다 먹으면 곧바로 커피를 내오잖아요. 나는 그게 싫다는 거야. 나한테 모든 안테나를 세워 놓지 말라고."

그러고서는 기어이 "남한테 너무 신경 쓰지 마요"라고 덧붙였다. 엄마는 "우리가 왜 남이냐"고 물었고, 나는 "그럼 남이지, 엄마가 나냐"고 대거리했다. 엄마와 나의 오고 가는 핑퐁 게임 앞에서 동생은 눈알만 굴렸다. 여기서 엄마가 한마디를 날렸다.

"나는 나중에 늙어도 너하고는 같이 안 살겠다고 결심했다."

말싸움에서만큼은 엄마한테 절대 지지 않는 나다. 헌데 저 말을 듣는 순간 전투력을 상실했다. 언젠가 엄마에게 "이제 엄마도 혼자고 나도 혼자니 그냥 같이 사는 것도 괜찮지 않을까?"라고 넌지시 물은 적이 있다. 그때 엄마는 "엄마는 좋아. 네가 원한다면 그렇게 할게"라고 대답했다. 근데 이제는 나와 살지 않겠다니? 대충 얼버무리며 "아, 나도 안 살아. 나 말고 쟤랑 살아요"라며 가만히 있던 동생에게 떠넘기고 입을 닫아 버렸다. 엄마는 "쟤랑도 안 살아"라고 대답했다.

시간이 지나고, 나와 살지 않겠다는 그 말이 어째서 그리 충격적이었는지 곰곰 생각해 보았다. 아마 엄마는 나를 받쳐 주는 사람일 뿐, 거부할 수 있는 존재라고 생각해 본 적이 없기 때문이었던 것 같다. 우리의 동거에 '예스' 또는 '노'를 외칠 결정권은 나에게만 있는 줄 알았다. 엄마의 한마디는 '엄마도 너를 거부할 수 있다'는 증명 같았다. 앞으로 엄마를 함부로 대하지 말라는 선언. 남편 잃은 유세 떨지 말라는 경고. 너보다 남편을 잃어도 먼저 잃었고, 살아도 20여 년은 더 살았으니까 불지 말라는 옐로카드.

환희

지금도 나는 가끔 재수 없는 사람이지만 20대 초반에는 더 재수 없었다. 자본주의사회의 부품으로 살지 않겠다며, 평범한 회사원들을 모두 영혼도 생각도 없는 사람 취급했던 것 같다. 출퇴근길 사람으로 꽉 끼는 지하철, 잦은 야근과 회식, 직장 내 철저한 위계 관계, 집에 가자마자 지쳐 쓰러지는 삶을 반복하고 싶지 않기도 했고.

생각을 바꿔 준 건 한 일본 드라마였다. 또래 남자들이 그랬던 것처럼 히로스에 료코를 좋아했던 나는 그가 나온 드라마를 모조리 찾아보았다. 그 가운데 <모토카레>[전 남자친구]에서 주인공들은 드라마 제목대로 연애를 했지만 그 못지않게 '일'을 했다.

주인공은 양복 값을 걱정하고 매일 지옥 같은 상태의 지하철로 출퇴근하는 평범한 남자다. 이 남자는 샐러리맨으로 일하며 상사와 고객에게 깨지면서도 동료들과 협업하며 주어진 일을 곧잘 해낸다. 가끔은 아주 잘해 내기도 하고. 이상하게 그게 사람 사는 모습처럼 보였고, 꽤 좋아 보였다. 그때까지만 해도 그저 자본주의의 부품으로 살지 않겠다는 나이브한 생각으로,

일을 하게 된다면 시민 단체 같은 데서 할 거라고만 생각했는데, 처음으로 보통의 샐러리맨으로 살아도 괜찮겠다고 생각했다.

그때로부터 10년 정도가 흘러 정말 평범한 직장인이 되었다. 사람이 넘치는 지하철로 출퇴근하고, 가끔 야근하고, 종종 집에 가자마자 방전된다. 어떤 날은 너무 피곤해서 분명 집에 누워 있는데도 이런 생각이 든다.

'아, 집에 가고 싶다.'

첫 회사에 다닐 때였다. 책이 너무 안 팔려 매출을 맞추기 위해, 혹은 뭐 하나라도 걸려서 베스트셀러 될 가능성을 높이기 위해 출간 종수로 밀어붙이는 해가 있었다. 원래 책은 최소 두 달은 주어져야 제대로 만들어 낼 수 있지만 그때는 거의 한 달에 한 권꼴로 만들었다. 스스로가 처한 상황을 자조하는 의미로, 또 내게 뭔가 의미 있는 프로젝트를 하고 있다는 착각을 심어 주기 위해 '월간 윤종신'을 따라 '월간 이환희'라는 이름을 붙이고 매달 책을 만들어 내며 개인 SNS로 홍보했다.

그 무렵, 퇴근할 때마다 생각했다.

'아, 회사 그만둘까.'

체력이 달리기도 했지만 너무 많은 책을 만들다 보니 한 권 한 권에 별로 공을 들이지 못하고 매너리즘에 빠져 대강 일하고 있다는 괴로움이 컸다. 3년 차에 매너리즘이라니. 그래도 회사는 내가 만들고 싶은 책이라면 다 만들 수 있게 해주었고, 직접 기획해서 계약한 저자들과 함께 끝까지 완성하고 싶은 책이 많이 남아 있었으며, 커리어를 시작한 지 얼마 되지도 않았는데 여기서 단절을 만들고 싶지 않았다. 더구나 겉으로 보이는 이미지에 비해 노동환경이 열악하기로 이름난 출판계에서 그나마 일하기 괜찮은 조건을 갖춘 여기를 벗어나면 지뢰밭이 펼쳐질 게 눈에 훤하기도 했다.

집에 가서 나만큼, 혹은 나 이상으로 회사일 때문에 지쳐 있을 아내에게 반 농담, 또 반 진담으로 하소연하고는 했다.

"나 회사 그만둘까?"

그렇게 이야기하면 아내 역시 반 농담, 또 반 진담으로 말해 주었다.

"그만 둬. 내가 먹여 살린다!"

퇴근길엔 늘 집으로 가는 길이 같았던 입사 동기와 대화하며 스트레스를 풀었지만, 그와 함께 퇴근하지 않을 때는 윤종신의 <지친 하루>로 스스로를 달랬다.

회사를 옮기고 난 지금도 그때와는 또 다른 이유로 지치고 괴로운 날이 있다. 처한 환경은 바뀌어도 퇴근길에서 이 노래가 발휘하는 힘은 계속 유효하다. 로또 당첨되고 싶다.

ⓞⓞⓞ

지은

"지은 씨가 이제 저 일하지 말래요."

방사선치료를 위해 함께 병원을 가던 당신이 건넨 이 말에 엄마는 가슴이 철렁 내려앉았다고 한다.

'일을 안 한다니? 내 딸이 내 전철을 밟는 건가?'

어릴 적 우리 집은 꽤 부잣집이었다. 여러 명의 직원을 고용한 규모 있는 가구 공장과 안양 시내 중심가에 위치한 60평짜리 꽃꽂이 학원, 지하상가 목 좋은 곳에 차린 꽃 가게까지 동시에 운영했으니까. 너무 바빠 셀 시간이 없어서 그날 번 돈을 비닐 봉투에 대충 담아 집에 들어오면 나와 동생이 그걸 세겠다며 잠도 안 자고 기다리고 있었다고 한다. 어릴 적 나에게 브랜드 옷 외에는 입히지도 않았고, 피부 하얘지라고 흰 우유와 인삼 물로 목욕을 시켰다고 한다. 기억도 나지 않는 그 시절 이야기들이 내 귀에는 꼭 전래 동화처럼 들렸다.

본인은 인정하지 않겠지만, 아빠는 사업에 어울리는 사람이 아니었다. 연이은 아빠의 사업 실패는 우리 집을 나락에 떨어뜨렸다. 내가 대학을 졸업할 시점에 우리 네 식구는 엄마가 운영하는 월세 옷 가게 쪽방에 딸린 1평짜리 작은 방에 우겨

들어가 살았고, 따뜻한 물이 나오지 않는 가게 부엌에서 돼지코로 온수를 데워 몸을 씻고, 옆 호프집과 건물 공공 화장실을 공유했다. 술 취한 사람들이 남긴 담배 냄새와 오물이 우리 가족의 처지를 적나라하게 말해 줬다. 당신과 결혼을 결심할 즈음에는 우리 부모에게 그나마 작은 집도 생기고 나도 따로 나와 살 정도의 여유는 생겼을 때다. 그럼에도 공무원 부모 밑에서 안정적으로 자란 당신 눈에 우리 집은 너무나 가난하고 불안정한 집안이었을 것이다. 종종 당신은 우리의 작은 월급으로 우리 둘의 노후와 내 부모의 노후까지 감당할 수 있을지 걱정하기도 했다. 그런 마음을 가지게 해서 늘 미안했다.

한두 차례 사업이 망한 후 아빠에게는 큰 빚과 본인 몸뚱어리만 남았다. 이렇다 할 기술 없는 이가 가질 수 있는 직업은 건설 현장 노동 정도밖에 없었다. 건설 현장을 꾸준히 드나들었으나 정기적인 일자리가 아니다 보니 몇 달 월급을 받다가 공사가 끝나면 또 몇 달쯤 쉬는 패턴을 반복했다. 아빠는 일하고 싶지 않아 했다. 나가서 돈 벌어 오라는 엄마의 성화에 아빠는 "내가 거기서 어떻게 취급받는지 알면 그렇게 나가서 일하라고 말 못 할 거다"라고 대답했다. 그러나 아빠가 쉬는 동안에도 빚은 악착같이 불어났기에, 빚이 늘어나는 속도만큼 엄마의 스트레스도 비례해 늘었다. 엄마는 옷 가게에다가 카드 회사, 보험회사까지 쓰리잡을 뛰어다녔다. 지친 엄마는 나를 월급 받는 남자에게 시집보내는 것이 소원이라고 했다.

엄마는 세상에 안정적인 직업 같은 건 없음을 간과했다.

내가 월급 받는 남자를 만나기 했는데, 이렇게 일찍 회사를 그만두고 심지어 병수발까지 할 거라고 예상이나 했겠는가. 엄마는 이 상황이 너무 화가 나서 아빠 무덤에 가서 '딸과 사위 좀 지켜 달라는 그 부탁 하나 못 들어 주냐'고 아빠에게 한바탕 큰소리를 내고 왔다고 한다. 그렇게 아빠는 죽어서도 엄마의 성화에 시달렸다.

사실 엄마가 몇 달 동안 우리 집에 머물 수 있던 이유는 아빠 덕이 컸다. 이렇게 말하면 조금 잔인한데, 한껏 주름 많던 내 원가족의 삶이 그나마 펴진 건 아빠의 죽음 덕분이었다. 그가 남긴 수억의 빚은 아빠의 목숨 값으로 충당되었다. 근무 시간에 추락사한, CCTV에 영상까지 찍힌 명백한 산업재해였고, 아빠가 비교적 규모 있는 회사에서 하청 아닌 직영으로 일했기에 남들보다 산재를 쉽게 인정받았다. 엄마도 그 많던 일에서 빠져나와 나라에서 주는 유족 연금으로 먹고살 수 있게 되었기에 몇 달 동안 생활비 걱정 없이 우리 집에 마음 놓고 머물렀다. 3년 전 아빠가 돌아가시면서 받은 보험금으로 엄마는 내게 빌렸던 돈을 전부 돌려주었다. 우리는 그 돈을 종잣돈 삼아 경기도 신혼집을 정리하고 서울 아파트로 이사했다. 아빠는 자신의 빚을 스스로 갚았고, 자식들에게 대물림하지 않았다. 그러니 나름 할 만큼 했던 게 아닌가 싶다.

엄마는 딸이 자기 전철을 밟을까 걱정했지만, 사실 당신이 돈을 못 벌게 막은 건 바로 나였다. 나는 최선을 다해 당신의 복귀를 막았다. 병원에 입원한 당신 대신 감사 인사를 한다는 핑계로 당신 회사에 찾아가 대표님과 면담하기도 했다. 당신과 다시 함께 일하고 싶다고, 1년이 걸리든 2년이 걸리든 돌아오기를 기다리겠다는 그분에게 "저는 일 안 시키고 싶어요"라고 단호하게 굴었다. 혹시 당신이 복귀하고 싶다고 찾아와도 그분이 '안 된다'고 막아 주시길 바라면서. 비죽 새어 나오는 눈물을 참지 못하고 그분 앞에서 한참 울면서 나 하고 싶은 말만 줄줄 읊다가 도망치듯 빠져나왔다. 부끄러운 기억이다.

당신과 좀 더 오래 함께하고 싶어서 부린 이 욕심이 잘한 일이었는지 모르겠다. 당신은 자신의 일을 사랑했다. 살고 싶은 마음만큼이나 다시 일하고 싶은 마음도 컸다. 시아빠와 병원에 입원했을 때 "복귀하면 작가들이 나 불쌍하다고 원고 주고 그러지 않을까?"라는 말을 했다는 소리에 가슴이 미어졌다. 집에서 쉬는 거 좋긴 한데 조금 지겹다고, "못해도 2021년에는 복귀하고 싶다"고 조심스럽게 말하는 당신에게 "2년만 더 쉬자"라고 제안했다. 병원에서 예상한 수명이 3년이었으니까, 2년 뒤라면 더 살지 아니면 곧 떠날지 결과가 드러날 거라는 나름의 예상으로 제시한 수치였다. 결국 당신은 2021년을 맞이하지 못하고 세상을 떠났다.

그렇게 일을 사랑했던 당신은 일로 돌아가지 못했고, 일에서 벗어나고 싶어 하던 아빠는 일하다가 죽음을 맞이했다. 어느 쪽이 더 나은 죽음인지 잘 모르겠다.

환희

엄마와 또 좁은 방에서 하루를 보내게 되었다. 우리 모자는 이야기도 제법 많이 나누고 친구처럼 잘 지내는 편이라고 생각한다. 그렇지만 혹시 내가 결혼이라는 걸 하게 된다면, 엄마와는 전혀 다른 성향의 사람을 만나고 싶다.

2013.01.23.

지은

당신이 떠난 지 두어 달 지났을 때 당신 고향인 상주에 내려갔
다. 당신 없는 시골 방문은 처음이라 어색할 줄 알았는데 의외로
즐거웠다. 시아빠와 함께 다락방에 올라가 당신이 중고등학교
시절에 열심히 모았을 음악 CD와 DVD를 구경하고, 먼지 쌓인
앨범을 꺼내 왔다. 낡은 앨범 속에는 꼬꼬마 시절 당신이 가득
있었다. 두 분이 쉴 새 없이 당신 자랑을 했다. "이건 처음
유아세례 받을 때야" "환희는 가르쳐 주지도 않았는데 네 살
때부터 글을 읽었다. 슬이(당신 누나) 한글 가르치는 옆에서
곁눈질로 깨우쳐 버렸어" "여기는 ○○동 살 때네. 여기서 중학
생 때까지 살았지." 한껏 달뜬 목소리로 설명하는 시부모 이야
기를 열심히 들어 드렸다. 이렇게 즐거워하시는 줄 알았다면
당신과 있을 때 앨범 한번 함께 보았으면 좋았겠다. 당신 대신
내가 효도 좀 했다.

　당신 없이 우리는 산책도 했다. 길 건너 숲길을 한 시간
정도 셋이 나란히 걸었다. 당신과 함께 밤을 줍던 그 산이다.
그때는 줍지 않은 밤이 바닥에 아무렇게나 굴러다녔는데, 지금
은 아무것도 없더라. 함께 산을 타며 계속 당신 이야기를 했다.

그분들은 20대 이전의 당신을 이야기했고, 나는 최근의 당신에 대해 주로 설명했다. 시엄마는 당신이 무엇을 좋아하고 싫어하는지 잘 모르셨다. '자식이 좋아하는 것'보다 '자식에게 주고 싶은 것'에 더 집중한 양육자의 전형적인 모습이다. 내가 하나하나 다 이야기해 주었다. "환희 씨는 식혜 말고 수정과 좋아해요" "환희 씨는 조기 안 좋아해요. 생선 종류는 비린내 때문에 잘 안 먹었어요. 갈치·삼치만 좋아해요" 같은 것들.

상주 방문이 화기애애하기만 했던 것은 아니다. 당신 이야기로 한참 즐거워하다가 병간호하던 시절 이야기가 나왔다. 방사선치료부터 하늘나라 가기 전까지 당신 간호하느라 너무 고생한 우리 엄마에게 미안하다고 이야기하는 나에게 시엄마가 운을 띄웠다.

"네 엄마한테 효도하는 방법이 뭔 줄 아나?"

무슨 말할지 빤하다. 그 말이 나오자마자 언성을 높였다.

"어머니, 재혼 이야기 꺼내지도 마세요."

"아니, 나는 네가 너무 힘들 것 같아서…… 빨리 잊고 다른 남자 만나서 애기 낳고 살면 좋잖니."

"그러면 어머니는 입양하세요. 아들 빨리 잊으려면 아들 입양하시면 되겠네요!"

나는 소리를 지르며 바락바락 대들고, 시엄마는 눈물 바람이고, 시아빠는 사이에서 안절부절못했다. 잠깐의 평화는 결렬되었다.

시아빠와 단 둘이 장을 보러 읍내에 나왔을 때, 자꾸만 시엄마에게 버럭 화를 내는 게 고민이라고 고백했다. 가만히 듣고 있던 시아빠가 대답했다.

"슬이랑 둘이 '어떻게 환희는 저렇게 제 엄마랑 똑같은 사람을 만났지' 했다."

그 말에 박장대소했다. 내 인생 최대 라이벌과 내가 똑같다니? 미워하면 닮아 간다더니 그 일종인가? 어디가 그렇게 닮았냐고 물었더니 이런 대답이 돌아왔다.

"직설적으로 말하는 거. 자기가 주도해서 일을 추진해야 속이 풀리는 거."

시아빠는 시엄마와 부부싸움을 하면 늘 크게 상처받는다고 한다. 시엄마는 단 한마디로 벌처럼 날아서 시아빠 가슴에 대못을 때려 박는 능력이 있다고 한다. 언젠가 시아빠는 시엄마에게 "당신 시를 좀 써봐라. 당신은 시인하면 잘할 거다"라고 조언했다. 어떻게 그 상황에 그런 단어들을 딱딱 만들어 내는지 신기하다는 말과 함께.

그 능력은 나도 못지않다. '재혼하라'는 이야기에 '당신은 입양하라'고 대꾸하는 내 모습에 다들 '어떻게 그 상황에 그런 대답을 생각해 내냐'며 혀를 내둘렀다. 시엄마가 한 이야기 가운데 '저 말 사과받아야겠다'고 생각하면 바로 말했다. "저 어머니한테 따질 거 있어요." 내 입에서 이 말이 나오면 시엄마의 동공은 흔들렸고, 이내 '미안하다' 소리가 나왔다. 시엄마는 나에게 수시로 미안하다고 했다. 내 입장에서는 대체 미안할 일을 왜 자꾸 만드는지 의아할 뿐이었지만, 잘못하고도 사과할 줄 모르는 이가 태반인데, 게다가 손아랫사람에게 고개 숙이기는 쉽지 않은 일 아닌가. 상처에 사과받을 수 있었던 것은 모두 그분의 마음이 큰 덕분이라고 생각한다.

시아빠는 시엄마와 40년 가까이 사는 동안 잘못을 시인하는 모습을 처음 봤다고 한다. 우리 엄마는 말했다.

"하여간 이씨 집안 고집은 알아줘야 해."

시엄마는 무슨 일을 추진하든 전면에 나서야 하는 타입이다. 교사 시절에는 학교에서 일이 뜻대로 되지 않으면 집에 와서 종일 울었다고 한다. 시엄마는 누군가 힘들어하는 모습을 보면 본인 사비를 털어서라도 그의 결핍을 채워 주려고 노력한다. 성당 활동도 활발히 하시고, 베트남 학교 짓기 모금 활동이나 교도소 자원봉사 같은 행사들도 빠지지 않는다. 떡이나 김치도 동네 사람 전부 먹어도 남을 만큼 만들어 나눠 준다. 어떤 일에든 먼저 나서는 덕에 동네 사람들이 언제나 시엄마의 의견을 최고로 쳐주었다고 한다.

나 또한 남에게 기대기를 달가워하지 않고, '이건 내 일이다' 생각이 들면 절대 물러나는 법이 없다. 우리 엄마는 내게 "그놈의 '제가 할게요' 좀 그만하라"고 했다. 나서는 사람을 좋아하지는 않지만 궂은 일 앞에서 피하지 않는다.

결국 불과 불의 만남이었다. 시엄마와 나의 알력 다툼에 당신부터 엄마, 시아빠, 당신 누나에게 불똥이 계속 튀었다. 그 불똥은 꾸준히 커져 주변에까지 번졌다. 시엄마는 매일같이 누군가에게 전화해 한 시간씩 하소연했고, 나는 분노를 담은 글을 SNS에 쏟아 냈다. 서로 이기려고 안간힘을 썼지만 결국 다 함께 지는 길이 아니었을까 싶다.

상주에 다녀온 후 시엄마에게서 전화가 왔다. 와줘서 고맙다고, 며느리가 온다니 아들 영혼이 같이 따라온다는 마음에 설레었다고. 언제든 또 들러 달라는 말에 꼭 그러겠다고, 감사하다고 대답했다.

누나가 글을 쓴다

환희

나를 낳은 건 엄마와 아빠지만 나를 키운 건 8할이 우리 할매, 그리고 도저히 빼놓을 수 없는 한 사람, 우리 누나다. 지금은 돌아가시고 안 계신 할매가 나를 키운 건 어린 시절에 국한된 일이었다. 그러나 누나는 나와 상호작용하면서, 혹은 존재 그 자체로 나를 아직도 키우고 있다.

누나와 나는 두 살 터울이지만, 내가 생일이 빨라 유치원과 학교를 1년 일찍 들어갔기 때문에 우리는 연년생과 다름없이 자랐다. 자연스럽게 함께 붙어 있는 시간이 많았다.

어렸을 적 나는 작았던 반면에 누나는 몸집이 컸다. 지금 상주예식장 자리에 있었던 버스터미널에서 버스 기사 아저씨와 엄마가 서로 티격태격했던 것이 아직도 생생하게 기억난다. 아저씨가 또래에 비해 너무 큰 누나를 일곱 살 이하로 보지 않았던 까닭에, 엄마가 요금을 내지 않으려고 누나의 나이를 속였다고 생각했기 때문이다. 모르긴 몰라도 이런 경우가 한두 번이 아니었을 거다.

누나는 동생이 일곱 살이 넘을 때까지 대변 본 후 뒤도 닦지 못해서 대신 닦아 주고, 그뿐 아니라 항상 동생을 다방면으로 보살피고 자의로든 타의로든 늘 양보하면서 살았다. 몇 년 전에야 누나가 말해 주어서 안 건데, '양보'에 얽힌 과거 일화가 하나 있다. 누나의 머릿속에는 아직도 그때가 지워지지 않는다고 한다.

누나가 학교에서 돌아오기 전, 내가 할매가 주신 돈으로 찰떡아이스 아이스크림을 두 개 사서 하나는 누나 거니까 냉장고에 넣어 두고 하나는 내가 먹었나 보다. 누나가 돌아와서 냉장고에 있던 찰떡아이스를 먹으려고 집어 들었을 때, 내가 또 먹고 싶다고 떼를 썼다. 할매가 누나에게 절반을 내게 주라고 했다. 누나는 내가 이미 먹은 걸 알았으므로 싫다고 말했다. 그러자 할매가 누나에게 말했다. 그럼 할매 먹게 달라고. 누나는 꼭 나 말고 할매가 먹어야 된다면서 절반을 주었다. 할매는 그런 누나를 배신하고 내게 주고 말았다. 그때 누나는 할매와 내가 정말 야속했다고 한다. 내가 아는 이런 경우만 한두 번이 아니었으니, 모르긴 몰라도 이런 일이 참 많았을 거다. 더군다나 평소에 엄마까지 여기에 가세했으니 더 말할 나위 없을 테고. 그래도 누나는 겉으로 절대로 싫은 내색을 하지 않았다.

누나는 어린 시절 완벽한 사람이었다. 키도 크고, 인물도 좋고, 공부도 잘하고, 운동도 잘하고, 그림도 잘 그리고, 피아노도 잘 쳤다. 나는 반대였다. 키도 작고, 인물도 없고, 소극적이며, 특별히 잘하는 것도 없는, 적어도 내가 느끼기엔 그런 별볼일 없는 아이였다. 그래서인지 어려서는 누나에게 질투를 느꼈던 것 같다. 누나가 엄마나 아빠한테 혼날 때면 마음이 편안해졌다. '누나도 완벽한 사람이 아니구나' 하는 생각이 들어서 괜히 안도하고 질투도 반감되었기 때문이다. 반면 내가 혼날 때면 누나가 엄마 아빠를 말리기도 하고, 진심으로 나를 걱정해 주던 모습이 아직 선명하다. 나는 몸도 마음도 작은 아이였지만, 누나는 몸도 마음도 큰 아이였다.

우리는 자라면서 싸운 적이 거의 없다. 근본적으로 둘 다 성격이 온순한 편이기도 하지만, 어릴 때는 항상 누나가 다 참아 주었기 때문이다. 우리는 태어나서 싸운 적이 아마 겨우 한 손에 꼽을 정도일 것이다. 내가 주위 사람들에게 (꼭 내가 착했던 척하면서) 누나와 싸우지 않고 컸다는 것을 자랑할 수 있는 까닭은, 다 누나가 그 어린 시절 마음이 작았던 나를 잘 참아 주었기 때문이다. 지금도 나는 내 마음이 그리 크지 않음을 종종 느끼는데, 이기적이고 저 혼자 잘난 맛에 살아서, 가끔 자기를 무시하기도 하는 동생을 누나는 오히려 세상에서 가장 인정해 준다. 어쩌면 그렇기에 어려서뿐 아니라 커서도 다툼이 없는 건지도 모르겠다.

싸우지 않으면서 자란 형제자매 혹은 남매는 정이 없다고들 한다. 그 말은 우리 남매 때문에 예외가 생길 듯하다. 누나와 나는 그 어떤 집의 남매들보다 더 가깝다고 감히 말할 수 있다. 우리는 싸우는 대신 틈만 나면 서로의 마음속에 있는 이야기들을 털어놓았기 때문이다. 이야기 나누고, 같이 고민하며, 서로에게 충고도 하고, 힘들 땐 위로하기도 했다. 나는 아마 싸워서 드는 정보다 대화로 쌓는 정이 더 깊은 것이 아닐까 생각한다.

요즘도 누나와 나는 친밀한 대화를 나눈다. 함께 있으면 이야기하느라 시간 가는 줄도 모르고, 어떤 일이 생기면 항상 누구보다 먼저 서로에게 전화를 걸어 이야기한다. 누나는 내게 단지 한배에서 태어난 2촌 관계일 뿐 아니라, 좋은 친구이고, 지금까지의 내 삶을 풍족하게 해준 고마운 사람이다. 나도 누나에게 그것 이상의 의미를 지닌 동생이기를, 과거엔 아니었고, 지금은 아니라 할지라도, 언젠가는 꼭 그러기를 바란다.

2006.05.04.

ⓞⓞⓞ

지은

당신은 본인 누나를 각별히 아꼈다. 겨우 두 살 차이였지만 일하는 부모를 대신해 어린 당신의 똥 기저귀를 갈아 주었던 누나가 실질적인 양육자였기 때문일 것이다. 어릴 적 그때처럼 당신이 아플 당시에도 당신 누나의 헌신은 계속되었다. 집에서 요양하던 시절, 그는 금요일 밤이면 대전에서 KTX에 몸을 실었고, 서울 우리 집에서 금토일 머물다가 일요일 밤이면 다시 대전으로 돌아갔다. 평일 내내 우리 집에 상주하며 부엌일을 도맡은 내 엄마에게 쉬는 시간을 드려야 한다는 이유였다. 당신 누나는 사흘 동안 시엄마가 짠 식단에 따라 충실히 밥을 해다가 당신에게 바쳤다. "부엌일 그만하시고 환희 씨와 대화나 좀 하시라"고 제안해도 "내가 해줄 수 있는 게 이것밖에 없다"며 계속 집 안을 쓸고 닦았다.

평소에도 당신 누나는 우리가 어려운 상황에 직면할 때마다 먼저 나서 주었다. 첫 명절 이후 시엄마와 당신 사이는 급속도로 냉각되었다. 내 능력으로는 꼬일 대로 꼬인 이 문제를 어디서부터 풀어야 하는지, 과연 풀 수는 있는 건지 감도 오지 않았다. 엄마에 대한 실망을 감추지 못하던 당신이 제일 처음 조언을 구한 대상이 당신 누나였다. 빈 방에 혼자 들어가 내가 듣지 못하게 목소리 볼륨을 최대한 낮춘 뒤에 수십 분 동안 통화했다. 당신 누나는 우리를 대신해 시엄마를 설득했고, 서로의 서운함을 털어놓도록 자리를 마련해 주었다. 결국 시엄마는 '명절에서 빠져나오겠다'는 우리의 단호함을 받아들였고, 우리는 원하는 바를 얻어 냈다.

나에 대한 배려도 각별했다. 시부모가 카카오톡 단체창을 만들었을 때 며느리 입장에서 단체창이 얼마나 부담스러운지를 언급하며 '없애자' 주장했던 것도 당신 누나였다. 또 그는 나를 '시누'라고 부른 적이 없다. 언제나 내게 "지은아"라고 말 걸어 주었다. 선물 하나 보내려 해도, 상품권 하나만 건네도 "아냐, 나는 정말 신경 쓰지 마, 지은아. 정말 괜찮아"라며 손사래를 쳤다. 그러면서도 당신 병원비를 보탠다는 명목으로 없는 돈을 끌어다가 기어이 내 손에 쥐여 주고야 말았다. 심지어 내가 받지 않을까 봐 스테인리스 쓰레기통 안에 돈 봉투를 넣어 주고 이사 선물이라며 두고 갔다. 어쩜 이렇게 배려심이 많을까. 그는 정말 형다웠다. 시엄마가 보내는 수십 수백만 원 어치 음식이 담긴 택배 상자보다 그 스테인리스 쓰레기통이 수십 배 더 고마웠다. 시엄마에게 받은 생채기들은 당신 누나의 마음 씀씀이 덕분에 조금씩 아물어 갔다.

당신은 이토록 다정하고 반짝반짝 빛나는 누나가 결혼 후 아이들을 키우느라 더 큰 세계로 나아가지 못하는 것을 안타까워했다. 조카를 예뻐하고 누나의 선택을 존중하는 것과 별개로 누나의 삶이 좀 더 확장되기를 바랐다. 한번은 당신이 누나에게 은유 작가의 글쓰기 수업 링크를 공유하며 "누나도 들어 보라" 고 제안했다. 삶의 확장을 응원하는 마음이었을 것이다. 당신 누나는 "내가 글을 어떻게 써"라는 이유로 그 제안을 거절했다.

언젠가 시아빠는 "어릴 적 슬이는 산문을 잘 썼고, 환희는 시를 잘 지었어"라고 말했다. 당신은 "불공평하게도 아빠의 (예술적) 재주는 누나가 다 가져갔어"라고 언급한 적도 있다. 한번은 내게 누나 블로그에 있던 조카들의 육아 일기가 얼마나 재미있었는지 말해 주기도 했다. 그러니 "내가 글을 어떻게 써"라는 한껏 움츠러든 그 말은 능력의 문제가 아니라 자신감 의 문제였을 것이다. 당신 누나는 아이 둘을 키우느라 10여 년 넘게 제대로 된 글을 쓰지 못했다. 게다가 공부를 핑계로 누군가에게 아이들을 맡기고 대전에서 서울을 왕복할 여력도 없었을 것이다.

그런 당신 누나가 이제는 글을 쓴다. 페이스북 창에다 당신 과 함께한 어릴 적 추억을 공유하고, 딸 입장에서 본인 엄마의 상태를 묘사하고, 당신의 옷을 입고 돌아다닌 일상을 적어 놓는 다. 당신 계정으로 몰래 들어가 훔쳐 읽은 그 글들은 당신 누나 를 닮아 여리고 환했다. 당신의 부재가 그에게 글쓰기라는 능력 을 돌려주었다. 글을 통해 누나의 삶이 확장되기를 바라던 당신 의 그 마음이 이렇게 받아들여지나 보다.

죽은 당신을 살리는 법

환희

위독하신 할매를 돌보러 바로 문경으로 내려갔다. 우리 할매는
밤새 "아이고 아파라"라는 말만 거듭하시다가 새벽 다섯 시가
가까웠을 때 숨을 거두셨다. 다행히 할머니의 임종을 지켜볼
수 있었다. 펑펑 울고 싶었지만 소리 내어 원 없이 울기에는
이미 내가 너무 커 있었다.

　　직장에 나가느라 나와 누나를 돌볼 수 없었던 엄마를 대신
해서 할매는 10년이 넘게 우리 남매를 키워 주셨다. 손수 밥을
지어, 잘 안 먹는 손자 밥 먹이기 위해 불편한 몸으로 밥상
들고 따라다니시고, 무서운 우리 엄마한테 산수 익힘책 안 풀었
다고 매라도 맞는 날이면, 매 맞은 데를 어루만지면서 달래
주셨다. 동네에서 누가 나를 괴롭히면 할매가 엄마 대신 혼내
주고, 무더운 여름날이면 막내 손자 더워 잠 못 이룰까 봐 밤새
부채질해 주셨다. 할매는 내게 실질적인 엄마였다.

　　어릴 때 큰집에서 잠깐 할매를 모셔 가는 날에는 펑펑 울기
도 하고, 어디 가서 지금 누가 제일 보고 싶으냐고 물으면 늘
'할매'라고 대답했다. 그랬던 할매에 대한 사랑이 언제부터 수
그러들었는지, 중학생이 되고부터 할매는 큰집에서 사셨는데,

연락도 잘 안 드리고 잘 찾아뵙지도 않았다.

명절이나 할매 생신날 큰집에 올라가더라도 내가 너무 인색하고 무뚝뚝한 까닭에 안마 한번 제대로 안 해드리고, 손 한번 따뜻하게 못 잡아 드렸다. 내가 할매의 손을 잡은 건 이미 죽을 때가 가까워 손발이 싸늘하게 식어 가던 순간이었다. 나는 키워 놔도 소용없는 인정머리 없는 막내 손자였다.

할매는 돌아가시기 사흘 전에 대세(성당에서 죽기 전에 받는 세례)를 받으셨다. 세례는 본인이 원하지 않으면 받지 않는다. 엄마·아빠의 권유가 있었고, 당신께서 가장 사랑하는 딸이던 고모가 그렇게 교회에 다니라고 해도 말만 알았다고 하고 그냥 넘기셨던 할매는, 세례를 기꺼이 받겠다고 하셨다. 그러고는 우리 엄마에게 말씀하셨다.

"내가 니들 믿는 거 믿으려고 기다리고 있었다."

할머니는 돌아가시기 몇 주 전부터는 너무 아파 항상 고통스러워하셨는데, 대세를 받는 순간에는 활짝 웃으셨다고 한다. 대세를 주신 수녀님께서 할매가 꼭 천사 같았다고 말씀하셨다. 수녀님께서 묵주를 할머니 손에 쥐여 주시자, "이거 우리 손녀 딸이……"라고 하셨다고 한다. 누나가 묵주를 손에 들고 기도하는 걸 보셨던 모양이다.

할매가 아빠에게는 이렇게 말씀하셨다.

"내가 너들 옛날 집에 살 때, 거실에 작은 책이 하나 있었는데, 거기에 성부와 성자와 성신의 이름으로 아멘. 이렇게 써 있더라."

그러고는 옆에 앉아 있는 고모를 의식하신 듯, "성당이나 교회나 다 좋은 거야, 서로 싸우면 안 돼"라고 하셨다. 할매는 단 사흘간 '마리아'라는 이름으로 주님의 자녀가 되어 이 세상에 사셨지만, 그 누구 못지않은 신앙인이셨다.

유럽 여행 중의 일이다. 터키 파묵칼레에 있을 때, 꿈에 할매가 나타나 그렇게 아프다고, 아프다고 말씀하셨다. 꿈에서 깨어 집에 전화하니 가족들이 괜찮다고 아무 일 없다고 말했지만, 그때 할매는 크게 앓기 시작하셨다고 한다. 다른 가족들에게는 알리지 않고 혼자 아파하셨던 게다. 엄마한테 들은 이야기인데 더운 여름날 애를 혼자 어딜 먼 데 내보내느냐고, 아픈 중에도 할머니가 아빠를 그렇게 혼내셨다고 한다.

여행에서 돌아온 지 이틀 후에 나는 문경으로 아픈 할매를 돌보러 갔다. 진통제를 너무 많이 먹어서 얼굴은 퉁퉁 부어 있었고, 몸은 전보다 더 비쩍 말라 있었다. 보자마자 눈물을 주체할 수 없었다. 할매도 따라 우셨다.

나는 이틀간 할매 곁에 있다가 집으로 돌아왔다. 할매는 그 와중에도 "괜히 우리 환희 고생만 시키잖아" 하면서 내게 미안해하셨다. 내가 할매를 돌봐 드린 이틀 밤으로 나를 키우느라 고생한 할매의 10년 세월은 얼마만큼이나 보상받을 수 있었을까.

할매가 남긴 총 유산은 16만380원이었다. 나는 그중에 2만380원을 상속하게 되었다. 그러나 할매가 내게 남긴 유산은 2만380원이 아니라 할매의 보살핌 속에 아무 탈 없이 자란 내 한 몸이다. 할매의 사랑과 마음이 고스란히 내 몸 안에 남아, 자꾸만 흐르는 눈물의 양만큼 가슴이 아프다.

2005.08.26.

지은

죽으면 모든 것이 끝나는가. 죽음은 사람을 어디로 이끄는가. 종종 당신이 떠난 그 길을 상상해 본다. 지금의 나는 결코 헤아릴 수 없는 낯선 그곳을 당신은 어떤 심정으로 건너갔을까. 겁도 많고 무서움도 잘 타는 당신이기에 그 길을 무사히 건너 하늘나라에 도착했을지 아직도 걱정이다. 겁 많은 당신의 안내자를 자처하기 위해서 우리 용감한 리아가 그렇게 조금 먼저 무지개다리를 건넌 게 아닌가 싶다. 낯선 길이 두려운 형아를 대신해 의젓하게 앞장서 주지 않았을까.

당신의 죽음은 수많은 감정의 구덩이 속에 나를 수시로 빠뜨렸다가 다시 일상으로 밀어 올려놓는다. 그 구덩이는 대체로 부정적이다. 좌절과 분노, 슬픔, 회환, 후회, 절망 같은 것들. 당신이 떠나기 전까지는 대체로 분노와 후회를 오갔던 것 같다. 애써 미뤄 두었던 슬픔이나 절망, 좌절 같은 감정은 장례 이후에 한꺼번에 몰려들었다.

당신을 사이에 두고 시엄마와 실랑이를 벌일 때였다. 다가올 당신의 죽음이 두 사람에게 안겨 준 거대한 상처를 시아빠는 어떻게든 봉합하려고 애썼다. 애먼 시아빠를 붙잡고 시엄마에 대한 원망을 쏟아 냈다.

"지금 어머니는 저한테 투정 부리는 거밖에 안 돼요. 옆에 남편도 있고 딸도 있으니까, 본인이 쓰러지면 누군가 붙잡아 준다는 사실을 아니까 저러시는 거예요. 저는 아무것도 없어요. 남편도 없고 자식도 없고 아무것도 없다고요. 근데 왜 자꾸 환희 씨를 빼앗아 가려고 하냐고요!"

내 분노를 가만히 듣던 시아빠가 속내를 이야기했다. 시아빠는 우리 모두가 함께 사는 길을 고민했다고 한다. 병간호를 하고 이 고난을 함께 견디면서 우리가 좀 더 단단해지길 바랐다고 말이다. 시엄마의 건강 문제와 나의 예민함으로 그 방안은 어그러졌지만 시아빠는 여전히 우리가 화해하면 좋겠다는 소망을 내려놓지 않았다.

"환희가 가고 나서도 우리가 함께 모여 환희 이야기를 나누면 얼마나 좋으니. 그게 환희가 영원히 사는 길이야."

시아빠의 말처럼 우리가 화해해야 죽은 당신이 살 수 있다면, 이제라도 당신을 살리고 싶다. 따뜻하고 다정하며 타인의 아픔에 마음으로 공감하던 당신을 만지고 싶다. 몸은 이미 가고 없지만, 마음만은 살릴 수 있지 않을까. 당신의 뜻을 내가 이어 간다면 당신이 계속 살아 있는 셈 아닐까.

당신 명의 계좌에 있는 돈을 찾기 위해 은행에 들렀다가 발견했던 수많은 후원 계좌들이 기억났다. 암 때문에 휴직했어도 후원을 끊지 않아 당신 계좌에 주렁주렁 달려 있던 그 후원처 목록을 다시 뒤졌다. 기본소득네트워크, 녹색당, 사단법인노

들, 에너지기후정책연구소, 정의당, 정치발전소, 청소년 성소수자 위기지원센터 띵동, 천주교인권후원회, 출판노조, 프레시안 등. 당신이 믿고 지켜 나가려 했던 가치들이 한눈에 보였다. 하나하나 연락해 당신 대신 후원을 이어 가기로 했다. 가입 동기에 이렇게 적었다. "이곳을 후원하던 이환희 씨 뜻을 기리기 위해 가입합니다."

당신은 가진 것을 기꺼이 나눌 줄 아는 사람이었고, 나 역시 그와 같은 사람이 되겠다고 당신 앞에서 약속하기도 했다. 호스피스 병동에 있을 때, 당신 귀에 대고 이런 말을 속삭였다. 당신이 없는 동안 당신 몫만큼 살겠다고. 좋은 것도 많이 보고, 맛있는 것도 많이 먹고, 당신만큼 좋은 사람이 되겠다고. 우리 다음에 다시 만나면 나 당신 없는 동안 이것도 했고 저것도 했다고 쉴 새 없이 재잘거릴 테니까 "아이코, 그랬구나. 잘했네, 우리 자기. 너무 잘했네" 하고 머리 쓰다듬어 달라고. 그리고 당신도 나 없는 그곳에서 나만큼 재미있고 신나게 지내서 다시 만났을 때 뭐하고 있었는지 하나하나 자랑해 달라고. 그 자랑 내가 다 들어 주겠노라고 말이다.

지금도 여전히 나쁜 감정의 구렁텅이에 빠지는 나를 발견한다. 그때마다 당신에게 한 약속을 떠올린다. 나는 당신 없는 이곳에서 당신을 살리기 위해 애쓸 것이다. 또한 당신에게 자랑할 만한 좋은 사람이 되기 위해 노력할 것이다. 그러다 보면 남겨진 나와 떠나간 당신이 함께 있는 것과 다름없어지리라 믿는다.

이별을 해피엔딩으로 가꾸려면

환희

"아들이 행복해 보여서 엄마도 행복하다"라고 엄마가 문자를 보냈다. 나는 불행하지 않은 상태를 행복으로 간주하는 사람이라 살면서 대체로 행복했다. 반려자 덕분에 유독 행복한 순간들이 있긴 하지만 행복을 느끼는 총량이 이전과 비교할 수 없을 만큼 크게 늘어난 것은 아니다. 그러니 엄마가 느낀 '나의 행복'은 엄마가 보고 싶은 것을 본 것에 가깝다. 어찌 되었든 누군가가 나 때문에 행복하다면 서로 좋은 거지만 그것과 별개로 조금 삐딱한 답장을 보냈다. "내가 행복해서 엄마가 행복하다니 좋지만 나 보면서, 나 때문에 행복하지 말고 엄마만의 행복할 거리를 찾았으면 좋겠어"라고.

사실 십수 년 동안 종종 그런 불만을 토로했다. 그런데 이제 결혼이라는 행사를 앞두니 우리 엄마도, 아내의 어머니도 우리로 인형 놀이를 하신다. 나야 서른 해 가까이 부모의 노동 덕분에 많은 자유를 누리며 살아왔으니 감내해야 할 수도 있겠지만 아내는 이미 오래전에 경제적으로 독립했는데도 그렇다. 부모의 과잉 간섭은 단지 경제적 예속의 문제가 아니며, 오히려 문화·관습에 가까운 것 같다. 더 깊이는 분석할 의지도 능력도

없다. 그저 내 기준에서 '쓸데없는' 문제들로 엄마와 티격태격
하는 이 시기가, 눈을 감았다 뜨면 끝나 있었으면 한다.

2016.08.30.

지은

저녁을 먹으며 당신 외장 하드에 있는 영화 가운데 한 편을 감상한다. 저장해 둔 영화가 꽤 많은데, 내 취향이 아닌 게 대부분이라 선뜻 손이 가진 않는다. 그래도 영화를 보면 시간이 빨리 가니까. 요즘에는 마블 시리즈를 무작위로 한 편씩 보고 있다.

오늘은 <닥터 스트레인지>를 보았다. 사고로 손이 불구가 된 스트레인지가 카트만두에 가서 에인션트 원에게 병을 낫게 해달라고 사정하는 모습을 보며 시엄마를 떠올렸다. '불행히도 시엄마가 만난 자연 치유 박사는 에인션트 원이 아니었고, 당신도 닥터 스트레인지가 아니었네' 생각하다가, 아직도 내가 시엄마와 화해하지도, 당신의 질병에서 벗어나지도 못했음을 깨달았다.

시엄마가 그렇게 할 수밖에 없었던 역사적 맥락을 알고 있다. 본인이 암에 걸려 보았고, 수술을 거부하고 자연 치유를 선언한 뒤 10년을 살아 냈으니까. 당신을 살려 낸 그 방법이 당신 아들도 치료해 줄 것이라 믿었으리라. "그거 안 하면 얼마나 한이 맺히겠니"라는 시아빠 말대로, 시엄마는 그렇게 해야만 견딜 수 있었을 것이다. 그것을 알기에 나도 시엄마가 보내는 수많은 택배 상자를 그대로 받아안았다. 그럼에도 머리로는 이해한다면서, 아직도 그때 일들을 받아들이지 못하고 있다. 그러면서 끊임없이 스스로 상처 입힌다.

지인에게 이런 내 마음을 고백했더니 썩 괜찮은 대답이 돌아왔다. 정확한 워딩은 기억나지 않지만 내 식대로 해석해 본다. 흔히 '모든 일에는 일어나는 이유가 있다'고 말한다. 그렇다면 인연도 마찬가지일 것이다. 시엄마와 내가 이런 관계가 된 이유는 무엇일까. 지인은 시엄마의 존재가 당신과 나를 좀 더 돈독하게 묶어 주기 위해서였으리라 추측했다. 공동체는 바깥에 공공의 적이 생기면 내부가 좀 더 단단해지니까. 지인은 만약 시엄마가 없었다면 그 지난한 병간호를 오직 사랑으로만 채울 수 있었겠느냐고 되물었다. 그러니까 시엄마는 우리 부부에게 마블 영화 속 타노스 같은 존재였던 것이다. 나는 그 전쟁에서 이겨 보려고 고군분투하던 캡틴 마블이었고, 내가 타노스와 싸우는 동안 보이지 않던 당신은 세계의 절반이 사라질 때 먼지가 되어 버린 스파이더맨…….

당시 나는 내 반려인의 옆자리를 지키겠다는 마음뿐이었다. 당신이 종일 나만 찾기도 했고, 내가 자리를 비우면 무슨 일이 일어날지 모른다는 생각에 당신 곁을 떠나지 않았다. 그러다 보니 저절로 온몸에 힘이 들어가고 온종일 이를 꽉 깨물고 있어서 치통과 턱에 근육통이 생겨 버렸지만, 덕분에 당신의 마지막 남은 두 달을 온전히 함께할 수 있었다.

게다가 내 곁에는 든든한 지원군들도 있었다. 언젠가 당신이 "나는 영화 <아무르>를 보고 언젠가 다가올 부양이 너무 무서웠는데, 당신 덕분에 그 영화가 얼마나 못 만들었는지 알았어"라고 이야기한 적이 있다. 그 영화는 반신불수가 된 아내를 남편이 혼자 정성껏 돌보다가 결국 아내의 숨통을 끊고 본인도 생을 마감하는 이야기다. 그의 말을 들으며 속으로 생각했다. '나도 혼자였으면 당신 포기했어……'라고.

당신 병이 점차 악화되던 재발기 초반에, 우리 가정에 주어진 수많은 짐을 혼자 이끌어 가기가 버거워 당신에게 요양병원 입원을 제안하기도 했다. 암에 걸려 음식을 거부하는 고양이 부양에, 자꾸만 어린아이가 되어 가는 남편 뒷바라지에, 매일 처리해야 하는 회사 업무와 삼시 세 끼 돌아오는 집안일까지 혼자 감당해야 하는 나날 속에 버티고 버티다가 엄마에게 전화를 걸었다. 나 좀 도와 달라고. "상황이 이 정도였으면 엄마를 불렀어야지" 외치며 달려온 엄마 덕분에 버텼고, 곧이어 힘쓰는 일을 도맡겠다며 올라온 시아빠 덕분에 견뎠다. 그리고 그 수많은 자연 치유 음식을 택배로 조달한 시엄마도 <아무르> 같은 상황을 만들지 않는 데 일조했다고 생각한다. 비록 그 음식들이 나를 위한 게 아니었다 해도, 어찌 되었든 생활비에 보탬이 되었다. 당신이 미처 못 먹고 간 그 음식들을 아직까지 내가 먹고 있으니 말이다.

앞서 모든 일에는 일어나는 이유가 있다고 했다. 반려인의 죽음은 어떤 이유로 왔을까. 당신의 죽음을 하찮게 만들지 않으려면 나는 내 삶을 좀 더 의미 있게 가꾸어야 한다. 당신 없는 삶을 불행으로만 채운다면 내 불행은 당신의 죽음이 낳은 결과가 되어 버릴 것이다. 당신이 사랑하던 당신의 가족을 내가 미워하는 건 우리 관계를 새드 엔딩으로 만드는 지름길임을 안다.

갈 곳 없는 명절

환희

명절은 이상한 관습에 집착하게 하면서, 서로 아끼고 잘 지내는 가족끼리도 불편하게 만든다. 중간이 없는 문제라 백날 생각하고 고민해도 답이 안 나와서 골이 아프다. 애초에 '이거 아니면 저거'인 문제는 정치적 협상의 대상이 되지도 못한다.

우리 부부는 '용기'를 내서 '결단'을 내렸다. 더는 명절에 우리 집(이 아니라 큰집 가는 게 문제였지만)에도 아내 집에도 가지 않고 각자 집에 명절 전후에 가기로 했다. 선의나 온정주의, 보편 인권이나 상식 같은 데 기대어 결정하지 않았다. 늘 그랬듯이 내 행복과 평화를 위해 결정했다. 우리 부부와 누나, 이 세 사람을 제외하고는 결정을 제대로 수용하는 사람이 없어 괴롭지만, 더 나은 방식으로 화목해질 날이 있기를 바란다.

전국 연합체를 만들어서 명절 때 '남편과 아내 각자 자기네들 집으로 보내기' 운동하면 좋겠다. 더 많은 기혼 남성들이 자기의 궁극적 행복과 평화를 위해 결단 좀 내려 주라. 소수의 결단은 외로워서 더 괴롭다.

2017.09.30.

지은

다음 주면 벌써 설이다. 이번 설은 당신이 떠나고 일가친척이 처음으로 모이는 명절로, 친척 서열 가운데 가장 막내인 당신의 부재가 확연히 드러나는 날일 것이다. 친척 어른들은 당신 이름을 차마 입에 올리지 못할 테고, 시엄마는 종일 누군가에게 기대어 큰 소리로 곡을 하겠지. 그 모습 앞에 많은 친척들이 말을 아끼며 조용히 하루를 보낼 것이다. 그 고요가 눈에 선하다. 당신을 대신해 명절에 혼자 시가에 찾아갈 자신도 없고, 시엄마에게 전화해 그의 감정을 위로할 기운도 없어서 그저 한라봉 한 상자를 주문해 택배를 보냈다.

우리는 늘 명절을 따로 지냈다. 첫 명절을 보내고 종일 울기만 하는 나를 본 당신은 '명절에 두 집 모두 가지 말자'고 선언했다. 우리의 선언에 불같이 화를 내던 시엄마는 당신에게 "너만이라도 내려오라"는 타협안을 제시했다. 그렇게 나는 내 부모가 살던 군포로, 당신은 당신 부모가 거주하는 상주로 돌아가 며칠을 지낸 다음에 명절 끄트머리에야 조우했다. 나 또한 남동생을 밀쳐 내고 아빠 제사상 상주를 자처하면서 자연스럽게 이뤄진 잠시 동안의 헤어짐이었다. 처음에는 우쭐했다. 어찌

되었든 전통적인 결혼이라는 제도에 우리가 실금 하나를 새겨 놓은 것이니까. 이제 막 스무 살 된 친척 동생 하나는 이런 나를 바라보면서 "언니 진짜 멋있어. 나도 나중에 결혼하면 언니처럼 하고 싶어"라며 추켜세우기도 했다.

그런데 명절을 겪을 때마다 의아해졌다. 명절은 가족이 만나 함께하는 날이고 우리는 가족인데 왜 명절마다 떨어져 있어야 하는 거지? 우리는 평소에도 여행 한번 마음 놓고 떠나지 못했다. 주말에는 체력이 방전되어 종일 집에 누워 있고는 했다. 명절을 휴일처럼 지내면 왜 안 되는 것일까. 사흘 이상 같이할 수 있는 유일한 기간에 우리는 왜 헤어져 있어야 하나. 작년 이맘때 내 이런 마음을 당신에게 고백했다.

"우리가 가장 가까운 가족이잖아. 명절은 가족끼리 같이 있으면 안 되는 거야?"

당신에게 평소에는 당신 마감 일정 피하랴 내 마감 일정 피하랴 어디 제대로 놀러 가지도 못하지 않느냐고, 친척과 제사 따위 걷어 버리고 국내든 해외든 같이 여행이나 가자고 제안했다. 당신이 뭐라고 대답했는지는 기억나지 않는다. 우리 집은 내 주도로 설에 차례를 지내지 않는 것으로 합의를 보았으나 당신의 확답은 듣지 못했던 것 같다. 아마 내 말에 동의하면서도 당신 엄마의 불호령을 견딜 자신이 없어서 주춤거리지 않았을까.

이제는 정말 명절에 당신 집에 갈 필요가 없게 되었다. 원래도 가지 않았지만, 이제는 내가 가는 게 오히려 당신의 부재를 분명하게 확인시켜 주는 지표가 될 것이다. 그렇다면 나는 그전처럼 원가족과 명절을 함께 보내야 하는가. 고백하자면, 우리 집도 가고 싶지 않다. 일전에는 내 신념을 지킨다는 이유로, 남동생보다 내가 먼저 절하고 술을 따르고 말겠다는 의지 하나로 엄마 집으로 향했으나, 이제는 그런 것 따위 하나도 중요하지 않다. 누가 술을 따르든 말든, 제사 지내든 말든 맘대로 하라지. 아빠에게 미안하지만, 이제 내 관심 밖이다.

무엇보다 가장 피하고 싶은 순간은 친척들과 마주하는 찰나다. 안쓰러움을 가득 담은 눈빛으로 바라보고 내 손을 쓰다듬으며 건네는 그 수많은 순간을 과연 견딜 수 있을까. 나는 분명 그들의 눈빛 앞에 태연하기가 힘들어 또 아무 말이나 마구 내뱉으며 그 순간을 모면하려 발버둥 칠 것이다.

내 가족인 당신과 함께할 수 없는 명절이 무슨 의미가 있나. 이제 내게 명절은 빨간 날 가운데 하나일 뿐이다. 그저 조용히 집에 머물며 당신이 남긴 흔적들이나 주워 삼키는 게 나에게 가장 알찬 명절일 것 같다.

4

하루하루가 이별의 날

끈으로 묶은 침대

환희

평생 치열하게 살아 본 적이 없어서, 이 회사에서만이라도 그렇게 살아 보고 싶었지. 그러면 나를 사랑할 수 있을 줄 알았지. 멍청하게, 그 욕심과 열정이 내 것인 줄 알았지. 난 천생 한량인데. 늘 평단과 독자를 고루 사로잡고, 회사의 명성을 올리며, 그 누구도 매출 때문에 걱정하지 않을 책을 만들어 내놓고 싶었지. 이 모든 것들, 나한테 독을 먹여 가며 할 만한 가치가 있는 것들이었을까. 그랬으면 좋겠는데. 정작 뭔가 엄청난 걸 만들어 내지도 못했으면서 나는 끊임없이 지치고 힘들고 어려워하는 나를 비난하고 의심하고 다그치면서 죽이곤 했지. 괴롭고 괴롭고 괴롭고 즐겁고 괴롭고 짜릿하고 괴로웠지. 내 뇌는 나와 사는 게 너무 큰 상처라며 더 이상 나와 살 수 없다고 말했지. 물론 이런 고민들 별로 안 하고 쉽게 만드는 책은 좋은 책이 아니긴 하겠지. 세상 사람들 다 농땡이 피우면서 일할 수 있었으면 좋겠다.

2020.05.11.

○○○

지은

간밤에 당신이 꿈에 나왔다. 당신을 떠나보낸 직후에는 종종 꿈에서 만났지만 요즘에는 통 보이지 않아 섭섭하던 차였는데 이렇게 얼굴을 보여 주니 어찌나 고마웠는지 모른다. 꿈에서 당신이 내게 뽀뽀도 해주었다. 당신의 헤어스타일이나 외형은 병나기 전과 똑같았는데, 자꾸만 가만히 있다가 풀썩 쓰러지는 게 몸 안쪽은 아플 때와 마찬가지였던 것 같다. 꿈속에서 나는 당신이 조금이라도 쓰러지려는 낌새가 보이면 잽싸게 다가가 몸을 받쳤고, 덕분에 머리가 바닥에 찧는 것을 막았다. 자세히 기억나지는 않지만 당신이 내게 고맙다고 표현했던 것 같기도 하다. 꿈속에서 혼자 뿌듯해했더니 잠에서 깼을 때도 조금 들떠 있었다.

자리에서 일어나 꿈을 떠올려 보니 조금 허무해졌다. 얼마 만에 만났는데 어디 멋진 곳에서 진하게 데이트나 할 것이지 무슨 쓰러지는 몸 받쳐 주다가 그 귀한 시간을 다 보냈나 싶어서. 아마도 병간호할 때 가장 조심했던 부분이 낙상이었기에 그런 꿈을 꾸지 않았나 싶다. 시아빠는, 뇌종양을 앓던 동네 누구누구가 한 번 낙상한 뒤에 그대로 말을 잃고 급격히 나빠지더니 세상을 떠났다고, 낙상을 조심해야 한다고 신신당부했다. 실제로 당신도 혼자 길에서 쓰러진 뒤에 원인 모를 통증 증후군이 생겨 몇 주간 고생한 바가 있었다.

당신에게 보호자가 적어도 둘 이상 필요했던 이유는, 초반에만 해도 기운이 좋던 당신이 자꾸만 침대 밖으로 몰래 빠져나왔다가 바닥으로 떨어졌기 때문이다. 누군가는 옆에 붙어서 당신을 지켜봐야만 했다. 병원에서도 어지간히 말을 안 들어서 한밤중에 몰래 화장실을 가려다가 바닥에 대 자로 뻗어 간호사에게 발견되기도 하고, 너무 불편하다며 자꾸 소변 줄을 손으로 잡아 뽑으려는 시늉을 하고, 링거 줄을 깔고 자서 침대를 피바다로 만들어 놓기도 했다. 예전에 지적 장애를 가진 동생과 함께 사는 이야기를 담은 다큐멘터리 <어른이 되면>을 당신과 함께 보면서 "장혜영 씨 같은 열린 사람도 동생을 동등한 인격체로 볼 수는 없나 봐. 되게 아기 다루듯이 대하네"라고 했는데, 막상 나도 그 상황에 처하니 어쩔 수 없더라. 제대로 앉지도 못하면서 혼자 하겠다고 우기는 당신을 매번 어르고 달래고 혼도 내며 하루하루를 보냈다.

한번은 침대에 있던 당신을 일으켜 휠체어에 옮기려는데 간질 증상이 왔다. 간질이 오면 몸이 나무토막처럼 딱딱해지고 온몸에 힘이 풀리면서 뒤로 넘어가기에 술 취한 사람만큼이나 무거워진다. 그럼에도 내려놓으면 바로 바닥이라 허리에 힘을 꽉 주고 끝까지 버텼다. 그 순간 내가 당신을 놓쳐 떠나보내게 되었다면 나는 나를 절대 용서할 수 없었을 것이다.

언젠가는 자꾸 침대 밖으로 빠져나오려는 당신을 막기 위해 붕대로 끈을 만들어 침대 위쪽을 묶어 놓기도 하고, 베개들로 침대 주변에 성벽을 쌓아 놓기도 했다. 그렇게 안전장치를 설치했어도 자는 사이에 사고가 생길까 봐 불안해서 내가 당신이 누운 환자용 침대 바로 아래에서 잤다. 혹시 낙상해도 내 몸이 아래에서 받쳐 주면 당신이 덜 다칠 테니까.

시엄마는 침대에 묶여 있는 아들을 보고서는 한참 울었다. 시엄마에게 그런 모습을 보였다고 생각하면 미안해진다. 내가 원해서 만든 장면은 아니지만, 어찌됐든 그를 가둬 놓은 사람은 나니까. 나중에 시엄마는 예쁜 천을 활용해 새로 만든 끈을 택배로 보내 주었다. 끈이 예쁘면 마음이 조금 덜 아프셨을까.

언젠가 병간호하던 순간을 떠올리며 '똑같은 순간이 온다고 해도 이보다 잘할 수는 없었을 것'이라고 자찬한 적이 있는데, 그 생각을 정정해야 할 것 같다. 만약 당신을 병간호해야 하는 순간이 다시 온다면 나는 침대에 묶인 그 인정 없는 끈을 풀어 버리고, 대신 내 두 팔로 당신을 꼭 끌어안고 잠을 청해 볼 것 같다. 당신이 끊임없이 내 머리를 쓰다듬고 볼을 꼬집어서 잠을 못 자겠다고 투덜대지 않고, 자꾸 몸을 흔들어서 자리가 좁다고 불평하지 않고 작은 침대에 엉겨 함께 잠들고 싶다.

환희

늘 생각한다. 삶을 섬세하게 대하며 살자. 구석구석 느끼고 생
각하면서. 그러면 삶이 권태로울 리가 없다. 심미안이라는 것도
그럴 때 가질 수 있다. 근데 늘 실패한다. 많은 경우 다 피곤하다,
귀찮다, 대충 살자가 이긴다. 삶이 잘못 돌아가고 있다는 걸
감지하는 감수성이 있어도, 삶을 제대로 돌아가게 만드는 건
또 별개의 문제. 삶의 난제.

2019.05.31.

지은

『더 해빙』은 당신이 병을 앓았으나 정신이 온전할 때 읽은 책 가운데 한 권이다. 당신의 손이 탄 그 책 안에 온통 밑줄이 그어져 있다. 당신이 밑줄을 쳐둔 문장들을 유심히 들여다보았다. 평소 전혀 감응하던 분야가 아닌데 왜 이 책을 그토록 열심히 살폈을까. '인생의 그루'라고 불리는 사람에게서 무슨 답을 찾고 싶었던 것일까. 그 문장들에 밑줄을 그으며 당신은 속으로 무슨 꿈을 꾸었을까. 경력이 단절된 편집자의 시간을 극복하려면 유명한 베스트셀러들을 읽고 분석해 놓아야 한다는 절박함 때문이었을 것 같기도 하고, '하면 된다' 정신으로 삶의 의지를 다지기 위해서였을 것 같기도 하다. 둘 가운데 어떤 심정으로 그 책을 집어 들었다고 상상해 봐도 저릿해지는 마음은 매한가지다. 당신이 무슨 생각을 했는지는 알 수 없지만 얼마나 살고 싶어 했는지는 미루어 짐작할 수 있으니까.

당신은 이 책 말고도 '암, 나을 수 있다' 같은 유의 건강서들도 함께 읽었다. '몇 부나 팔렸을까' 싶게 생긴 표지와 제목이 두드러지는 그 책들은 모두 시엄마가 보낸 것들이었다. 시엄마가 떠받드는, '낫는다고 믿으면 무조건 낫는다'라고 말하는 전

모 박사의 책, '암은 세포 이상일 뿐이고 세포 때문에 죽는 사람은 없으며, 몸에 산소를 많이 주입해 주면 자연히 낫는다'라고 주장하는 윤 모 박사의 책 같은 것들이다. 그 책들에서도 당신의 밑줄은 종종 발견된다. 당신 옆에서 그 책들을 함께 들여다본 적이 있다. 나는 당신에게 "주장만 있고 증거가 없는, 심지어 같은 말만 반복하는 내용들"이라고 냉소적으로 말했다. 당신은 "응, 좀 그렇지" 말하고 빙긋 웃었다. 그때 나는 왜 평가의 위치에 서있었을까. 당신이 그 책들을 주워 삼켰던 이유는 스스로 시한부 인생임을 깨닫고 무언가에 매달리고 싶었기 때문이었을 텐데. 만약 당신 앞에서 다시 그 책들에 대해 말할 기회가 주어진다면 "이 책들 읽고 삶에 반영하고 싶은 부분이 있었어?"라고 되묻고, 당신이 원하는 바를 최대한 실천해 줄 것이다.

당신이 아프기 전에는 좀처럼 하지 않던 행동을 시작한 게 하나 더 있다. 주말마다 성당에 나가기로 한 것이다. 결혼하고서 "미사만큼은 빼먹지 말자"고 서로 약속했으나 쉽게 지키지는 못했다. 삶에 바라는 게 없고 마음이 편안해지니 자연스럽게 종교와 멀어졌다. 시엄마의 "성당 갔니?" 물어보는 전화를 받으면 그제야 마지못해 나가곤 했다. 그마저도 부활절과 크리스마스처럼 천주교에서 중요하다고 여기는 큰 행사에만 참여했다. 성당에서 나눠 준 성사표를 제출하기 위해서였다. 성당에 매주 나가지는 않지만 그렇다고 냉담자로 분류되고 싶지도 않았기 때문이다(성사표를 두 번 이상 제출하지 않으면 냉담자로 분류되어 명단이 교구로 넘어간다). 당신과 리아가 동시에 아프면서 우리는 자연스럽게 성당에 다시 나갔다. 간절히 원하는 바가 생긴 것이다. 하느님과 성모님은 힘들 때만 찾아오는 우리가 얄미우면서도 안쓰러웠을 것 같다. 그 안쓰러움에 기대어 조금이라도 우리 가족의 생명을 연장해 보고 싶었다.

성당 의자에 앉아 당신과 나는 각자의 자리에서 무언가를 열심히 빌었다. 당신은 무슨 소원을 빌었을까. 당신이 두 손 모아 소중히 빌던 그 기도들은 이뤄졌을까. 당신 옆에 앉아 곱게 빌던 내 기도들은 단 하나도 이뤄지지 않았는데.

우리, 아기 가질까?

환희

고양이 두 마리와 함께 산다. 웅이와 리아. 그 가운데 웅이가 닷새째 토를 했다. 아내가 걱정하며 말했다.

"친구네 고양이가 토를 너무 자주 해서 병원에 데려갔더니 췌장염이었대."

고양이에게 췌장염은 치명적일 수 있다. 나도 따라 걱정하다가 병원에 데려가기로 했다.

"우어엉. 우어엉."

병원에 가기 위해 겁 많은 웅이를 케이지에 넣는 순간부터 집이 비명에 가까운 울음소리로 가득 찼다. 버스를 이용하는 건 무리일 것 같았다. 택시를 부르기로 했다. 택시가 왔다. 택시 기사가 말했다.

"저, 고양이는 트렁크에 태우면 안 될까요? 아, 저 죄송하지만 그냥 다른 차 이용해 주세요. 죄송합니다."

택시 기사의 태도는 정중했다. 하지만 나는 '노키즈존'이라고 써 붙인 식당 문 앞에 선 것 같았다.

다른 택시가 왔다. 택시 기사는 불쾌함을 가득 풍기면서 우리를 태웠다. 택시가 웅이 울음소리로 가득 찼다. 기사는 병원으로 가는 내내 등과 어깨로 불만을 뿜었다. 사람 많은 대중교통에서 우는 갓난아이를 안고 있는 기분이 이럴 것 같기도 했다. 아이가 태어날 걸 대비해 차를 사거나 면허를 따는 사람들의 심정이 어렴풋이 이해되었다. 살면서 차를 가지고 싶었던 몇 안 되는 순간 가운데 하나였다.

병원에 도착해서 아내 품에 안겨 진료를 받던 웅이는, 종종 두려움 가득한 눈빛으로 나를 보며 울었다. 왈칵하려는 걸 안으로 집어넣었다. 아픈 아이 병원에 데려간 부모의 심정을 조금은 알 수 있을 것 같았다.

지금으로선 아이를 가질 일은 없을 것 같다. 둘이 벌어 둘이 살기에 누릴 수 있는 지금의 작은 여유를 포기하고 싶지 않다. 게다가 본질적으로 건강한 몸과 마음을 가지고 태어난 사람들, 혹은 건강하게 사회화되거나 스스로를 그런 방향으로 훈련시켜 온 사람들과 달리, 나는 매일 덜 나쁘고 덜 차가운 사람이기 위해 안간힘을 쓰며, 몸은 쉽게 지친다. 겨우 인간 흉내만 내며 산다. 이런 지금의 내게 아이가 생긴다면, 나와 아내, 아이 모두에게 불행이지 않을까. 꼭 아이 같은 반려동물과 함께 사는 것으로 일단은 충분할 것 같다.

사실 오래전부터 '결혼하고 싶지 않다, 아이를 가지고 싶지 않다'를 입에 달고 살았다. 그런데 결혼을 했다. 그럼에도 여전히 아이는 낳고 싶지 않다. 결혼은 최근 몇 년간 나답지 않게 평소 꽤 깊이, 여러 번 생각이라는 걸 한 끝에 결정할 수 있었다. 아이를 가지는 것은 평소 꽤 깊이 여러 번 생각이라는 걸 해도 여전히 그러고 싶지 않다.

　아이를 낳는 경우는 크게 두 가지 정도인 것 같다. 첫째, 남들 다 낳으니까 당연히 낳는 줄 아는 경우. 둘째, 내 유전자를 물려받은 어떤 인격체를 보면서 만족하고 싶은 경우. 전자든 후자든 그리 낮지 않은 확률로 아이를 위한 일도, 자신을 위한 일도 아니게 된다. 꽤 평탄하게 살아온 축에 속함에도 돌이켜보면 내 안도 내 밖도 천국보다는 지옥에 가까웠다. 게다가 보통의 부모들은 자식을 위한다는 미명 아래 왜곡된 교육열과 과잉 통제로 지옥불에 부채질하기 십상이다. 자신과 자식이 각자 독립된 인격체라는 사실을 끝내 인지하지도 못하고.

　아이를 낳지 않으면 인생에서 가장 중요한 기회를 놓치게 되며, 인간은 부모가 되어야만 인생의 진정한 의미를 깨닫고 성숙해질 수 있다는 믿음은 정말 믿음에 가깝다. 만약 그 말이 맞는다면 이 세상엔 성숙하지 않은 인간보다 성숙한 인간이 훨씬 많아야 한다. 아니라는 걸 우리 모두 알고 있다. 무엇보다 아이를 키우는 일은 생각 이상으로 많은 희생을 요구하기에, 웬만한 각오로는 되지 않을 것이다. 가끔 조카들을 볼 때면 너무 사랑스럽지만 그건 누나와 자형이 고생해 가며 키워 놓은 아이들의 과실만 맛보는 것과 다름없겠지.

　이런 나도 내 아이를 보고 싶을 때가 가끔 있다. 윤종신의 〈O My Baby〉♪를 들을 때가 그중 하나다. 아마 나는 윤종신과

♪　〈O My Baby〉, 윤종신 작사, 윤종신·이근호 작곡, 2008.

달리 내 아이에게 "너의 걸어가야 할 길은 힘들 때도 있지만 그래도 아름다워"라고 말하지 않고 "너의 걸어가야 할 길은 고통으로 가득 차있겠지만 계속 살아갈 힘을 주는 신나고 놀라운 일도 문득문득 벌어질 거야"라고 이야기해 줄 가능성이 높겠지만, 윤종신이 가사에서 묘사한 순간과 느낌을 나도 경험해 보고 싶어지곤 했다. 내 아이는 보고만 있어도 좋을 것이다. 아이 하나로 나의 온갖 희로애락이 더 선명해지면서 살아 있음을 훨씬 강하게 체감하게 될 테고. 비록 찰나지만 이 노래를 듣는 순간에는 아이로 인해 겪을 어떤 고통들도 삶의 일부로 받아들일 수 있을 것 같다는 생각이 들었다.

언젠가 일본 영화 <아주 긴 변명>을 보았다. 주인공인 유명 소설가 사치오는 자기애가 강한 사람이다. 여행 간 아내가 목숨을 잃은 시각에 다른 여자와 함께 아내의 침대 위에 있었던 그는, 아내의 죽음을 알고도 무덤덤한 채 그저 자신이 어떻게 해야 좋은 모습으로 비칠지를 생각한다. 그는 20년을 함께한 아내에 대해 제대로 아는 것도 없다. 그는 "누구를 진심으로 안아 본 적"이 없다.

자기애가 강한 사람은 역설적으로 그 때문에 자기 자신을 사랑하지 않는다. 사치오가 아이를 가지지 않은 데는 여러 이유가 있지만, 그 가운데 하나는 자기 같은 아이를 낳는 게 끔찍한 일이었기 때문이다.

사치오가 아내와 함께 사고로 죽은 아내 친구의 두 아이를 돌보겠다고 했던 이유는, 순간의 동정심도 한몫했겠지만 자기

글감을 풍부하게 만들겠다는 의도가 컸을 것이다. 그러나 수단이었던 아이들이 함께 지내는 동안 점점 목적이 되어 가는 끝에 그는 쓴다.

"인생은 타인."

다른 사람에게 진심을 다하는 자신을 발견한 순간, 사치오는 아마 더는 자신을 하찮다고 여기지 않게 되었을 것이다.

내 속에 너무도 많은 나를 몇 명쯤 죽이고 다른 사람을 진심으로 안을 수 있는 내가 된다면, 그땐 나도 아이를 낳고 싶다는 생각이 들지도 모르겠다. 어쩌면.

○○○

지은

호스피스 병동에 들어가기 한두 달 전, 집에서 병간호할 때 이야기다. 기억이 오락가락하고 헛것을 좀 보았지만 정신을 완전히 잃지도 않았고, 오른편 몸은 쓸 수 있었으며, 말도 곧잘 할 수 있었던 시절. 시아빠와 엄마, 나, 당신 넷이 밥을 먹는데, 갑자기 당신이 나를 똑바로 바라보며 "우리 아기 가질까?"라고 말을 건네었다. "응? 아기? 갑자기?" 순간 당황해서 뭐라고 답했는지 기억도 안 난다. 남은 생이 두어 달이라는 사실을 깨달아 건넨 말인가? 아니면 음악 CD에서 윤종신의 〈O My Baby〉가 흘러나왔기 때문인가? 아무리 그래도 그렇지, 당신 입에서 '아기 가지자'라는 말이 나오는 장면을 마주하게 될 줄은 몰랐다. 당신은 결혼하기 전부터 '우리가 아기를 가지면 안 되는 이유'를 열심히 설파하던 사람 아닌가.

한번은 내게 "자기가 정말 아기 가지고 싶은 날이 오면 말해 줘. 근데 사회가 낳으라고 해서 그렇게 생각했는지 아니면 자기 생각인지 진지하게 고민해 줘"라고 이야기했다. 남들 다 하니까 따라가지는 말자는 제안이었다.

아기를 가지고 싶지 않다는 생각은 당신 안에 있는 자기혐

오의 발현이자 생존 욕구의 일환이기도 했다. 당신은 당신의 유전자를 세상에 남기고 싶지 않다고 했다. 당신같이 차갑고 공감 능력 없는 사람이 자기 곁에 하나 더 있다면 참을 수 없을 것 같다고 덧붙였다. 게다가 당신은 타고난 연약한 체질을 원망했고, 자식에게 그 같은 원망을 넘기고 싶지 않다고 했다. 아기를 낳는 순간 수명이 절반으로 줄어들 것 같다고 두려워한 적도 있다. 아기로 인해 우리 부부가 정신적·육체적으로 힘들어질 테고, 우리가 아닌 다른 이유로 서로에게 지치는 상황도 두렵다고 했다. 자신에게는 아내 하나와 고양이 둘을 보듬는 에너지가 최선이라고, '우리 집에 자식은 고양이 둘로 충분하다. 셋째는 없다'라고 입장을 분명히 밝혔다.

동시에 '아기 없는 삶'은 미래에 대한 두려움이 수반한 결과이기도 했다. 우리는 둘 다 박봉으로 유명한 출판편집자이고, 10년 뒤에도 현역으로 뛰고 있을지 걱정할 만큼 직업 수명이 짧기도 하다. 한번은 생협에서 장을 보고 집에 돌아오는 길에 당신이 뜬금없이, 우리에게 아기가 생기면 이런 중산층 코스프레도 끝이 날 거라고, 지금의 여유로운 생활을 버리고 싶지 않다는 말을 던졌다. 우리가 사람 둘과 고양이 둘을 먹이고도 밥 굶을 걱정하지 않고 사회단체에 기부도 하며 살 수 있는 이유는 아이가 없기 때문이라는 말도 덧붙였다. 한번은 말도 안 되는 극단의 날씨를 바라보며 "아기 낳으면 안 되겠다. 지구는 망했어. 기후위기가 도래하는 이 상황에 다음 세대에게 좋은 환경을 물려줄 수 없어"라고 중얼거린 적도 있다. 하도 여러 번 이야기하는 모습이 꼭 '무의식으로라도 아기를 가지고 싶다고 생각하면 큰일 난다'고 주문을 외우는 것 같았다.

친한 언니들로부터 아기가 생기면 일어나는 수많은 억압과 성차별, 경력 단절 이야기를 잔뜩 듣고 직접 겪으며 자란 데다가, 딱히 자식 생산에 관심도 로망도 없던 나는 당신의 말에 수긍했다.

"그래, 우리는 아기 가지지 말고 고양이랑 넷이 사이좋게 지내자."

'자식을 만들고 싶지 않다'는 당신의 결심은 이토록 다양하고 깊게 고민하고 함께 여러 번 토론한 끝에 내린 결정이었다. 그런 당신 입에서 '아기' 이야기가 나온 것이다. 그것도 원가족이 듣는 앞에서. 그 상황이 하도 생뚱해서 엄마에게 "왜 환희 씨가 갑자기 아기를 가지자고 했을까" 물었다. 엄마는 곧장 "아기 안 만든 게 후회되나 보지, 뭐"라고 대답했다. 설마. 내가 아는 당신은 그 결정을 후회할 사람이 아니다. 당신이 후회할 때는 언제나 본인 행동이 타인에게 피해나 상처로 돌아갈 경우 뿐이었다.

만약 당신이 후회라는 걸 했다면 '세상에 아기라는 존재를 남기지 못한 것'을 아쉬워하기보다는 '귀하게 대해 준다고 결혼해 놓고 병간호시키고 아내보다 먼저 떠나게 된 것'을 후회할 확률이 높다. 내 추측이지만, 당신이라면 남겨진 나에 대한 걱정 때문에 아기 이야기를 꺼내지 않았을까 싶다. 당신은 리아와 본인이 동시에 아프면서 내게 큰 짐을 지우게 만들었다고 한없이 미안해하던 사람이니까. 리아와 당신이 사라진 그 자리를 자기와 닮은 누군가가 채워 주기를 바랐던 게 아닐까. 그 아이는 당신이 아니지만 당신만큼 든든했을 테니까.

환희

나도 훗날 존엄과는 무관한 연명 치료는 사양하고 싶다. 내 주위에 감당하기 힘든 비극이 생기더라도, 그 비극과 나란히 일상을 누리고 싶다.

2016.10.14.

지은

더는 집에서 환자를 케어하기 어렵다고 판단하고 병원으로 향한 날, 당신을 본 담당 의사는 한참 침묵하다가 "이제 호스피스로 들어가야……"까지 말하고 뒷말을 잇지 못했다. 일전에 그에게 호스피스 병동에 대해 물어볼 때는 "거기 자리 많아서 언제든 들어갈 수 있을 거예요"라고 했는데, 막상 입원하려니 말이 달라졌다. 대기 환자가 많으니 일단 응급실을 통해 일반 병동에 입원한 후 호스피스에 자리가 나면 옮기라고 했다. 그 절차에 따라 일반 병실로 입원했다.

당신과 함께 일반 병실에 있던 사흘 동안 내 마음이 한껏 쪼그라들었다. '결국 이 날이 오는구나. 우리가 호스피스로 들어가는구나' 싶어서 자꾸만 울음이 비죽비죽 올라왔다. 재발했음을 공유하지 않아 이 상황을 무방비하게 맞이하게 만든 의사가 원망스러웠고, 오른손 집게손가락으로 본인 머리를 툭툭 건드리며 "무서워요, 여기가 무서워요"라고 중얼거리는 당신이 지금 얼마나 두려울까 싶어 마음이 무너졌다.

그곳에서 나는 한껏 조급해져서 무언가를 쓸데없이 열심히 준비했다. 일반 병동 간호사에게 호스피스 병동에 자리가

226

언제쯤 생길지 물어보았다. 그는 "알 수 없어요. 내일일 수도 있고 몇 주가 걸릴 수도 있고. 보통은 3주 정도 기다리셔야 해요"라고 대답했다. 생각도 못 한 대답을 듣고 얼어붙은 내게 지금이라도 얼른 다른 곳도 알아보라고 조언했다.

"보통은 대여섯 군데 예약 걸어 두고 제일 빠른 곳으로 들어가시거든요."

지금 생각해 보면 그 간호사는 일반적인 경우를 설명한 것일 뿐, 병원 내 호스피스 상황을 파악하고 말했던 것 같지는 않다. 분명 응급실에서 '곧 자리가 날 것 같다'는 호스피스 의사의 말을 들었고, 일반 병동 간호사와 대화하고 몇 시간 지나지 않아 호스피스에서 '자리가 생겼다'는 연락이 왔기 때문이다. 당시에는 각 병동이 소통하지 않을 수 있다는 사실을 까맣게 몰랐다.

대여섯 군데나 예약해도 3주나 지나 호스피스에 들어갈 수 있다는 말에 '아직 울 때가 아니구나. 당신을 경증 환자와 보호자들이 보는 앞에서 떠나보낼 수도 있겠구나'라는 데까지 생각이 미쳤다. 코로나19 시국이라 병원 밖을 나갈 수 없으니 믿을 곳은 SNS뿐이었다. 페이스북 친구들에게 도움을 청했다. 마음을 다해 알아봐 준 지인들 덕분에 자리가 있는 호스피스 몇 군데를 알아냈고, 입원 상담도 받았다. 바로 들어갈 수 있다는 두 군데에 예약을 걸어 두고 간호사에게 관련 서류를 부탁했다. 전화받고 상담받고 서류 떼고 당신 챙기기까지 정신이 하나도 없었다. 전화해 '하느님께 기도하라' 하는 시엄마에게 '호스피스나 좀 알아보시라' 하고 일갈해 버렸다.

아래층에서 혼자 조급해하며 머릿속으로 지지고 볶고 있을 때, 위층 호스피스에서는 우리를 맞을 준비를 차근차근 진행 중이었다. 오후쯤 호스피스 병동에서 연락이 왔다. 자리가 생겼으니 오늘 중으로 몇 가지 서류 작업을 진행하고 이사하자고 했다. '자리가 생겼다'는 말은 즉 '오늘 한 생명이 떠났다'는 말과 동의어일 텐데, 당시에는 우리 상황만 눈에 들어온 나머지 마냥 기쁘기만 했다.

호스피스 병동에 들어가기 전 관계자와 몇 가지 인터뷰를 진행했던 기억이 난다. 그는 내게 "연명 의료 거부 서류에 동의하셔야 한다"라고 말했다. 연명 의료는 심폐소생술, 혈액 투석, 인공호흡기, 수혈, 삽관 등 일곱 가지 인위적인 행위를 뜻한다. 호스피스는 회복 가능성이 없는 환자의 마지막을 돕는 곳이기에 연명 의료 거부가 필수다. 호스피스 병동의 또 하나의 원칙 가운데 하나가 '의식이 없는 환자는 들이지 않는다'인데, 의식 없는 환자는 연명 의료 계획서에 직접 사인을 할 수 없기 때문이 아닌가 싶다.

당시에 당신 정신은 오래된 형광등처럼 잠깐 들어왔다 다시 나가기를 반복하던 때였다. 당신을 대신해 대답했다.

"환희 씨는 평소 연명 의료 같은 건 하고 싶지 않다고 했어요. 혹시 가망이 없는데 병원에서 안락사를 허락하지 않는다면 스위스로 떠나 자발적 안락사를 하고 싶다고 했어요."

그분이 물었다.

"그 말, 기록이 있나요?"

종종 쓸데없이 혼자 조급해서 이곳저곳에 전화를 돌리며 허둥대던 내 모습과, "기록이 있나요?"라고 묻던 관계자의 건조한 말투, '호스피스에 못 들어가면 어떻게 되는 건가' 싶어서 망연자실했던 내 심정 같은 것들이 떠오른다. 당신이 평소에 연명 치료 하고 싶지 않다는 의사를 밝혔어도 녹음이든 글이든 기록이 없다면 연명 의료를 '당할' 수도 있는 것이다. 병원에서는 '의중'이 아닌 '증거'만 필요했다. 당신의 정신이 온전하고 내게 여유가 있을 때 준비해 두었어야 하는 것들이었는데. 내 미숙함이 민망하다.

내 마지막은 어떤 모습일까. 되도록 그 순간이 존엄했으면 좋겠다. 미련을 덕지덕지 붙인 채 "조금만 더, 조금만 더"를 외치며 연명 치료 일곱 가지를 돌아가며 시도하다가 결국 누더기가 된 몸으로 당신 곁으로 가고 싶지는 않다. 당신 없는 나는 아마도 혼자 눈을 감을 확률이 높을 것이다. 그렇다면 내 죽음을 스스로 준비해야 한다. 내 의중을 증거로 만들어야겠다. 나는 죽음이 두렵거나 슬프지 않을 테니, 괜히 목숨 연명시키지 말고 당신 곁으로 기꺼이 보내 달라고 유서 한 장 써야지.

어떻게 죽을 것인가

환희

어제저녁 이후 차트 상위에 오른 샤이니 종현의 노래 몇 개를
내려받아 플레이하다 전주처럼 나온 한숨 소리에 왈칵했다.
자신과 타인에 대해 사려 깊다는 건 대단한 미덕인데, 그 대단한
걸 가진 사람일수록 왜 불행과 더 가까워야 되는 건지.

2017.12.18.

○○○

지은

생명을 가진 존재는 언젠가 죽는다. 당신을 잃기 전까지 이 당연한 명제를 간과하고 살았다. 예전에는 '누구나 죽는다'라는 문장을 이렇게 받아들였다. '언젠가 죽겠지만 지금은 아니다.' 이제는 안다. 나는 그저 지금까지 운이 좋았을 뿐이다. 병에 걸리든 사고를 당하든 불행이라고 말할 수 있는 사건, 내 목숨을 가져갈 만한 사건은 큰 인기척을 내며 다가오지 않는다. 어느 날 우연히 잘못 걸려 온 전화처럼, 예상도 못 한 순간에 갑자기 들이닥친다. 흔히 말하는 '가는 데 순서 없어'라는 말이 얼마나 적확한 표현인지 지금은 안다.

당신의 부재 덕분에 이제 나는 매일같이 죽음을 생각하는 사람이 되었다. 오지 않을 내일을 상상할 수 있게 되었다. 지금 바로 쓰러져도 며칠 뒤에 발견될지 알 수 없다. 내 휴대전화에 비상 연락망은 당신 번호이지만, 비상 시 연락받을 이는 존재하지 않는다. 슬프게도 사실이다.

나는 어떤 식으로 삶을 마감할 수 있을까. 당신은 그 어떤 연명 치료도 진행하지 않았음에도 하루하루 힘들게 버티다가 겨우 삶을 마감했다. 온전했던 한 사람이 세상에서 조금씩 사그라지는 모습을 실시간으로 지켜보면서 언젠가 다가올 나의 미래를 상상했다. 당신에게는 당신의 죽음을 정리해 줄 내가 존재했지만, 내 마지막에는 누구도 곁에 없을 확률이 높다. 그러니 나는 스스로 삶을 단순화해 놓아야만 한다.

덕분에 더는 3년 후, 5년 후를 상상하지 않는다. 이전에는 두루뭉술하게나마 3년 후, 5년 후, 10년 후의 계획이 있었다. 그 계획들은 당신이 사라지면서 전부 무너졌고, 이제는 내일의 나조차 믿지 않는다. 어떤 일이든 그때 가봐야 아는 것이다. 어차피 내가 살아 있지 않다면 전부 무너질 계획들이다.

이제는 삶이 아닌 죽음을 계획할 생각이다. 나는 이상적인 죽음을 꿈꾼다. 내 마지막이 되도록 존엄했으면 좋겠다. 그 '존엄'이라는 단어를 구체화하기 위해 계속 머릿속으로 이리저리 굴려 보고 있다. 최근에 최현숙의 『작별 일기』를 읽으며 그 존엄의 단초를 발견했다. 바로 '자유 죽음'이다. 지나치게 노쇠하기 전에, 내 의지에 벗어날 정도로 몸과 마음이 속수무책으로 무너지기 전에 내 죽음을 스스로 선택하는 것이다.

누군가는 이 방법을 '자연의 섭리에 어긋난다'며 고개를 가로젓겠지만, 가까운 이의 죽음을 실시간으로 겪어 본 이라면 생각이 다를 것이다. 당신 옆자리에 있던 할아버지는 처음 병원에 들어왔을 때 가족에게 대소변을 맡기는 상황이 수치스러워서 어찌할 줄 몰라 했다고 한다. 나중에 간병인이 케어하면서, 그리고 스스로 정신을 놓으면서 그 수치스러움을 조금씩 내려놓았다. 당신 또한 몸을 제대로 가눌 수 없는 상황임에도 의료진

232

앞에서 노출된 자신의 몸을 가리고 싶어서 손을 움찔거렸다. 사람은 자신의 의지와 상관없이 몸을 타인에게 맡기는 순간부터 '수치'를 떠올리게 된다. 그 상황을 겪고 죽어야지만 '자연의 섭리'와 가까워진다는 말인가. 아니라고 생각한다. 게다가 그 정도 상태가 오면 삶과 죽음은 습자지 한 장 차이일 뿐이다. 나에게는 자연의 섭리를 지킨다는 이유로 수치스럽게 죽음을 기다리기보다 스스로 죽음 앞에 나아가는 자유 죽음이 좀 더 존엄하게 느껴진다.

두 개의 이별

환희

버거운 아침이었다. 항암제 부작용으로 머리가 깨질 것 같고 속이 울렁거렸다. 웅이는 밥 달라고 난리고 리아는 어젯밤부터 자꾸 떠나려 하고. 사료로 시끄러운 웅이 입부터 막고 리아 곁을 지키는 아내 옆에 가려 하는데 몸이 너무 힘드니 뜻대로 되지 않았다.

너무 예쁘고 사랑스러운 저희 집 리아가 질병의 고통에 오래 시달리다가 오늘 아침 세상을 떠났습니다. 기도해 달라는 부탁을 너무 자주 해서 민망하고 죄송합니다만, 리아가 다른 세상에서는 더 이상 아프지 않고 잘 지낼 수 있게 빌어 주세요.

2020.09.06.

지은

주말이면 점심을 챙겨 먹은 뒤에 등산화를 신고 집 밖을 나선다. 리아를 뿌린 산에 다녀오기 위해서다. 태어난 곳으로 돌아가는 녀석에게 나는 "네가 이 세상에 살았다는 걸, 너무 사랑스러웠다는 걸 꼭 기억해 줄게"라고 약속했지만 그 약속을 거의 지키지 못하고 있다. 리아가 세상을 떠난 지 일주일 만에 당신이 쓰러졌고, 나는 곧 다가올 또 다른 이별을 준비하느라 정신이 없었다. 게다가 막상 당신이 떠나고 나니 당신 생각으로 가득한 머릿속에 리아가 비집고 들어올 틈이 없었다.

이전에는 누구에게든 한 점 의심 없이 "고양이는 저희 가족이에요"라고 말했는데, 같은 가족이어도 이별의 농도에 차이가 있더라. 그 사실이 리아에게 참 미안해서, 리아가 있는 곳으로 향할 때만큼은 리아 생각만 하려고 노력한다. 당신은 생각해 주는 사람이 정말 많지만 리아는 내가 아니면 떠올려 줄 이가 없으니까, 이 시간만큼은 리아에게 양보하라고 당신에게 속삭인다.

시엄마와의 다툼에는 리아에 관한 것도 있었다. 리아가 세상을 떠났다는 말을 들은 시엄마는 "고양이에게 환희 병 좀 가져가라고 기도해라"라고 했다. 그 말에 화가 머리끝까지 치솟았다. 우리에게 사랑만 주던 고양이에게, 앓고 앓다가 겨우겨우 버티다가 떠난 리아에게 아들의 짐을 대신 지라니. 꼭 그런 말을 해야 하나. 열 달 내내 암을 앓다가 세상을 등진 녀석에게 또 다른 암마저 가져가라니 너무 가혹한 처사가 아닌가. 시엄마에게 울면서 대들었다.

"어떻게 그렇게 말씀하실 수가 있어요. 걔는 우리 가족이라고요!"

화를 내고 정색했지만 돌아서니 시엄마의 말이 머릿속에서 떠나지 않았다. 리아에게 너무너무 미안한데, 나를 온몸으로 사랑해 주던 너에게 그런 부탁하면 안 되는데, 동시에 리아가 정말 당신의 암을 가져가 주기만 한다면 더 바랄 게 없을 것 같은 거다. 리아에게 그런 능력이 있다면 얼마나 좋을까. 당신과 함께 떠나간 리아를 위해 기도할 때 "리아야, 형아 얼른 다 낫게 네가 조금만 도와주라, 형아 병 좀 가져가 주라"라고 빌었다. 당신은 그 말을 듣자마자 "리아야, 더는 여기 생각하지 말고, 여기서 아팠던 거, 힘들었던 거 다 잊고 너 편하게 지내"라고 기도를 정정해 버렸다. 그 모습을 보니 리아에게 그런 부탁을 한 내가 부끄러웠다. 리아가 지금 평안하다면 분명 당신 덕분이다.

리아를 보내 준 그곳은 볕이 아주 잘 든다. 한 등산객의 말을 주워들었는데, 겨울에도 해가 계속 비치는 명당이라고 하더라. 전망도 좋고 등산객들이 쉬어 가라고 의자도 마련되어 있어서 많은 이들이 그곳에 잠깐씩 머물며 해바라기한다. 사람을 유난히 잘 따르던 리아가 참 좋아할 것 같다. 오늘도 그곳에서 가만히 리아를 불러 보았다.

"안녕, 리아야. 누나 왔어. 잘 놀고 있었어? 형아와 있는 그곳은 평안하니?"

혼잣말하는 모습을 남들에게 들키면 이상하게 생각할 것 같아서 마스크에 입을 숨기고 조그맣게 몇 마디 건네 본다. 내 목소리를 들은 리아가 저쪽에서 뛰어올 것만 같다.

슬픔 안에 빠져 살 때는 하느님을 원망했다. 하느님도 양심이 있으면 적어도 한 해에 한 생명씩만 데려가셔야 하는 거 아니냐고, 어떻게 이렇게 둘을 한꺼번에 데려가시냐고 대거리했다. 나는 대체 어떻게 살라는 거냐고 화를 내고 미워했다. 시간이 지나고 나니, 지금은 둘이 함께 길을 떠났다는 사실이 조금이나마 위안이 된다. 나에게는 큰 상실이었으나, 서로를 의지하며 그 길을 건넜을 둘에게는 다행인 셈이다. 지금쯤 당신과 리아는 서로를 꼭 껴안고 있겠지. 이제는 그 어떤 경계도 힘듦도 없이 신나게 뛰어놀고 있을 것이다.

오늘은 안 돼요

환희

아침에 눈뜨면 양쪽 눈과 머리가 너무 아파서 울고, 울다 보면
우는 내 몸을 스스로 가눌 수 없는 신세가 처량해서 울고. 요
며칠 진짜 자기연민으로 가득하다.

2020.09.12.

◯◯◯

지은

호스피스 병동에서는 눈이 일찍 떠진다. 평소에 나는 소리와 빛에 예민한 편이어서, 늘 자기 전에 암막 커튼으로 창문을 꼭꼭 잠그고, 그것도 모자라 안대와 귀마개를 착용하고 잔다. 이런 민감한 성향과 병원은 상극이다. 간호사는 새벽에도 두어 시간에 한 번씩 환자의 맥박과 호흡, 혈압, 체온, 링거 속도 등을 살피기 위해 들락거린다. 간호사의 시야를 확보하고 환자의 안전을 돌보기 위해 전등 하나쯤은 켜두고 자야 한다. 간호사가 언제 환자 커튼을 열어젖히고 나를 부를지 모르니 귀마개도 착용할 수 없다. 덕분에 가뜩이나 예민한 나 같은 인간은 밤새 잔 것도 아니고 안 잔 것도 아닌 상태를 유지한다.

밤은 정말 어두운 것이어서, 환자의 컨디션을 순식간에 바닥으로 떨궈 버린다. 낮에는 곧잘 버티다가도 해가 떨어지자마자 당신의 컨디션도 함께 떨어졌다. 밤이 무서웠다. 저녁 열시가 넘으면 당신을 앞에 두고 기도했다.

"하느님 제발 열두 시 넘어서 데려가 주세요. 지금 가면 삼일장이 너무 짧아요."

상황이 긴박해진다 싶으면 간호사는 자고 있던 나를 흔들어 깨웠다. "보호자 님, 지금 소변이 갑자기 너무 줄어들었으니 알아 두세요" "환자 분이 밤새 한숨도 안 잔 것 같아요. 자는 모습 보셨나요?" "두 시간 전에 해열제 놓았는데 열이 안 내려가네요. 우선 물수건으로 몸 좀 닦아 주세요" 같은 자잘한 정보 공유와 협력 요청부터 "오늘 밤이 고비 같아요. 열이(무호흡이, 맥박이) 안 떨어지네요. 저도 잘 살펴볼 테니 보호자님도 종종 지켜보세요" 같은 무서운 지시까지 내 이불을 걷어 내고 불쑥 불쑥 침범했다.

어찌어찌 하루를 견디고 나면 고맙게도 맑은 해가 얼굴을 보여 주고, 그에 따라 당신의 컨디션도 조금 올라왔다. 그러면 나는 얼른 호스피스 안에 마련된 기도실로 들어가 우리에게 새로운 날을 허락해 주셔서 감사하다고 하느님께 기도드리곤 했다. 그렇게 호스피스 병동에서 우리는 매일 하루씩만 살았다.

안개가 잔뜩 낀 날이면 아침이 와도 당신의 몸 상태가 나아지지 않았다. 흐린 안개가 누군가에게는 '오늘은 일어나기 좀 힘드네' 정도의 기분을 가져온다면 어떤 사람에게는 삶과 죽음을 가르는 경계선이 되어 버린다는 사실을 그 전에는 몰랐다. 당신이 떠나기 몇 주 전인 11월 초에는 흐린 날이 며칠 동안 계속되었는데, 그때마다 창밖을 바라보며 하늘을 원망했다.

오늘은 그날처럼 종일 안개다. 내 마음도 안개처럼 한껏 가라앉았다. 점심으로 대충 밥에 반찬을 얹어 한 그릇 안에 넣고 비벼 먹다가 '이거 꼭 개밥 같네'라는 생각이 들었다. 순간 주체할 수 없이 눈물이 솟구쳤다. 지금의 내가 마치 당신을 한없이 다운시키던 그 안개 같다. 당신이 그토록 사랑하던 나를 아끼고 돌보지는 못할망정 이렇게 막 대해도 되는 것일까. 당신이라는 태양을 잃은 것도 모자라 나라는 안개를 만난 오늘의 나는 한없이 바닥으로 떨어지고 있다.

내일 할 일: 이별하기

환희

교복을 벗고, 대학이라는 곳에 가게 됐다. 학교는 96에서 98학번 복학생 남자들이 주름잡고 있었다. 그들은 정말 어른 같아 보였다. 그들이 가끔 철없는 행동을 할 때면 생각했다. '저 형들은 생긴 건 어른 같아서는 애처럼 구네.' 내가 그들 나이가 되고서야 알았다. 나이를 먹고 겉모습이 어른 같아져도 관대함이나 진중함, 단단함이나 다정함 같은 감정은 쉽게 생기지 않는다는 사실을.

종종 나이가 하는 잔소리를 듣는다. "너 뭐 하냐고, 왜 그러냐고, 지금이 그럴 때냐고."♪ 그때 그 복학생 형들의 나이를 훨씬 넘어선 지금의 나는 옹졸하고 가벼운 사람이며, 나약하고 자기중심적인 어린아이이다. 한 어른으로서 사회적 역할을 부여받아 무언가를 해야 할 때마다 버겁다.

결혼 역시 버거웠다. 특히 결혼을 통해 새로 만들어진 관계들이 그렇게 느껴졌다. 여전히 남자 집 중심으로 가족이 꾸려지고 며느리에게 유독 많은 기대와 역할이 부여되는 현실상, 장가

♪ <나이>, 윤종신 작사, 윤종신·이근호 작곡, 2011.

간 나보다 시집온 아내가 아무래도 더 힘들었겠지만 나 역시 쉽진 않았다. 부모님의 노후가 준비된 우리 집과 달리 아내의 집은 그래 보이지 않았다. 나도 부양에 일조해야 할 때가 올지 모른다는 압박을 종종 느꼈다. 게다가 평소 무뚝뚝한 데다 그리 듣고 싶지 않은 말들로 일장 연설을 늘어놓으시기 일쑤인 장인어른을 어떻게 대해야 할지, 마주할 때면 늘 난감했다.

수도가 쉽게 얼 정도로 유난히 춥던 겨울, 새 직장에 출근한 지 이제 막 일주일이 된 어느 오후였다. 회사에 있는데 아내에게 전화가 왔다. 통화 버튼을 누르고 휴대전화를 귀에 댔다. 아내가 말했다.

"자기야……."

아내는 나를 부르기만 할 뿐 말을 잇지 못했다.

"응? 왜? 무슨 일이야? 말해 봐."

아내는 쉽게 말을 꺼내지 못하다가 겨우 입을 뗐다.

"아빠가…… 돌아가셨대."

멍하니 짐을 챙겨 회사에서 빠져나와 망원역 앞길에 섰다. 택시를 잡아타고 김포까지 가는 동안, 독특했던 장인의 목소리와 말투, 안 좋은 무릎으로 절뚝거리던 걸음걸이가 계속 떠올랐고, 장인 장모의 노후를 걱정했던 어젯밤의 나를 질책했다. 이내 도착한 병원 영안실 복도에서는 검은 롱패딩을 입은 아내가 의자에 앉아 고개를 숙인 채, 하얀 천을 덮고 이동식 침대에 누운 장인 곁을 지키고 있었다.

장인어른은 흔한 가부장이었다. 가족 구성원 사이에서 권

위주의적으로 군림하다가 나이 든 후 가족에서 소외되었다는 면에서 꽤 전형적이기도 했다. 아내를 통해 아버지로서 장인의 이야기를 들을 때마다 생겼던 감정은 미움과 연민이었지 존경이나 사랑 같은 건 아니었다. 나는 장인을 사랑하지 못했다.

근데 사실 사랑 같은 건 있든 없든 별로 상관이 없었다. 내용 없는 형식이라 하더라도 자주 잘 표현하고 전달하는 게 삶에서 너무나 중요하다는 걸 진작 인지하고 있었고, 장인께서 무뚝뚝한 성격에 차마 내색은 못 하셨지만 내가 가진 별 볼일 없는 조건들을 조금도 따지지 않고 나를 가족 구성원으로 얼마나 반기셨는지 알고 있었으니까.

그저 안부를 여쭐까 말까 고민하며 전화기를 만지작거리다 결국 포기하던 몇몇 순간에, 통화가 연결되었을 때의 어색함을 이길 약간의 용기만 냈으면 되는 거였다. 서운하실 거 뻔히 예상했으면 성평등한 결혼식이고 뭐고 그냥 아내의 손을 잡고 입장하실 수 있게 해드렸으면 되는 거였고, 공사 현장에서 챙겨오신 목장갑 두 봉지 가져가서 쓰라고 내미셨을 때 사양하며 한 봉지만 억지로 가져오지 말고 선뜻 두 봉지 다 가져왔으면 되는 일이었다.

겨우 그런 일들인데 그걸 못 해 의지와 상관없이 장례 기간 내내 몇 개의 후회를 돌아가며 해댔고, 그 와중에 자꾸 보이는 두 눈 부은 아내는 장인을 왜 그렇게 빼닮았던지.

2018.02.15.

지은

대부분 임종의 순간을 대면해 본 적이 없을 것이다. 나도 마찬가지였다. 호흡이 잦아들고 마지막 숨을 내쉬며 머리를 떨구는 장면을 드라마와 영화에서나 접했지, 영면에 드는 순간을 정면으로 맞이한 것은 당신이 처음이었다. 집안 어른들이 돌아가실 때도 전화로 통보받았고, 아빠 또한 내가 응급실에 도착했을 때는 이미 숨이 끊어진 후였다. 그리고 그 임종의 순간은 드라마·영화와 전혀 달랐다.

3년 전 달리는 응급차 안에서 목숨을 잃고 세상을 떠난 아빠를 보내면서 '사람 목숨은 순식간에 사라지는 하찮은 것이구나' 생각했다. 당신의 죽음은 이 반대의 깨달음을 가져다주었다. 사람 목숨은 정말 쉽사리 삭지 않는 고무줄보다 더 끈질기다. 임종 직전 사람의 몸이 어떤 반응을 보이는지 사전 정보 없이 당신과 함께 호스피스 병동으로 들어갔다. 병원에서는 안 좋은 증상 하나만 나타나도 "임종 징후예요"라고 이야기했다. 그 신호는 너무 다양했다. 무호흡이 생겨 1분에 숨을 네 번밖에 쉬지 않을 때, 심장 박동이 분당 170회까지 올라갈 때, 온몸에 열이 38, 39도까지 올라 쉽게 떨어지지 않을 때, 코가 아닌 입과 가슴으로 숨을 쉬기 시작할 때, 소변 양이 갑자기 100밀리 이하로 줄어들 때, 동공이 풀려 반응이 멈춘 순간, 손끝과 발끝이 멍이 든 것처럼 새파래졌을 때, 호흡하는 소리가 눈에 띄게 작아졌을 때마다 병원 관계자는 내게 "오늘을 넘기기 힘들 것 같아요. 마음의 준비를 하셔야 될 것 같으니 가족들에게 알려 주세요"라는 말을 건넸다. 그때마다 '이제 정말 마지막이구나' 싶어 당신 손을 꼭 붙잡고 눈물을 한 바가지 쏟아 내곤 했다.

　　보통 호스피스 병동에서 환자는 4인실로 입원했다가 나중에는 임종방이라 불리는 1인실로 옮긴다. 이 방으로 옮겼다는 것은 즉 병원에서 환자가 일주일 내외로 세상을 떠난다고 판단했다는 의미다. 우리는 오전에 임종방에 들어갔다가 저녁때쯤 다시 호흡이 안정적이라며 4인실로 돌아오기도 했다. 그렇게 당신은 죽을 것 같은 상태로 죽지 않고 열흘쯤 더 보냈다. '정말 오늘인가 보다. 이보다 상태가 더 나빠질 수는 없겠다' 생각하면 그보다 더 나쁜 상태로 하루를 기어이 살아 냈다. 죽음의 문턱까지 갔다가 다시 돌아오면 다가오는 아슬아슬한 잠깐의 평화. 호스피스 안에서의 나날은 하루가 총알만큼 빠르면서 동시에 달팽이 걸음만큼 지난했다.

　　임종방에 들어간 지 일주일이 조금 지났을 무렵, 당신은 입으로 숨을 쉬어서 입술이 생선 껍질처럼 굳고 부드럽던 혀도 백태가 껴 딱딱해졌다. 가래 때문에 숨을 제대로 쉬지 못해 힘들어하고, 숨을 들이마실 때마다 흉곽 전체를 들어 올렸다가 내쉬기를 반복했다. 숨 쉬는 것조차 힘들어 보이는데 대체 무엇을 기다리고 있니. 당시에 당신의 휴대전화 속 저장된 음악은 〈내일 할 일〉을 내보내고 있었다. 그 노래가 꼭 당신이 내게 보내는 메시지 같았다.

> 안녕, 오랜 나의 사랑아.
> 내일 슬프지 않기로 해.
> 마지막은 기억에 남기에……
> 우리 편하게 내일 이별해.♪

당신 모습에 안타까워하다가 '혹시 내가 가란 말을 안 해서 못 가는 건가'라는 생각이 들었다. 당신은 이미 나에게 〈내일 할 일〉을 들려주고 있지만 나는 당신에게 잘 가라는 인사를 차마 건네지 못한 상태였다. 사실 이 생각을 한 지는 꽤 되었는데, 차마 내 입으로 가라는 말이 떨어지지 않았다.

집에서 당신을 간호할 때 당신은 우리 엄마에게 "지은 씨는 자꾸만 저만 놔두고 훨훨 날아가요. 나는 못 나는데 나만 놔두고 자꾸만 혼자 날아가요"라고 중얼거렸다고 한다. 그 말 때문인지 엄마는 자꾸만 당신 귀에 대고 "그만 가도 돼, 환희야. 이제 훨훨 날아가"라고 속삭였다. 호스피스 병동에서조차 당신을 포기하지 못하던 시엄마는 두 손으로 당신의 온몸을 비비고

♪　〈내일 할 일〉, 윤종신 작사, 윤종신·이근호 작곡, 2013.

눈꺼풀을 걷어 올리며 "일어나라, 내 아들. 하느님 성모님 손 붙잡고 얼른 벌떡 일어나!"라고 큰소리로 당신을 불렀다. 나는 어느 쪽도 되지 못했다. 당신에게 빨리 가라고 등 떠밀 수도, 얼른 일어나라고 흔들어 깨울 수도 없었다. 그저 시간이 저절로 멈추길 바랐다.

임종방에서 지낸 지 열흘쯤 되던 어느 날, 잠시 고민하다가 당신 귀에 대고 속삭였다.

"이환희 씨, 내 남편. 너무 힘들지. 나 때문에 견디는 거면 이제 가도 돼. 나 정말 괜찮으니까, 리아랑 당신이 거기서 기다리면 나랑 웅이가 금방 따라갈 테니까 먼저 가서 푹 쉬고 있어. 거기 가면 힘들지도 아프지도 않대."

그 말을 하고 얼마 지나지 않아 담당 간호사가 당신 상태를 점검하기 위해 병실에 들어왔다. 그분께 "전 이제 눈물도 다 마른 것 같아요"라고 이야기했다. 내 말을 들은 그분이 언젠가 입원했던 우리 나이 또래 부부 이야기를 들려주었다. 보통 젊은 환자는 상태가 순식간에 확확 나빠지다가 바로 죽음을 맞이하는데, 그 환자는 당신처럼 겨우겨우 하루하루를 살아 냈다고 한다. 기어이 버티는 배우자를 바라보던 보호자 분이 언젠가 나와 똑같이 "이제 눈물이 말라서 나오지도 않는다"고 말했는데, 그 말을 한 다음 날 환자가 떠났다고 한다.

"아마 배우자가 마음의 준비를 끝내기까지 기다리셨던 게 아닐까요."

간호사와 그 이야기를 나눈 지 만 하루 만에 당신은 세상을 떠났다. 당신이 마지막 숨을 몰아쉬는 순간에는 나와 또 다른 간호사 한 분만 함께했다. 당신도 내 입에서 "이제 가도 돼"라는 말이 나오기까지 기다렸던 것일까. 내 마음이 뭐가 중요하다고, 그렇게 힘들게 버텨 냈을까. 정말 당신은 마지막까지 고마운 사람이다.

5

당신이라는 습관

안녕, 내 사랑

환희

가끔 누군가가 나보다 더 내 일에 슬퍼해 주거나 분노해 주고
있다는 느낌을 받는다. 기본적으로 내가 희로애락에 대한 반응
이 그리 크지 않은 사람이라 가능한 일일지도 모르겠다. 그렇다
해도 그런 느낌을 받을 때마다 신기하고 고맙다. '한 인간이
다른 인간에게 완전히 공감하는 건 불가능하다'는 습관적인
말로 타인에 대한 이해를 쉽게 포기해 버리고는 했던 지난 시간
들이 민망하다.

2014.12.12.

◯◯◯

지은

10년간 함께한 리아가 무지개다리를 건넌 지 석 달, 친구로, 애인으로, 반려자로 함께한 당신이 하늘나라로 떠난 지 두 주가 지났다. 둘은 거의 비슷한 시기에 아프기 시작해서, 비슷한 시기에 세상을 등졌다. 아픈 와중에도 내 감정을 깊이 들여다보는 둘 앞에서 울고 싶지 않았다. 우리는 눈물도 슬픔도 애써 외면한 채 그저 '좋은 이별'에 최선을 다했다. 종종 힘들었지만 되도록 많이 웃었고, 꾸준히 추억을 쌓아 갔다. 그리고 정말 이별의 순간이 지나갔고, 이제 함께 살던 우리 집은 큰 고요에 싸여 있다.

남은 자인 내 삶의 모든 순간에 당신은 녹아 있다. 난 무엇을 보든 '당신과 가본 곳과 가보지 못한 곳' '당신과 먹어 본 것과 먹어 보지 못한 것' '당신과 해본 것과 해보지 못한 것'으로 구분한다. 내 마음은 이런저런 생각에 너무나 시끄러워서, 종종 건너야 할 횡단보도 신호를 놓치거나 내릴 버스 정류장을 지나치기도 한다. 그래서 아직은 운전하기가 조금 무섭다.

어쩔 때는 정말 아무렇지도 않고 담담하다. 그저 당신이 아직 병원에 입원해 있는 것만 같은 느낌이 들 때가 있다. 그냥 내 눈에 안 보이는 것뿐, 어딘가 같은 하늘 아래 살고 있다고 믿고 싶은 것이다. 그러다가 갑자기 너무 보고 싶어지면 당신 영정 사진을 들여다보며 "보고 싶어" 말 걸어 보기도 하고, 당신이 좋아하던 노래를 무한정 반복시키고, 과거에 당신이 쓴 글들을 수없이 찾아 읽는다. 자꾸만 당신의 휴대전화로 페이스북에 접속하기에, 당신의 페이스북은 늘 접속 중을 뜻하는 'on'으로 되어 있다.

때로는 당신이 너무 밉기도 하다. 어떻게 이렇게 가버릴 수가 있니. 그런데 그 생각을 하면 이내 죄책감이 밀려온다. 당신이 얼마나 살고 싶어 했는지 아니까. 업무에 복귀할 날을 꿈꾸며 새벽 네 시마다 일어나 책을 읽던 당신이니까. 암이 재발할까 봐 머리를 쓰는 게 무섭다던 당신이니까. 한번은 내게 "당신을 보면 살고 싶어져"라고 말했지. 나는 무리한 요구인 줄 알면서도 "그럼 살아 줘, 나와 웅이를 위해 힘내 줘"라고 대답했다. 그때 당신 마음이 얼마나 서글펐을까. 이미 최선을 다하고 있는 사람에게 더 힘을 내라니. 그래서 이제 나는 '힘내' 라는 응원과 위로가 싫어졌다.

요즘에는 계속 SNS에 배설 같은 글을 쏟아 낸다. 남들에게 위로받고 싶은가 보다. 리아 질병 일지부터 당신의 질병 일지까지, 글을 남기며 타인에게 위로를 구걸했다.

당신 장례식장에서 누군가 내게 이제 SNS에 그런 글을 그만 올리라고 했다. 보는 자기가 더 아프다는 말이었다. '이 사람도 내가 쓰는 글에 감응될까 봐 힘들어서 그렇구나' 생각하면서도 조금 서운하기도 했다. 내가 쓰는 글로 인해 기꺼이 다가와 준 이도 있었지만, 어떤 이들은 떠나갔다. 글을 하나둘 올릴 때마다 줄어드는 팔로잉 수를 눈으로 확인했다. 그럼에도 집의 고요가 너무 버거워서 나는 자꾸만 SNS에 글을 올린다. 다음 날 아침이 오면 부끄럽다고 생각하지만, 그럼에도 쓰지 않고는 배기지 못하겠다. 나에게는 애도의 방법이 이것밖에 없다.

환희

보들레르가 말했던가. 유용한 인간이 된다는 것은 언제나 끔찍한 일이라고. 한 번도 크게 위태롭지 않았던 이의 사치일 수 있겠으나, 쓸모 있는 인간이 되고 싶진 않다. 하지만 누군가를 실망시키는 인간 역시 되고 싶지 않으며, 타인을 감동시키는 일에는 꽤 관심 있다. 오늘 하루도 괜히 쓸모 있는 사람으로 비치지 않게, 남에게 폐가 되지 않을 정도로만 일하도록 합니다.

2015.07.01.

지은

당신이 떠나고 가까웠던 지인과 친구들뿐 아니라 낯모르는 이들까지 많은 애도와 기도를 보내 주었다. 당신의 발인 날, 가수 윤종신이 SNS에 추모 글을 올려 준 덕분에 당신 이름이 네이버 실시간 검색어와 연예 기사 포털 면을 장식했다. 덕분에 나도 여러 기사에 이름이 올랐다. 몇몇 분은 당신을 추모하는 글을 내주었다. 노명우 교수가 『경향신문』에 「먼 여행을 떠난 편집자 이환희 씨」라는 칼럼을, 김경미 섀도우캐비넷 대표가 『여성신문』에 「떠나간 남성 동료 환희가 꿈꾸던 22세기」라는 칼럼을, 은유 작가가 『경향신문』에 「일벌레처럼 살다가 나의 진실과 마주할 때」라는 칼럼을, 김현 시인이 출판 잡지에 「이제야 당신을 알아 갑니다」라는 칼럼을 올려 추모해 주었다. 서점 정치발전소는 당신을 위해 12월 한 달 동안 '이환희 편집자 추모 도서전'을 열어 주었고, 『주간경향』은 당신의 추모 특집 기사를 실어 주었다.

신기하기도 하고 '내가 이토록 대단한 사람과 결혼한 거였나?' 싶어 약간 어리둥절했다. 당신의 SNS 댓글에는 "만난 적은 없지만 진심으로 기도했어요" 같은 글들이 자주 보인다.

마주한 적도 없는 수많은 사람이 당신을 그리워하고 아까워하는 이유는 무엇일까.

당신은 마블 캐릭터 가운데 '캡틴 아메리카'를 가장 좋아했다. 내가 볼 때 캡틴 아메리카는 전형적인 미국 영웅주의에 빠진 인물 같은데 뭐 이런 캐릭터를 아끼나 싶어서 처음에는 이해가 되지 않았는데, 언젠가 당신이 보여 준 영화 <캡틴 아메리카: 퍼스트 어벤저>를 보고 어느 정도 궁금증이 해소되었다.

스티브 로저스는 마음만은 누구보다 정의롭고 따뜻하지만 선천적으로 약한 몸을 가지고 태어났기에 자신의 이상을 어디에서도 실천하지 못한다. 빈약한 몸에 작은 키, 수많은 질병을 안고 살아가는 그는 정의를 위해 싸우기보다는 그저 자기 한 몸뚱이 살아 내면 다행인 사람으로 보인다. 그런 그가 중요한 순간에 자신의 몸을 던졌고, 캡틴 아메리카라는 새로운 이름으로 사람 구하는 일을 맡는다.

당신은 늘 하고 싶은 게 많은 사람이었다. 대학 시절, 미군 장갑차에 깔린 효순이 미선이를 살려 내라고 외치는 촛불 시위에 참여하고, 국가보안법으로 기소된 송두율 교수를 구명하는 세이빙송에서 활동했으며, 개혁당 창당 당원으로, 진보신당 활동당원으로, 청년녹색당에서 공동운영위원장으로, 씨앗들 협동조합에서 도시농부로, 출판노동자로, 이지은의 남편으로 여러 가지 옷을 입고 있던 당신은 그 많은 꿈에 비해 체력이 좋지 않았다. 약한 몸을 가지고 태어났고, 20대 초반에는 큰 질병을 앓아 죽을 위기를 넘기기도 했으니, 병약한 몸과 수많은 위기를 헤치고 많은 이의 영웅이 된 캡틴에게 감정 이입을 하지 않았을까(물론 당신은 영웅이 되고 싶어 하지도 않았고 영웅주의를 경계했지만).

영화 <말죽거리 잔혹사>의 주인공 현수도 당신이 애정하던 캐릭터였다. 기본적으로 많은 눈물과 순한 감성을 가지고 태어난 당신은 남성 사이의 일상인 '성적 농담'이나 '형님 문화' 등 세상의 폭력에 노출되는 것을 힘들어했기에 현수 같은 캐릭터에 빠져들었던 게 아닌가 싶다.

당신은 흔히 말하는 표준 남성성 바깥에 있는 사람이었고, 스스로 남성 사이에서 "1.5등급 시민권을 부여받은 것 같다"고 느끼곤 했다. 즉 스스로가 비주류임을 인지하고 있었고, 이런 소수자 감성이 다른 소수자에게 손을 내밀 줄 아는 사람으로 성장시켰던 게 아닌가 싶다. 당신은 청소년 성소수자 위기지원센터 띵동을 후원하고, 마지막으로 구매한 책이 『성서, 퀴어를 옹호하다』였다. 많은 이들이 당신을 아까워하는 이유는, 자신의 결핍을 들여다보고 타인의 결핍을 채워 주려 노력했던 당신의 마음을 발견했기 때문 아닐까.

더불어 당신은 자신이 일정 부분 주류에 속한다는 사실을 모르지 않았다. 자신은 공무원 교사인 중산층 부모 밑에서 큰 어려움 없이 자랐고, 알 만한 대학 및 대학원을 졸업했으며, 남성으로 태어나 큰 상처 없이 자랐다고 말했다. 그래서 본인이 페미니즘과 젠더에 관심이 많은 사람임에도 스스로를 '페미니

스트'라고 지칭하지는 못했다. 여성의 고통을 머리로만 이해하는 자신이 페미니스트임을 자청하는 것은 누군가에게 실례일 수 있다고 생각했던 것이다. 이렇게 늘 자신의 특정 행동이 남에게 무례하게 비춰질 수 있다며 조심스러워했다. 이런 당신의 조심스러운 태도에 담긴 진심을 거짓 없이 받아들일 줄 아는 이들이 당신의 마지막을 추모해 주었던 게 아닐까.

언젠가 일어날 일이 지금 일어난 것뿐

환희

어떻게 하면 건강한 삶을 누릴 수 있을지, 누구보다 잘 아는 사람이 있다고 하자. 설령 그가 과거 어느 한때에 저세상의 문턱과 닿아 있을 지경이었다 해도, 생기를 회복한 이후 스스로를 망가뜨리는 것은 시간문제다. 절대다수의 사람은 과거로부터 배우지 못하며 바뀌지 않기 때문이다.

게다가 건강은 개인의 문제처럼 보여도 지극히 사회적인 문제다. 여러 형태의 사회가 세상에 존재하지만, 그 가운데 상당수는 임금이 낮음에도 노동강도가 세거나, 임금이 높지만 노동강도가 세거나, 쓸 수 있는 휴가라는 게 며칠 없거나, 있어도 눈치 보며 써야 하는 등 사람의 생명력을 파괴하는 방향으로 만들어져 있지 그 반대는 아니다. 그리고 유감스럽게도 한국은 OECD 국가 중에 노동시간이 가장 길고 일하는 사람이 살기 힘든 나라다. 많은 사람의 정신 건강과 육체 건강 상태가 좋지 않다.

물론 사람은 누구나 자연 치유력이 있기에 항상 건강해지는 흐름 안에 산다. 함정은 대다수 사람이 그가 처한 환경에 의해 파괴당하는 속도가 스스로 치유하는 속도를 늘 앞지른다는 것이다.

문득 건강해져야겠다고 생각했다. 아내와 점점 익숙한 관계가 되면서 내 이기적인 본성이 나오고 있다는 것을 자각했는데, 한번은 아내를 말로 할퀴었다. 자주 그러듯이 페이스북에서 똑똑한 페친들의 명문을 감탄하면서 읽고 있는데, 아내가 고양이를 안고서 말했다.

"형아는 또 저러고 핸드폰만 보고 있다."

못 들은 척하고 넘겼다. 그러다 아내가 같은 말을 세 번쯤 했을 무렵, 신경질을 냈다.

"아, 핸드폰 하는 게 뭐 어때서! 좀 내버려 둬!"

이런 경우가 처음이라 그런지, 아내는 놀라서 눈물을 글썽였다.

돌이켜보면 스스로를 제어하지 못하고 타인에게 극도로 이기적으로 굴었던 건 몸이 아프거나 피곤할 때였다. 아내에게 상처 준 날이 딱 그랬다. 어떤 소리도 없는 곳에서 혼자 있고 싶었고, 모든 소리에 날카롭게 반응했다. 반대로 몸이 안 좋을 때는 날카로워지기도 하지만 둔해지기도 해서, 출퇴근길 붐비는 지하철에서 누군가와 부딪히거나 남의 발을 살짝 밟았을 때 사과하는 것도 잊곤 한다. 그러다 전철역을 나와서야 생각이 든다.

'아, 아까 죄송하다고 말했어야 하는 건데.'

한편 모든 걸 내려놓고 고향 집에서 푹 쉬며 몸을 가꾸었을 때, 몸이 건강해지니 정신과 마음도 건강해졌다. 지금이야 다시 체력이 저하되어 비실비실하지만, 그 백수 시절 나는 내가 관대하고 낙관적인 사람일 수 있다는 사실을 처음 알았다. 평소 나를 지배하던 우울함이나 의욕 부족 같은 것은 흔적도 없이 사라졌다.

건강해지지 않으면 쉽게 나쁜 사람이 된다. 나쁜 사람이 되지 않으려면, 누군가에게 다정한 사람이 되려면 충분한 휴식이 필요하다. 나한테도 당신한테도.

지은

눈을 뜨면 내 휴대전화와 당신의 휴대전화로 번갈아 페이스북 앱에 접속해 '과거의 오늘'을 훑어보는 행위가 아침 루틴이 되었다. 하루의 단편을 짧은 글로 그때그때 남기는 페이스북 특성상, 우리는 같은 날 같은 하루를 보냈어도 매번 다른 시간을 묘사한다. 똑같은 사진을 올려도 묘사하는 감정이 미묘하게 다르다. 그런 우리 둘의 과거를 비교하는 재미가 있었다.

'있었다'라는 과거형을 쓰는 이유는 언젠가부터 페이스북 '과거의 오늘'을 들여다보는 게 조금씩 버거워지기 시작했기 때문이다. 2020년 초부터 리아의 병 증상이 시작되었고, 내 페이스북은 온통 리아를 향한 미안함과, 어떻게 해야 녀석을 살릴 수 있을지 고민하는 이야기로 가득하다.

이즈음 나는 회사에 양해를 구하고 한 시간 일찍 퇴근해 리아를 홍지동에 있는 동물병원에 데려가 진료받거나 혼자 약을 타러 방문하기를 반복했고, 불 꺼진 집에 돌아와 홀로 밥을 챙겨 먹은 뒤에, 리아를 붙잡고 한참 울다가, 도망 다니기 바쁜 녀석 뒤를 쫓으며 약을 먹이기 위해 끙끙거리다가, 블로그에 리아의 질병 관련 내용을 글로 적었다. 그러다 보면 밤 열한 시쯤 저녁도 건너뛴 당신이 지친 몸을 이끌고 집으로 돌아왔다. 나는 그런 당신을 앞에 두고 병원에서 보고 들은 이야기, 다른 사람들로부터 받은 조언, 인터넷에서 찾은 정보 등을 줄줄 읊으며 리아 상태를 브리핑하기에 바빴다. 쉴 새 없이 말을 쏟아 내는 나를 바라보던 당신의 핼쑥한 얼굴이 아직도 떠오른다.

같은 날 당신의 페이스북 '과거의 오늘'은 새로 출간한 책을 홍보하고 사전 서평단의 폭발적인 반응에 조금은 들뜬 마음을 감출 줄 모르는 내용으로 가득하다. 이때쯤 리아 몸에 암 덩어리가 자라던 것처럼 당신 머릿속 그것도 자리를 잡기 시작했을 것이다. 나는 그것도 모르고 집 안보다 집 밖에 더 관심을 가지는 것처럼 보이는 당신에게 내심 서운해하고 리아에 대한 모든 고민과 선택과 행동까지 나 혼자 감당하는 상황에 억울한 마음을 키워 갔다.

왜 우리는, 나는 당신을 살리지 못했을까. 리아와 당신이 동시에 아프지만 않았어도, 머리 아프다던 당신에게 조금만 더 관심을 보였어도, 자연 치유에 대한 당신의 믿음이 조금만 덜 공고했어도 우리가 좀 더 병원에 빨리 가지 않았을까? 엄마는 머릿속에 이런 질문을 쉴 새 없이 쌓아 가는 나를 보고는 딱 한마디로 정리했다.

"그냥 언젠가 일어날 일이 지금 일어났다고 생각해."

무언가를 먼저 잃어 본 사람은 잃은 사람을 위로할 줄 안다. 내가 리아를 바로 병원에 데려가 나름의 조치를 취하고 매일같이 더 나은 선택을 위해 고민하고, 수많은 정보를 모아 블로그에 정리해 두었음에도 결국 살리지 못했던 것처럼, 당신도 마찬가지였을 것이다. 생명은 일개 사람 하나가 구제할 수 있는 게 아니니까.

게다가 당신의 글을 계속 훑어보면서 '당신은 육신을 빨리 벗어 버리고 싶었을지도 모르겠다'는 생각이 들기도 했다. 당신은 20대 어느 시절에 죽을 고비를 넘기기도 했다. 한때 뇌종양 의심 판정과 강직성 척추염, 각종 장 질환, 위염 등으로 고생 깨나 했고, 나와 함께하던 때에도 어깨 통증과 두통, 위염 같은 자잘한 질병이 반복되었다. 이제 이런 고통을 멈출 수 있어서 지금은 편안할지도 모르겠다는 생각이 들었다. 당신은 나를 만나기 위해 가장 아프던 시기를 겪고도 10년이나 더 살아 주었던 게 아닐까. 모질고 고통스러운 시간이었을 텐데 긴 시간을 견디고 나에게 당신과 함께하는 나날을 선물하고 떠난 것 같다.

환희

두통이 다시 생기고, 구역감이 들고, 안면 근육 일부에 마비가 생기고부터 멘탈이 약해져서 수시로 쉽게 울컥한다. 약한 모습 보이면 아내도 같이 무너질까 봐 안 울려고 안간힘을 쓰는데 아내가 출근 전에 말한다.

"울고 싶으면 그냥 울어."

2020.06.25.

지은

당신이 남긴 숙제를 해결하고 자잘한 흔적을 찾는 게 습관이
되어 버린 요즘이다. 당신이 좋아하던 음악을 들으며 출퇴근하
고, 저녁을 먹으며 당신 외장 하드에 저장된 영화 가운데 한
편을 감상한다. 영화를 보며 당신이 왜 그 영화를 좋아했고
반복해 감상했는지 추측하는 재미가 있다. 오늘은 당신이 "연
애를 잘하려면 봐야 한다"고 블로그에 추천해 놓은 영화 <클
로저>를 선택했다. 모르겠던데. 오히려 당신이 전 연애에 실패
한 이유가 <클로저> 같은 영화 보면서 주인공 댄에게 감정이
입했기 때문인 것 같던데. 첫눈에 반하는 설렘을 사랑이라 믿을
만큼 순진하고, 사랑한다면 온전히 진실해야 한다고 여길 만큼
어리석었던 댄에게서 어쩌다가 당신을 발견한 거니. 윤종신의
이별 노래를 좋아하던 감성과 비슷한 것일까. 나중에 만나면
캐물을 테니 입장을 정리해 놓도록.

　　우리가 연애 시절에 나눴던 대화도 당신이 내 곁에 있던
증거라서 매일 밤 자꾸 더듬어 본다. 당시에 자기는 입에 사탕
문 것처럼 달콤했는데, 그 글들 덕분에 나도 모르게 그때로
돌아가 슬며시 미소 짓는다. 당신의 사진이나 동영상을 가만히

들여다보는 것도 하루 일과 가운데 하나다. 이렇게 마구잡이로 당신을 탐닉하다 보면 허전했던 마음이 조금 달래지기도 한다. 내가 이토록 당신에게 의존적인 사람이었나 싶지만, 어쩌겠나. 이제 당신이 아니면 지난한 하루를 채울 재간이 없다. 당신이 습관이 된 나날은 내 지질한 기쁨이다.

　　당신의 흔적을 찾는 과정은 동시에 나 스스로를 갉아먹는 독이기도 하다. 바꿀 수 없는 과거를 집착하며 곱씹는 미성숙한 사람 같고, 때로는 강박적으로 상대를 탐닉하는 스토커가 된 기분이다. 게다가 당신이 나에게 절대 보이고 싶지 않았을 문장들, 예컨대 옛 연인과 사랑을 나눈 순간과 이별의 고통을 고백한 글을 발견할 때면 우리 함께일 때는 느껴 보지 못한 몇 가지 감정들이 솟아오른다. 그때마다 '나 되게 쿨한 사람인 줄 알았는데, 당신의 옛 연애나 훔쳐보며 질투하는 나약한 인간이었네' 하며 자책하고, '자기야, 이 여자가 이기적이네. 당신은 사과할 필요 없었는데?' 하며 당신 편을 들기도 한다. 또 '와, 이환희 씨. 이 정도 연애면 때려치웠어야지'라며 당신을 혼내기도 한다. 웃기지. 15년도 더 지난 사랑을 영화 보듯 들여다보며 코멘트를 달고 앉아 있으니.

　　당신은 죽기 전, 옛 애인에게 이메일도 보냈다. "잘 지내니"라는 제목을 보고 호기심에 읽지 않을 재간이 없었다. 그 편지는 상대의 근황을 묻고, 시한부인 자신의 근황을 전한 다음, 미숙했던 시간을 사과하는 것으로 끝을 맺었다. 이 이야기를 들은 시엄마는 "남자들은 죽기 전에 첫사랑을 생각한다더니” 하며 죄 없는 시아빠를 노려보았지만, 그건 당신을 몰라서 하는 착각이다. 당신에게 1순위는 언제나 나였다. 심지어 나를 눈앞에 두고서도 나를 찾던 당신이다. 그런 당신이 첫사랑이 그리워서 연락했을까. 아닐 것이다. 아마 남은 시간이 얼마 없다고 생각하니, 성숙하지 못한 시기에 성숙하지 못한 사람끼리 만나 상처를 주고받은 시간들을 편지로나마 속죄하고 싶었을 것이다. 그저 사과할 대상이 첫사랑이었을 따름이다. <클로저>의 댄이 죽기 직전 앨리스나 안나에게 그 시절 자신의 미숙함으로 관계를 망쳐서 미안했다고 사과 편지 쓰는 모습을 상상하면 적당하다. 아, 그래서 댄에게 감정 이입했구나.

당신의 연애를 훔쳐보며, 당신이 나에게 의미를 두었으나 나는 당신을 좋은 친구로만 생각하던 시절이 떠올랐다. 심지어 당신에게 내 지질한 연애의 사계절을 직접 보여 주기도 했다. 내게는 짧았지만 당신에게는 길었을 그 시간 동안 당신은 얼마나 아팠을까. 지금 내가 가진 복잡다단한 이 감정들을 당신은 그때 이미 느꼈을 것이다. 이 감정들을 당신 또한 겪었다고 생각하면 마음이 조금 편안해진다. 나도 내 곁에 없는 당신에게 “잘 지내니”라는 제목의 메일을 보내 내 근황을 전하고 당신의 근황을 묻는 시간을 상상해 본다. ‘잘 지내니’ ‘거기는 춥지 않니’ ‘거기서도 내가 보이니’ ‘나는 매일 당신을 그리워하고 있어’ 같은 말들을 두서없이 적어 보낸 뒤에 오지 않을 답장을 한없이 기다리고 싶다.

내가 만나지 못한 순간의 당신

환희

"내 티셔츠 못 봤어? 줄무늬 티셔츠."

함께 살다시피 했던 당시 애인에게, 그날도 습관처럼 내 물건이 어디 있는지 물어보았다. 그가 말했다.

"내가 그걸 어떻게 알아? 으, 진짜 우리 아빠랑 똑같다니까. 맨날 잘 찾아보지도 않고 물어보지."

그 사람 아빠의 습성과 내 습성이 비슷하다니 신기했다. 어떻게 둘이 비슷하지? 여자들이 자기 아빠랑 닮은 사람 좋아하는 경향이 있다던데 이런 것도 포함되나?

어처구니없는 생각이었다. 여자라면 높은 확률로 가부장제를 내면화했을 자기 아빠와 외모든 습성이든 뭐든 닮은 사람을 좋아할 수 없는 게 당연하다. 게다가 당시 애인의 아빠와 내가 비슷한 건 우연의 일치 같은 게 아니었다. 필연이었다.

『빨래하는 페미니즘』을 읽고 있을 때였다. 읽다가 어떤 대목에서 쓸쓸하게 피식했다. 저자의 남편도 자기 물건을 남에게서 찾는 게 일상인 사람이었다. "내 ○○ 어디 있어?"라고 묻는 건 당시 애인의 아빠와 나, 두 사람만의 습성이 아니었다. 남자 일반의 습성이었다. 여성에 비해 사회로부터 게으르고 무신경해도 되는 허가증을 대량으로 발급받은, 일상 속 문제의 상당 부분을 자의 반 타의 반 엄마나 할머니나 누나나 여동생한테 무료로 아웃소싱 하면서 자라는.

그렇다고 내가 가진 문제를 환경의 탓으로만 돌리고 싶진 않다. 좋은 사람은 자신의 생각과 마음과 의지로 자신의 몸에 새겨진 구조의 나쁜 흔적들을 지워 가며 자란다. 그렇지 못했던 나는 바깥의 무언가를 탓할 수 없는 그저 스스로 게으르고, 무신경하고, 의존적이고, 자기중심적인 사람이기도 했다. 집안일은 대부분 백수인 내가 아니라 일하는 그의 몫이었고, 우리 사이의 모든 결정은 나의 뜻대로 이뤄졌다. 그런 내게 그는 종종 말했다.

"자긴 너무 이기적이야."

그리고 자주 물었다.

"나 사랑해?"

나를 사랑하느냐는 물음은 사랑받음을 느끼지 못하는 이에게서 나온다. 사랑받음을 느끼지 못하는 그는, 내가 사랑받지 못한다고 느끼는 일이 없도록 쉼 없이 나를 사랑해 주었다. 그렇게 나는 그가 나를 사랑해 주는 게 당연한 줄 알았고, 가끔은 그 사랑을 부담스러워했다. 그 일이 있기 전까진.

이사 전날이었다. 이삿짐 정리를 마무리하기 위해 그의 방을 떠나 내 방으로 가야 했다. 헤어지기 전 작별 키스를 나누었다. 키스가 끝났을 때, 갑자기 눈물이 흘렀다. 이상했다. 슬픔이든 기쁨이든 그 어떤 감정도 들지 않았는데, 왜 그랬을까.

그는 화를 냈다.

"울지 마! 왜 울어."

당황스러웠다. 나 아무렇지 않은데 도대체 왜 우는 거지.

그를 남겨 두고 집으로 간 그날 밤, 그에게 문자가 왔다.

"메일 한번 확인해 줘."

무슨 글을 남겼을까, 궁금해하며 메일을 열었다. 잠시 후, 이번엔 이유 있는 눈물이 흘렀다. 메일 속 그가 끝을 말하고 있었다. 곧 그에게서 전화가 왔다. 내 마음이 그에게서 떠나는 걸 눈치 챘던 전화기 너머의 그는 울면서 나를 끊임없이 원망했고, 몇 시간이 지나도록 전화를 끊지 않았다. 나는 그가 재결합을 원한다는 걸 알았다. 그러나 그의 바람과는 반대로 끝을 앞당기길 선택했다.

"이제 그만하자."

그때 그 이별 순간이 너무 버겁고 피곤했다. 쉬고 싶었다.

우리가 어떤 문제에 직면할 때마다 그는 함께 생각하고 대화해서 해결해 나가길 바랐다. 그럴 때마다 나는 도망쳤고, 그는 "생각하는 게 그렇게 싫어?"라며 안타까워했다. 너에 대해, 나에 대해, 우리에 대해 깊이 생각하지 않았다. 사랑은 마음 이상으로 머리를 써야만 잘할 수 있다는 걸, 그땐 몰랐다. 그리고 마지막 이별 순간까지 나는 우리를 생각하는 대신 도망치는 길을 택했다.

이사하는 날, 고향에서 온 엄마와 함께 살던 방을 정리하고 새로운 방으로 향했다. 이사로 정신없이 바쁜 중에도 헤어졌다는 사실이 수시로 생각났다. 이사가 어느 정도 마무리되고 바닥에 신문지를 깔고 점심을 먹을 때, 엄마가 물었다.

"무슨 일 있나? 힘도 없어 보이고 한숨을 자꾸 푹푹 쉬고."

엄마의 말이 끝나자마자 입에 밥알을 넣은 채로 엉엉 울었다. 며칠 동안 슬픔에 잠겨 울다가도 이런 생각을 했다.

'이제 섹스는 누구랑 하지?'

그런 내가 싫었고, 슬픔은 오래 가지 않았고, 연인 사이의 감정 노동에서 해방된 나는 곧 홀가분해졌다.

비열한 행동인 걸 그때도 알았고 지금도 알지만, 우연히 그의 일기장을 읽은 적이 있다. 일기장엔 그와 그의 옛 연인의 이야기가 쓰여 있었다.

"헤어지자 말해야겠다고 결심했던 날, 그와 사랑 없는 키스를 나누었다. 키스 후에 갑자기 눈물이 쏟아졌다."

그가 내게 헤어지자고 말했던 그날, 키스 후에 흘렸던 내 눈물이 그에게는 어쩌면 이별 신호 같았을지도 모르겠다.

윤종신의 <나쁜>이라는 노래를 처음 들었을 때, 끝까지 듣기가 힘들었다. 전쟁 같은 날도 많았지만 애정과 그리움이 넘쳐 어쩔 줄을 모르던 시간들이었다. 그와 헤어지고 오랜 시간이 지난 후, 청승맞게 그와 주고받은 옛 문자들을 읽어 내려가다 먹먹해 오는 가슴을 깨닫곤 했다. 그리고 이내 이럴 줄 알았으면서 굳이 서랍 속 깊은 곳에서 낡은 전화기를 끄집어낸 가학적인 스스로를 책망하곤 했다. 더 아껴 주지는 못했을지라도 더 상처 주지는 말아야 했다. 삶의 비극은 곁에 있을 때 소중한 걸 모르고 늘 뒤늦게 후회한다는 데 있는 게 아닐까. 여전히 노래와 함께 그가 흘러나올 때마다 때늦은 후회를 한다. 지질하게도.

지은

나는 당신이 '나에게 딱 맞는 사람을 만나기 위해 기다렸다'던
애정의 대상이자 마지막 사랑이었다. 나를 만나기 전 당신은
'외로움 때문에 연애하지 않겠다'고 결심하고 최대한 신중했다
고 한다. 나도 모르게 나에 대한 마음을 키워 갈 때 선뜻 먼저
다가온 이성도 몇 있었다고 했다. 당시 당신을 친구 이상으로
생각하지 않았던 내 마음을 당신도 인지하고 있었으니 금세
포기했을 법도 한데, 당신은 호감 있는 상대와의 연애 대신
쓸쓸한 외사랑을 택했다. 당신이 기다려 준 덕분에 우리의 타이
밍이 맞아떨어져 연인으로 발전할 수 있었다.

　친구 시절에 나는 우리가 미래를 함께하리라는 사실을 꿈
에도 예상하지 못한 채 당신 앞에서 내 수많은 사랑의 역사를
줄줄 읊었다. 당신 앞에서 연애의 사계절을 보여 주는 극한
체험까지 시켰다. 연인 시절 언젠가 당신은 내게 "나도 연애
좀 많이 할 걸 그랬네" 중얼거린 적도 있다. 그때 뭐라고 대꾸했
더라. "억울하면 연애 좀 하고 돌아오든가"라며 놀렸던가. 약
간의 질투와 서운함이 섞인 투정이었을 텐데, 그걸 못 달래
주고 대충 웃으며 넘겨 버렸던 것 같다.

사실 내 이전 연애들은 숫자만 많았지 당신이 질투나 서운함을 느낄 만큼 대단한 것들이 아니었다. 당신과 반대로 나는 연애를 얕은 호감만으로도 시작할 수 있는 것으로 여겼고, '혼자 있으면 아무나 추근댄다'는 이유로 정말 아무하고나 사귀다가 대충 흐지부지 헤어진 기억도 여러 번이다. 덕분에 지금까지 몇이나 만났는지 이름도 다 기억나지 않고 머릿속에 그럴듯하게 각인된 연애도 몇 되지 않는다. 질 낮은 사랑의 연속이었다.

그 연애들이 준 선물이 하나 있다. 당신을 곧바로 알아본 것이다. 연애 3개월 만에 당신에게 결혼을 제안했던 이유는 당신처럼 꼭 맞는 이를 만나기 힘들다는 사실을 경험으로 배웠기 때문이다. 언젠가 한 친구는 내게 "사랑은 맞춰 나가는 게 아니라 그냥 포기하는 법을 배우는 과정 같아"라고 말했다. 힘들게 포기하지 않아도 저절로 맞는 짝을 만난 나는 그 친구 앞에서 우월감을 느꼈다.

내 옛 연애를 향한 당신의 질투와 서운함을 제대로 보듬어주지 못한 대가일까. 아니면 당사자 허락 없이 당신 계정으로 글을 훔쳐본 결과일까. 요즘 나는 당신의 옛사랑에 대한 기록들을 들여다보며 혼자 속 쓰려 한다.

당신이 열아홉 살부터 블로그와 페이스북 등에 쓴 글들을 한글 파일에 긁어모았더니 2094쪽이 나왔다. 그 글들을 읽고 또 읽었다. 당신의 글을 읽는 동안에는 당신이 이 세상에 없다는 생각이 들지 않았기 때문이다. 문제는 당신은 외로울 때마다 글을 쓰는 사람이었고, 내가 당신을 모르던 시절의 기록은 대부분 연애의 달고 쓴 맛에 대해 적혀 있다는 사실이다.

당신에게도 당연히 첫사랑이 있었다. 신중하게 연애하다
보니 만남과 헤어짐에 타격이 큰 타입이었다. 한번은 헤어지고
너무 힘들어서, 아픈 마음을 달래기 위해 종일 운동만 하다가
오히려 몸이 축나는 바람에 많이 아팠다고 내게 고백하기도
했다. '도대체 얼마나 힘들었으면 마음뿐 아니라 몸까지 아팠을
까' 하며 안쓰러워했던 기억이 난다.

그러나 '지독한 첫사랑에 힘들었다'는 이야기를 추억 나누
듯이 들은 것과, 당신의 문체로 그 대상이 준 기쁨과 슬픔을
그린 글을 읽는 건 다른 문제다. 나에게만 향하던 애정의 메시지
들이 다른 누군가에게도 향한 적이 있음을 구체적인 언어로
마주할 때마다 알 수 없는 질투와 실망, 연민 등의 감정들이
묘하게 뒤섞여 내 안에 피어올랐다. 당신이 즐겨 부르던 윤종신
의 <너에게 간다>가 그 친구가 전화를 걸면 나오는 휴대전화
벨소리임을 알았을 때는 나도 모를 배신감을 느꼈다. 그와의
추억이 담긴 노래를 그토록 자주 듣고 불렀다니.

게다가 당신의 첫사랑은 10대 시절의 당신을 한 번 절망의
구렁텅이에 빠뜨렸다가 20대 시절의 당신을 행복의 극한까지
몰아넣은 다음에 다시 지옥으로 빠뜨리는 재주가 있었다. 나는
그 시절 당신에게 감응해 당신이 울 때마다 따라 울었다. 수많은
글에서 당신은 죽었다가 살아났다가 다시 죽어 버렸고, 나는
그 희비극을 따라 읽으며 함께 죽었다가 다시 살아났다가 끝내
죽었다. 내가 사랑하고 아끼던 당신에게 그토록 큰 상처를 준

그를 함께 미워했다. 그러고는 이런 글들을 남겨 내게 보인 당신이 원망스럽고, 이내 당신의 글들을 게걸스럽게 찾아 굳이 읽어 낸 내가 미워졌다.

아는 언니는 내게 "그의 모든 것을 사랑할 수는 없어"라고 조언하며, "앞의 글들 다 버리고 너를 만난 순간부터만 읽어"라고 충고해 주었다. 나도 안다. 아무리 당신의 모든 것을 사랑하겠다고 결심했다 해도 과거의 당신까지 받아안는 것은 쉽지 않은 법이다. 내가 당신의 글을 훔쳐 읽는 이 행위가 스스로를 갉아먹는다는 사실도 알고 있다. 상처받으면서도 자꾸만 당신의 옛 글을 먹어 치운 이유는, 그렇게 해서라도 당신을 복원하고 싶어서였을 것이다. 내가 만나지 못했던 순간의 당신과 내가 사랑한 순간의 당신, 그리고 더는 만날 수 없는 미래의 당신을 상상할 방법이 이것밖에 없기 때문일 것이다. 내 가난한 사랑에 위로가 필요하다.

이별 계획

환희

모든 사람의 삶은 예측 불가능성이라는 철칙 아래에 있다. 인생의 끝없는 선택의 순간에서 무엇을 택하든 불가지의 기회비용이 발생한다. 기회비용의 존재는 어떤 측면에서든 반드시 후회와 아쉬움을 만든다. 과거가 회수 불가능한 매몰 비용임을 담담히 인정하고, 당면하는 삶 구석구석에 나의 오감을 몰입하면서 현재를 충실히 살아가는 수밖에 없다. 다행히 과거는 대체로 미화된다. 현실이 불만족스러운 사람이 정작 당시엔 그렇게 좋지도 않았던 한 철마저 그리워하는 걸 보면. 미화되었든 아니든 과거는 지금의 나를 만들었고, 켜켜이 쌓이는 현재가 미래의 나를 낳는다. 과거는 어찌할 수 없지만 지금 이 순간은 내가 다스릴 수 있는 여지가 크다. 현재에 더 잘 집중하려면 더는 개입할 수 없는 과거와 좋은 이별을 해야겠다. 쿨하지도 뜨겁지도 않은, 따뜻한 정도의 온도로.

2014.01.25.

지은

장례식에 온 친구에게 나는 울면서 이렇게 말했다고 한다.

"강아지나 키워야 할까 봐요."

남편이 죽었는데 웬 강아지 타령인가. 장례 사흘간 수많은 이를 만나 아무 말이나 던졌고, 저 말도 생경한 순간을 모면하려는 말 가운데 하나였을 것이다. 저 말을 한 기억은 없지만 어떤 생각의 회로를 거쳐 나왔는지는 알고 있다. 호스피스 병동에서 보낸 3주가 당시 내게는 한없이 지루하고 길었다. 대화할 사람도 없었다. 그도 그럴 것이 간병인 대부분이 나보다 최소 스무 살은 더 많을 법한 분들뿐이었다. 나는 그들이 우리를 바라보며 "우리 그이야 살 만큼 살았지만 자기네는 어쩌니" 하며 혀를 끌끌 차는 게 그렇게 싫었다. 밥을 데우러 전자레인지가 있는 보호자실에 가면 옆방 간병인이 꼭 내게 물었다.

"아직도 그대로이신가?"

그 말이 꼭 "아직 안 죽었어?"라고 묻는 것 같았다. 그 간병인은 오전 일곱 시, 낮 열두 시, 저녁 여섯 시를 정확하게 맞춰 식사했는데, 그 질문을 받기 싫었던 나는 일부러 그보다 30분 늦게 밥을 데워 먹었다.

아무도 내게 말을 걸지 않았으면 싶어서 보호자실에서 만날 휴대전화에 얼굴을 파묻고 있었다. 병실에 돌아오면 그저 멍하니 누워 있거나 앉아서 밤이 올 때까지 당신 얼굴을 가만가만 들여다보기만 했다. 그마저 지겨워지면 휴대전화로 인터넷에 접속해 입양을 기다리는 반려동물 사진을 들여다보고 부동산으로 전세 만기에 이사 갈 집을 알아보았다. '여유가 생기면 강아지를 입양해 볼까' '내후년 전세 기간이 끝나면 집을 좀 좁혀서 이사를 가볼까' '엄마랑 같이 사는 건 어떨까' 같은 상상을 펼치곤 했다. 친구에게 건넨 "강아지나 키워야 할까 봐요"라는 말은 이때 내가 아무렇게나 했던 상상 가운데 하나일 것이다.

> 누군가 죽으면, 기다렸다는 듯 서둘러 세워지는 앞날의 계획들(새로운 가구 등등): 미래에 대한 광적인 집착.·

당신이 없는 삶은 내게 큰 구멍을 남겼다. 그 구멍은 한없이 커져서 이제는 내가 아끼고 가꿔 왔던 삶의 모든 것을 집어삼키는 중이다. 나는 당신이 가기도 전부터 그 구멍의 깊이를 예감했다. 그리고 롤랑 바르트의 말처럼 "기다렸다는 듯"이 그 구멍을 채울 만한 요소들을 찾아 헤맸다. 남들 앞에서도, 심지어 스스로를 앞에 두고서도 세상이 무너진 듯 울었던 나는 한편으로는

· 롤랑 바르트, 『애도일기』, 김진영 옮김, 이순, 2012, 16쪽.

당신 없는 삶을 남몰래 혼자 열심히 준비했던 것이다. 우습게도 숨만 겨우 붙어 누워 있는 당신 앞에서 당신의 죽음을 기다리면서 당신 없는 새로운 삶을 혼자 구상하고 있었다. 대체 얼마나 잘 살려고 그랬을까. 그 시간에 당신 손 한 번 더 잡아 주었어야 하는 것을. 당시에도 이런 스스로가 참 잔인하다고 느꼈는데, 지금은 그때의 나를 경멸한다.

어제는 우리가 주고받은 편지들을 찾아 읽었다. 편지는 당신이 내게 미래이자 꿈이었다는 증거였다. 그 안에는 매번 나이 들어서도 지금처럼 서로를 보듬어 주자고, 서로의 몸 뉘일 곳, 마음 쉴 곳을 마련해 주자고 약속하고 있었다. 우리가 꿈꾼 미래에 한쪽의 부재는 없었다. 어쩌면 당신이 사라져 생긴 그 구멍이 점점 커진 게 아니라, 당신이 나의 전부였는지도 모르겠다. 당신이 없다는 것은 단순히 한 사람의 부재가 아니라 내 온 우주가 사라진 것이다. 이토록 큰 구멍을 대체 어떻게 막겠다고, 나는 당신을 앞에 두고 무려 '계획'씩이나 세우고 앉아 있었는지 모르겠다.

환희

투병기를 써볼까 하는데, 쓰다 보면 병든 몸이나 병든 몸을
만들고 대하는 사회에 대한 성찰 같은 건 조금도 찾을 수 없고,
자기 연민과 울분으로 가득한 투병기가 되겠지. 제목은 아마도
『암웨이를 걷다』…….

2020.07.08.

○○○

지은

많은 이들이 내 앞에만 서면 어떤 표정으로 무슨 말을 건네야 할지 몰라 자주 안절부절못했다. 혹시라도 말 한마디 잘못 꺼냈다가 더 큰 상처를 줄까 싶어 그랬을 것이다. 겨우 쥐어짜 건넨 한마디는 보통 "힘내요"였다. 그럴 때마다 내 상황이 상대를 불편하게 만들고 있다고 느꼈다. 그 상황을 모면하는 방법은 간단하다. 얼른 상대가 들으면 안심할 만한 말을 건네는 것이다. "저는 괜찮아요" "걱정하지 마세요" "시간이 지나면 괜찮아지겠죠." 때로는 아무렇지 않은 척 미소까지 머금은 채 이 말들을 던졌다.

하지만 돌아서면 불쑥 화가 올라왔다. "힘을 내라고? 여기서 얼마나 더 힘을 내. 한번 겪어 보라지, 그 말이 나오는지" 같은 말들을 중얼거렸다. 나는 이미 최선을 다하고 있는데, 힘내느라 이를 하도 악 물어서 어금니가 부러졌을 정도인데, 조금 더 노력하라는 말로 들렸다.

종종 아무 일 없었던 것처럼 "밥 잘 챙겨 먹고 있지?" 같은 안부를 묻는 말들로 채워진 위로 또한 마음이 편하진 않았다. 내 마음은 지옥인데, 나 역시 상대처럼 아무렇지 않은 척해야 하니까. 그냥 혼자 있고 싶었다. 아무런 방해 없이 꾸준히 바닥으로 떨어지고 싶었다.

마음은 바늘구멍보다 작아졌다. 당신을 휠체어에 태워 산책을 나가면 다들 곁눈질했다. 귓등으로 들리는 "세상에, 젊은 사람이……" 같은 중얼거림들. 그때마다 화가 잔뜩 나서 사람 없는 쪽으로 휠체어를 휙 돌렸다. 한번은 계속 당신을 뚫어져라 보는 중년 여성에게 "시선 처리 똑바로 안 해요?"라고 쏴붙인 적도 있다. 어린 꼬맹이들이 달려와서 당신에게 "어디 아파요?" "할머니예요, 할아버지예요?" "왜 그렇게 된 거예요?" 같은 질문을 잔뜩 던진 적이 있다. 그때 휠체어 앞을 가로막고 그 녀석들에게 "야, 꺼져. 저리 가" 소리 지르며 밀쳐 버렸다. 시엄마에게 찬바람 쌩 일며 눈도 안 마주칠 때면 엄마가 내 귀에 대고 속삭였다. "내 딸이지만 너 너무 무서워." 뭐라도 하나 걸리면 다 부술 수 있을 것 같았다.

SNS에 낯모르는 이가 행복한 연애나 결혼 에피소드를 올리면 속으로 생각했다. '우리가 더 행복했어.' 사는 게 힘들다는 푸념에는 코웃음 쳤고, 누군가의 '힘들어 죽겠다' 같은 반농담에는 괜히 화가 났다. 죽겠다고? 진짜 죽어 가는 사람도 있는데 죽겠다는 말이 나오나? 나 보라고 올린 것도 아니고 모두가 내 상황을 아는 것도 아닐 텐데, 당시에는 모든 이가 나를 약올리려고 SNS를 하는 것처럼 느껴졌다.

마음속 화를 누그러뜨리고 '힘내요'라는 위로를 온전히 받아들이게 된 계기가 있다. 모 회사에서 함께 일했던 디자이

너가 병원까지 찾아왔다. 같이 일한 지 10년이 지났고 함께 근무한 기간도 겨우 넉 달 남짓이었다. 물론 함께하는 동안 꽤 다정한 사이였지만 이후 10년 동안 연락 한번 주고받은 적이 없었다. 그런 친구가 나를 보러 온 것이다. 근처라는 연락에 내심 의아해하며 주섬주섬 옷을 챙겨 입고 로비로 나왔다.

나를 보고 눈물을 글썽이던 그 친구는 당신과 나, 리아와 웅이까지 그린 그림을 예쁜 액자에 담아 선물해 주었다. 생각도 못 한 선물에 놀란 내게 "제 어머니도 교모세포종으로 돌아가셨어요"라는 고백을 건네었다. 그 말에 의아함이 사라지고 동질감이 일어서 사람 많은 로비 의자에 둘이 마주앉아 한참 울었다. 그가 선물과 함께 건네준 봉투에는 약간의 돈과 짧은 편지가 적혀 있었다. 돌아보면 힘내라고 해준 사람들이 가장 마음에 남았다며, 나도 힘을 냈으면 좋겠다는 내용이었다.

그 글을 한참 들여다보았다. 내가 제일 싫어하던 '힘내'라는 말이 그 친구에게는 세상 가장 위로가 되는 단어였다니. 게다가 실제로 그의 '힘내'는 내게 큰 위안을 주었다. 자신의 엄마와 같은 질병이라는 이유로 10년 만에 찾아와 준 지인이 건네는 위로는 내게 온전히 닿을 수밖에 없었다.

결국 문제는 나였다. 잔뜩 삐뚤어진 상태라 상대의 진심을 받아들일 여유가 없었던 것이다. 24시간 전투 태세였던 탓에 따뜻한 말 한마디를 들어도 그 안에 담긴 속내를 의심했다. 그러니 길 가던 중년 여성이나 꼬마 아이들같이 힘없는 이들에게 내 나약한 속마음을 드러냈던 것이고.

오늘은 당신 없는 내 첫 생일이다. 혼자 있을 내가 신경 쓰이는지 많은 이들이 연락을 줬고 휴대전화가 쉴 새 없이 울려 댔다. 한 SNS 친구가 남긴 "힘내라는 말 듣기 힘들다고 하셨는데 그래도 힘내세요"라는 말과 함께 달린 생일 축하 댓글을 보니, 한때 '힘내라는 말이 싫다'던 내 마음이 한없이 쪼그라져 보여 민망하다. 나는 마음을 하루에 겨우 1밀리미터씩 여는데, 내 주변 이들은 이런 이기적인 나마저 양껏 받아들인다.

첫눈 오는 날

환희

『글쓰기의 최전선』이라는 책을 읽다가 요즘의 가장 큰 고민을
적확하게 설명해 줄 수 있는 문장을 만났다.

> 감응은 능력이다. …… 무엇에든 영향을 받을 수 있는 자가
> 어디에도 영향을 끼칠 수 있는 법이다.˙

무엇에도 쉽게 감응하지 못하므로 무능력한 상태에 처해 있다.
그 때문에 지금 하는 일을 계속해도 되는 건지 종종 회의한다.
말과 글을 다루는 일은 감응하기와 뗄 수 없고, 감응할 수 없어
도 '무엇'이 될 수는 있지만 '좋은 무엇'이 될 수는 없을 테니까.
"머리로만 되지 않는 일을 머리로 하다 여태 남았다"라는, 언젠
가 썼던 문장이 찌든 때처럼 남아 지워지지 않는다.

2016.02.15.

˙ 은유, 『글쓰기의 최전선』, 메멘토, 2015, 18쪽.

지은

당신이 없어도 있을 때와 다름없이 인사를 건넨다. 여전히 자기 전에 "잘 자. 내일 봐"라고 중얼거리고 아침에 눈을 뜨면 허공에 대고 "잘 잤어?"라고 묻는다. 당신이 떠난 지 얼마 지나지 않았을 때는 혼자라는 생각에 잠드는 게 싫었는데, 지금은 그렇지 않다. 내가 하루를 더 사는 딱 그만큼 우리가 가까워졌다고 생각하니 잠드는 게 외롭지 않다.

오늘 아침에는 조금 다른 말을 내뱉었다. 커튼을 걷자마자 한눈에 들어온 눈 내린 북한산 자태에 탄성이 나왔다.

"자기가 이 모습을 보고 갔어야 하는데!"

이런 우스운 바람은 산 사람의 욕심일 뿐이다. 당신이 있는 그곳은 눈 내린 세상이 한눈에 들어올 테니. 위에서 내려다보는 세상이 훨씬 아름답겠지. 아마 당신이 너무나 사랑하던 이 집에서 두 계절밖에 살지 못했다는 생각이 나도 모르게 이런 중얼거림을 이끌었나 보다.

우리는 첫눈이 오면 늘 서로에게 문자를 보냈다. "지금 밖에 눈 와." 그러면 다른 한 사람이 얼른 창밖을 내다보았다. 눈이 오든 안 오든 당신은 "어차피 함께 있지 않을 때 오는

눈 따위는 첫눈 아냐. 담에는 눈 같이 맞자"라며 남들이 들을

땐 낯간지러울지 몰라도 내게는 달콤한 말들을 해주었다.

올해 첫눈을 만났는데 '눈 온다'고 문자를 보낼 사람이

없다. 그게 또 서러워졌다. 메신저 창을 조금 뒤적거리다가 엄

마와 동생에게 눈이 내린 북한산 전경을 보냈다. "너무 멋진데"

"예쁘네" 원하는 답이 아니다. 다시 메신저를 뒤적이다가 시아

빠에게 전화를 걸었다. 무슨 일 있냐는 시아빠에게 눈이 온다

고, 혼자 보기 너무 아깝다고 말하다가 울어 버렸다. 그 말이

무슨 뜻인지 바로 알아차린 시아빠는 내게 "울고 싶을 때 울되

너무 많이 울지는 말거라. 환희가 너무 가슴 아플 거야. 우리

며느리는 씩씩하니까 잘 이겨 내리라 믿는다. 미안하고 고맙고

사랑한다"라고 대답해 주었다. 이번에는 내가 원하던 답에 가

까웠나 보다. 그 말을 듣자마자 조금 더 길게 울었다.

그리울 때마다 당신이 남긴 글을 읽는다. 어제까지 읽어

내린 당신의 글들에는 산 자의 외로움과 고통이 가득했다. 왜

좀 더 타인의 고통에 깊이 감응할 수 없는지, 말과 행동뿐 아니

라 마음으로도 연대해야 하는데 왜 그러지 못하는지 자책하는

글이었다. 말과 행동조차 수반하지 못하는 사람이 수두룩한데,

내 고통이 아닌 이상 오롯이 공감할 수는 없는 법인데 어째서

당신은 그토록 혼자 분투했을까. 이제 더는 그런 고통이 없는

곳으로 간 당신이니 오히려 다행이라 생각해야 하는데, 당신과

달리 이기적인 나는 더는 눈 내리는 아름다움을 오롯이 보지

못하고 그 앞에서 결핍을 느끼는 내 몸에 연민만 인다.

환희

머리가 아프다. 머리 양끝이 아픈데 아내는 질병 일지를 시간대
마다 적으라고 한다. 얼마나 귀찮은 일인데! 왜 그걸 모르니.
모르니 당신은 그러라고 하겠지?

○○○

지은

아직도 무엇이 괜찮은 애도인지 잘 모르겠다. J는 아내를 잃은 지 3년 되었지만 아직까지 고인의 옷을 한 벌도 버리지 못했다고 한다. 장롱은 아내가 떠나기 전 상태 그대로이고, 아직도 둘이 걷던 길을 못 지나치며, 같이 보기 시작한 드라마의 완결을 마저 보지 못한다. '과거의 오늘'에 자꾸 아내 이야기가 뜨는 게 힘들어서 페이스북도 들어가지 않는다고 한다. 반대로 우리 엄마는 아빠가 돌아가셨을 때 버릴 수 있는 물건을 다 버렸다. 집을 옮기고 가게를 처분했으며, 앨범 속 아빠의 사진을 전부 없애고, 옷을 모두 의류 수거함에 놓고 왔다. 시엄마가 당신을 애도하는 방법은 눈물과 기도다. 매일같이 울면서 하느님께 기도한다. 누가 말만 걸어도, 내가 전화로 "여보세요"만 해도 눈물을 터트린다. 시아빠는 당신의 옷을 매일같이 입고 다닌다. 외출할 때는 물론 잘 때도 당신 옷을 입으시더라. 갑자기 너무 젊게 입어서 하나도 안 어울리는데도 벗지 않는다.

　내 애도는 한마디로 '탐험'이다. 나는 당신이 내 곁에 있었다는 순간을 증명하기 위해 병적으로 당신의 흔적을 찾아 헤맨다. 그 탐험의 순간이 온전한 기쁨이었다. 당신과 다정한 메시지를 주고받던 순간, 우리 함께 웃고 있는 사진, 페이스북 '과거의 오늘' 속 우리의 에피소드를 마주할 때마다 나는 그때로 돌아가 봄처럼 환하게 웃었다. 매일 당신이 좋아하던 90년대 노래를 들었고, 메신저 속 우리의 메시지를 수시로 복기했고, 함께 찍은 사진을 인화해 눈길 닿는 곳마다 붙여 놓았으며, 우리가 서로를 얼마나 사랑했는지 자꾸만 글을 써 증명했다. 요즘 나는 대체적으로 무기력한데, 이때만큼은 여름의 온도만큼이나 열정적이다.

그러나 이 일련의 행위들은 동시에 나에게 당신의 부재를 알리는 분명한 신호이기도 하다. 사진은 아무리 말을 걸어도 대답하지 않는다. 몇 번을 쓰다듬어도 온기가 느껴지지 않는다. 더는 당신의 작은 어깨를 만질 수 없고, 까끌까끌한 머리털을 쓰다듬을 수 없다는 사실만 증명할 뿐이다.

어제는 이부자리를 펴다가 내가 아직도 이불 오른쪽으로 쏠려 잔다는 사실을 깨달았다. 늘 왼쪽에서 자던 당신 자리를 비워 둔 것이다. 아침에 일어나 왼쪽 자리를 더듬을 때마다 느껴지는 그 서늘한 온기가 당신의 부재를 증명한다. 삶의 모든 부분이 이제 당신은 없다고 말한다. 알면서도 매번 좌절한다. 내 애도의 과정은 강박과 집착, 불안과 고독이 비순차적으로 이어진다.

종종 낯모르는 이들로부터 다이렉트 메시지를 받는다. 대부분 질병을 앓고 있는 가족과 함께하는 이들이 보낸 것이다. 그들은 자신의 상황을 고백하며 내게 조언을 구한다. 나도 애도

중인데 그 진지한 메시지에 뭐라고 답변해야 하나 싶다가도 어떤 마음으로 연락했을지 너무 잘 아니까 쉽게 무시하기도 어렵다. 그저 그들이 애도의 시간을 잘 견디기를 빌면서 내게 위로가 되었던 말들을 돌려준다. "괜찮지 않아도 괜찮아요" "울고 싶을 때는 울어도 돼요" "여기서 50년이 거기에서는 5분이래요" 같은 말들.

오늘 본 영화에서는 헤어졌다가 재회한 연인이 상대에게 "내가 죽는 날까지 나를 사랑해 줘요"라고 말하더라. 그 문장을 들으며 "저 사람이 바라던 걸 당신은 받고 갔네. 내가 당신을 죽는 순간까지 사랑해 줬잖아"라고 중얼거렸다. 당신은 내 앞에서 서서히 죽어 갔고, 마지막 숨을 몰아쉬는 순간까지 온전히 나와 함께했다. 우리의 이별은 어쩌면 50년이 넘도록 계속되겠지만, 그 지난한 시간이 당신에게는 5분뿐이라니 얼마나 다행인가. 아픈 시간은 나만 가지면 된다는 사실이 일말의 위안이다.

환희

15년 전 아주 약간 도움이 되었던 친구의 말을 떠올려 본다. 드라마 〈네 멋대로 해라〉 때문인가. "같은 중병이라도 위암·대장암 같은 암보다 뇌종양은 약간의 로망이 느껴지는 단어 아니니." 친구를 다시 만나면 지랄하지 말라고 말하고 싶다.

평소 유서를 써야겠다는 생각 많이 하다가 귀찮아서 결국 안 써놨는데 이제라도 좀 써야겠다. 죽을 병 아니라고 해도 수술하다 까딱 뇌사 상태 될 수도 있는 거니까. 읽는 사람 안 슬프게 드립도 치면서 담담하고 발랄하게 써야지.

2020.05.04.

지은

"그런 일을 겪고도 되게 밝으시네요"라는 말을 들은 적 있다. 아니, 그렇지 않다. 나는 매일 나를 죽이고 또 죽인다. 아무도 내게 상처 주지 않기 위해 애쓰는 이 상황이 싫어서, 스스로에게 기어이 상처를 주고야 만다. 즐거워 보이는 타인을 질투하고, 힘들어하는 누군가에게 손 내밀기는커녕 '내가 더 힘들어'라고 생각해 버린다. 나약하기만 하면 다행인데, 성질마저 한없이 꼬여 버렸다. 그러다가 시간이 지나면 스스로가 측은해져 다시 나를 살리기 위해 무던히 애를 쓴다. 밥을 먹고, 남들과 웃으며 떠들고, 당신을 기억하는 글을 쓰는 것은 내가 죽였던 나를 다시 살려 내기 위해서다. 아마 '그런 일을 겪고도 밝아 보인다'는 말을 들을 때는 내가 스스로를 구원하기 위해 무던히 애쓰는 시간이었을 것이다. 나는 매일 죽었다가 되살아난다. 죽고 죽이는 행위가 비순차적으로 일어날 뿐이다. 밝음과 그늘, 삶과 죽음에 큰 차이가 없음을 이제는 안다.

감정은 시시각각 널을 뛴다. 아무렇지 않게 남들과 만나 웃으며 밥 먹거나 통화하다가도 문득 귀에 꽂힌 노랫말 가사 하나에 마음이 무너진다. 나는 이제 우리가 자주 부르던 윤종신의 <환생>을 들으며 흐뭇해할 수 없다. 사랑의 시작과 설렘을 이야기하는 그 노래가 세상에서 가장 슬프다. 오늘은 빨래를 개다가 당신 잠옷을 발견했다. 내가 입었다가 세탁기에 넣어 두었던 것이다. 당신 옷과 내 옷으로 구분해서 옷장에 넣으려다가 멈칫하고, 윗도리와 아랫도리로 재분류했다. 이제 다 내가 입을 옷이니까. 이처럼 내 눈으로 당신 죽음을 확인하고, 내 입으로 당신 죽음을 언급해야 하는 순간은 매번 반복된다. 당신과 마지막 이별을 한 그날은 아직 끝나지 않았다. 어쩌면 당신을 다시 만나기 전까지 끝나지 않을지도 모른다.

유서 깊은 출판 잡지사에서 내게 당신 추모 글을 부탁했다. 처음에는 '그래, 추모 글이라면 그 누구보다 내가 적임자겠지' 생각했다가, 금세 '어떻게 유가족에게 추모 글을 쓰라고 시키지. 어쩜 사람들이 이토록 잔인하지' 하며 혼자 화내고 억울해했다. 결국 잡지사 편집장에게 전화를 걸어 거절했는데, 미안해하는 그분 목소리를 듣고 울먹이다가 서둘러 전화를 끊었다. 당신 추모 특집을 준비하는 사람에게 오히려 내 억울함을 토로하다니 나는 어쩌다 이토록 비겁해졌을까. 왜 나는 당신의 추모 글조차 쓰지 못하는 나약한 사람일까.

추모 글이 난감했던 까닭은, 나도 지금 내가 무슨 생각을 하는지 잘 모르기 때문이다. 어제는 당신을 세상에서 가장 잘 이해하는 다정한 아내가 되었다가, 오늘은 당신이 눈앞에 있다면 '어떻게 나만 남겨 놓고 떠나냐'며 멱살을 잡고 마구 흔들어댈 수 있을 만큼 난폭한 감정으로 변한다. 어제는 당신의 옛

사랑마저 보듬는 자비 많은 나로 스스로를 포장했지만, 오늘의 나는 그 글을 읽으며 '위선자네' 생각한다. 이런 내가 어떻게 한 달 동안 읽히는 잡지에 당신의 이야기를 실을 수 있겠어. 그 글은 송고하자마자 거짓이 될 확률이 높다.

심지어 나는 지금 흘리는 눈물들이 당신이 아닌 나를 위한 것이라는 사실도 안다. 나는 내가 불쌍해서 우는 것이다. '당신 없이 혼자 남은 나'에게 연민을 보내는 것이다. 그리고 오늘 이렇게 계속 우는 까닭은 크리스마스이브이기 때문이다. 크리스마스라고 해서 열심히 기념한 적도 없으면서, 당신 없이 보내는 첫 기념일이니까 감상에 빠진 것이다.

성당에 가고 싶지 않다. 하느님께 난 화가 아직 안 풀렸다. 그분도 지금 나에게 아기 예수 탄생을 축하하라는 게 얼마나 잔인한지 알 것이다. 나는 지금 누구도 축하할 수 없음을, 내게 는 전혀 은혜롭지 않은 크리스마스라는 사실을.

환희

얼마나 하찮은 시간을 보냈든지, 어떤 사소한 것이든지 관계없이, 기록되는 순간 그것은 곧 소중해진다. 최소한 지금과 훗날의 스스로에게는. 그래서 삶을 의미 있게 만드는 가장 쉬운 방법은 자신의 생각이나 일상을 글로 쓰는 것이다.

2010.01.20.

지은

나를 걱정하는 이가 부쩍 많아졌다. 그간 연락이 뜸했던 이들부터 당신의 지인들, 심지어 SNS에서 마주한, 한 번도 만난 적 없는 이들까지 내게 안부를 묻는다. 이들 가운데 친구 토란이 있다.

당신과 하루가 멀다 하고 어울려 놀기 전에는 토란이 내 데이트 메이트였다. 토란과 내가 한창 '건강한 삶'에 몰두할 때 서로의 하루 식단과 운동량을 점검해 주는 운동 메이트이기도 했다. 매일 무엇을 먹고 얼마나 걷는지, 어디에 몰두하고 어떤 고민이 있는지 가족과도 이야기하지 않는 수많은 정보를 공유했다. 한번 통화하면 한두 시간씩 수다를 떨다가 "자세한 이야기는 만나서 해요" 말해도 어색하지 않은 사이였다. 언젠가 친한 언니들과 함께 타이완에 놀러 가서 월하노인 사원 안에 향을 피우고 "당신께서 붉은 실 엮어 놓았다는 그 짝 얼굴이나 좀 보게 해주세요" 함께 두 손 모아 기도하고, 서로의 썸이나 연애에 이런저런 품평을 나누기도 했다. "이환희 씨가 점점 이성으로 보이는 것 같아 큰일이네"라고 중얼거리는 나에게 눈을 동그랗게 뜨며 "이성으로 보이면 안 돼요? 언니 주변인

가운데 제일 정상인 것 같은데?"라고 말해 우리의 연애를 부추긴 것도 그 친구였다.

"월하노인에게 기도까지 했는데 효험이 없다"고 투덜댄 나날이 무색하게 나는 당신과 연애한 것도 모자라 1년 만에 결혼했고, 그 친구 역시 그다음 해에 곰돌이 같은 남자를 만나 연애하고 결혼했다. 이후 삶의 가장 친한 친구가 생겨 버린 우리는 자연스럽게 연락이 뜸해져 버렸다.

얼마 전 토란을 만났다. 서울로 이사하고도 제대로 초대 한번 못 했다가 이렇게 만나니 민망했지만, 우리는 떨어져 지낸 시간이 무색하게 가장 친밀하던 그 시절로 금세 돌아갔다. 한참 울고 웃다가 한때 가장 든든한 조언자였던 토란에게 지금 고민을 털어 놓았다.

"제가 SNS에 환희 씨와의 글을 계속 올려도 괜찮을까요? 내 글이 다른 사람들을 힘들게 하지는 않을까?"

당신을 떠나보낸 직후에는 내 슬픔을 이기지 못하고 아무 글이나 마구 써댔다. SNS에 떠돌아다니는 이별 상담 글들에 코웃음 치던 때였다.

'연애하다가 이별하는 게 뭐 그리 대수야. 전화 걸면 목소리라도 들을 수 있잖아. 언제 어디선가 우연히 만날지도 모른다고 기대라도 할 수 있잖아. SNS 훔쳐보면 뭐하고 사는지 알 수 있잖아. 적어도 같은 하늘 아래에 살잖아. 너희들이 뭐가 슬퍼.'

아직 당신이 없다는 사실을 받아들이기 힘들던 때다. 그저 살아 있기만 해줘도 좋을 텐데, 그 유일한 희망을 가져간 신이 원망스러워 하늘에 대고 욕을 퍼붓던 때다.

밤이 내려앉으면 마치 '정말 슬픈 게 뭔지 보여 주겠다'는 기세로 마구 키보드를 쳐댔다. 그 글에서 나는 신을 욕하고, 시엄마를 미워하고, 스스로를 상처 입혔다. 그래야 내 슬픔이 온당한 것이 될 테니까.

동시에 나는 알았다, 내 감정이 얼마나 유치하고 자기중심적인지를. 이별이든 사별이든 짝사랑과의 작별이든, 모든 헤어짐은 하나의 가능성이 파괴된 것이다. 우리의 헤어짐은 분명 불행이지만, 그것이 특별히 더 애처롭고 극적인 이별은 아닐 것이다. 그러다 보니 시간이 지날수록 내 날것의 감정이 부끄러워졌다. 내 글이 일기와 뭐가 다른가 싶었다. 일기야 나만 읽고 덮어 놓으면 그만이지만, 나는 불특정 다수가 보는 SNS에 글을 공개하고 있지 않은가. 스스로에게 계속 질문했다. '내 슬픔은 나만 알면 되는 일 아닌가. 남들에게 이렇게 노출할 필요가 있을까.'

얼굴조차 모르는 사이지만 한동안 서로에게 하트를 누르며 친밀하게 지내던 이가 팔로잉을 끊었다. 아마도 내 글을 읽기 힘들어서였을 것이다. 이에 잔뜩 움츠러들어 자기 검열을 했다. 토란에게 저 말을 건넬 때는 SNS에 글 올리기를 잠시 멈추었던 시기다.

토란은 당신과 나의 연애를 부추길 때처럼 눈을 동그랗게 뜨며 "아니, 언니 글을 불편해하는 사람이 팔로잉을 끊어야지,

언니가 글쓰기를 왜 멈춰야 하는데요"라고 대답했다. 그는 내 글을 읽고 더 많은 이가 좀 더 잘 살고 싶어질 거라고 했다. 정말 그렇다면 계속 써야 할 이유가 될 수 있겠다고 생각했다. 토란의 단호함에 홀려 연애를 결심했던 과거처럼, 또다시 홀려 계속 쓰기를 결심했다.

요즘 들어 메시지를 많이 받는다. 본인이 암 환자 또는 암 환자 가족이라는 고백과, 내 글을 읽고 종일 눈물이 멈추지 않는다는 독백, 잠이 오지 않을 때 연락하라는 배려, 밥 잘 챙겨 먹으라는 응원 같은 것들. 적어도 이들은 내 글에서 필요를 찾은 것이겠지. 지금은 이들의 위로만 받아안으며 이 시간을 견뎌 보려 한다.

머릿속에 자라는 두려움

환희

아침에 리아가 항암약 부작용으로 침을 계속 흘리면서 울어댔다. 아내는 걱정하면서 리아를 쭉 지켜보았다. 나도 머리로는 '내가 리아를 위해 당장 해줄 수 있는 게 아무것도 없겠지만 지금 아내 옆에 가서 리아를 같이 지켜보고 같이 걱정하고 그래야 되는 건데'라는 생각을 계속했지만 두통이 생기자 또다시 재발에 대한 두려움이 온몸을 휘어잡으면서 그저 잠들고만 싶었다. 잠들면 모든 생각과 감정과 통증이 사라져 편안하니까. 결국 그렇게 둘을 내버려 두고 계속 잤다.

집에서 쉬면 나도 돌보고 리아도 돌보고 아내도 돌보고 집안 살림도 잘할 수 있을 줄 알았는데, 나 하나 제대로 감당 못 하는 게 현실이다. 쓸모없이 남한테 짐만 되는 하루하루.

2020.06.30.

지은

그저께부터 잠을 제대로 자지 못했다. 몸을 한쪽으로 뉘이고 자다가 잠결에 반대편으로 돌아서면 뇌가 한쪽으로 쏟아지는 느낌이 들면서 눈이 팽그르르 돌아 버린다. 깊은 물에 뇌를 담가 놓은 기분. 조금만 몸을 움직여도 그 물이 찰랑거리며 뇌를 한쪽으로 밀어 버린다. 어지럼증이다.

요즘 부쩍 외로움이 많아진 웅이는 눈치 100단이 되어 버렸다. 내 부스럭거리는 소리를 들은 때마다 '누나 깼다!' 외치듯이 한껏 소리 높여 울기 시작한다. 어제는 밤 열한 시 반쯤 잠을 청했는데, 웅이가 깨우는 소리에 눈을 뜬 시간만 새벽 한 시 50분, 네 시, 여섯 시 반, 세 번쯤 기억난다. 게다가 녀석은 한껏 똑똑해져서 꼭 내 귀에 대고 목청 높여 운다. 잠귀가 밝은 나에게는 고문이나 다름없다. 가뜩이나 어지러운데 웅이까지 울어대서 정말이지 혼이 반쯤 빠져나간 것 같았다. 잠결에 몇 번쯤 "웅이야, 제발 그만 울어!" 하고 소리를 지르고 머리끝까지 이불을 뒤집어쓴 다음에 다시 잠을 청했으나 어지럼증은 쉬이 가시지 않았다.

처음에는 악플 메일 때문인 줄 알았다. 당신을 그리워하는 일기에 대한 밑도 끝도 없는 품평에 마음이 한껏 상했다. 잠들기 직전에 그 메일을 보는 바람에 자는 동안에도 내 기분이 가라앉아 있었기에 스트레스로 생긴 몸의 반응인가 보다 했다. 그다음 날, '오늘은 괜찮겠지' 싶어 다시 잠을 청해 보았으나 어지럼증은 여전했다. 결국 이틀 내내 잠을 설친 나는 계속 멍한 상태로 하루를 보냈다.

종일 한껏 예민했다. 잠을 못 잤기 때문만은 아니다. 나는 내 마음속에 어떤 두려움이 숨어 있는지 너무 잘 안다. 이틀째 되니 그 두려움이 조금씩 커지더니 불안을 한껏 키워 버렸다. 결국 내 머릿속은 그 생각으로 가득해졌다.

'나도 뇌종양 아냐?'

당신을 떠나보내기 전 내 행동 가운데 가장 후회하는 지점이, 당신이 아프다고 말할 때 바로 병원에 데려가지 못한 것이다. 단순 두통인 줄 알았다가 고생이란 고생은 다 시키고 막판에 응급실로 달려갔다가 만 이틀 만에 긴급으로 수술을 진행했다. 수술실에 울면서 들어가는 당신 앞에서 내 무지를 얼마나 탓했는지 모른다. 이틀 동안 어지럼증으로 고생하는 내내 나는 계속 그날로 되돌아갔다. '내가 아프면 엄마한테 미안해서 어쩌지. 웅이는 누가 키우나' 같은 상상으로 아침을 맞이했다.

점심을 먹고 잠깐 짬이 났을 때 열심히 구글에 "잠잘 때 어지럼증" "수면 어지럼증" 등 몇 가지 단어를 조합해 검색해 보았다. 이석증일 확률이 가장 높아 보여서, 회사 근처 이비인후과를 방문했다. 내 귀를 열심히 들여다보고 눈에 고무 안대

같은 것을 씌운 뒤에 내 몸을 한껏 휘두른 의사는 "말씀하신 증상은 이석증과 가장 비슷한데요, 이석증 진단은 안 나왔어요. 원래부터 이석증이 아니었을 수도 있고, 어쩌면 병원 오시는 사이에 나았을 수도 있고요. 우선은 상비약 드릴 테니까 또 어지러우면 드세요"라며 처방전 한 장을 쥐여 주었다.

　1층 약국으로 내려가 처방전을 내밀었다. 약사가 "어지러우신가 봐요. 혹시 생리하시나요? 생리하시면 어지러울 수 있어요"라고 말했다. 그러고 보니 생리 주간이다. 어지럼증 상비약을 손에 쥐고 약국을 빠져나오는데 '나도 이제 건강염려증에 걸린 것인가' 싶어 헛웃음이 나왔다.

살고 싶은 날

환희

수술 후 첫 밤은 중증 폐렴 환자들과 같이 보냈는데 중환자실에
서 그들이 가래 뱉는 소리 때문에 잠을 엄청 설쳤다. 숨넘어갈
듯한 가래 소리는 죽음을 연상시키기도 했지만 오히려 저들이
나보다 건강하고 안 아픈 모습으로 병원을 나설 수도 있겠지
싶어 부럽기도 했다.

2020.05.09.

지은

무심결에 창문을 열었다. 하늘에 구름 한 점 없고 바람마저
포근하니 산책하기 좋은 날씨다. 날이 풀렸나 보다. 어쩌면 계
속 따뜻했을지도 모르겠다. 요즘 집 밖을 나서지 않아서 매일
바뀌는 날씨에 관심을 두지 못했다. 문득 햇살을 받은 지 오래되
었다는 생각이 들었다.

간만에 산책을 나섰지만 당신과 매일 걷던 북쪽 산책로로
향하려던 것은 아니었다. 리아를 보내 준 곳에 가려다가 문득
'지금이 아니면 영원히 그쪽으로 갈 수 없겠다'는 생각이 들었
다. 리아에게 미안하지만 발길을 북쪽으로 돌렸다.

가을에 당신과 함께 마지막으로 걸었는데, 이곳은 벌써
겨울이다. 온 동네가 당신과의 추억이고, 걸음마다 당신 생각이
나서 쉽게 발길이 떨어지지 않았다. 그저 천천히 돌아다녔다.
단풍이 사라져 삭막해진 한옥마을을 거쳐 240년 살았다는 나무
를 지나고, 한창 공사 중인 공영 주차장을 지나친 다음 진관사에
도달했다. 진관사 입구에서 합장하고 목례를 세 번, 진관사 마
애 아미타불 앞에 서서 목례를 세 번 한 다음에 아미타불에게
당신의 안부를 물었다. 다음으로 대웅전 입구에 가서 다시 합장

하고 목례를 세 번 한 뒤에 당신을 위한 기도를 올렸다. 당신은 다시 태어나고 싶지 않다고 했으니 그 소원을 이뤄 달라고. 당신이 매일 떠오던 진관사 물도 마시고 싶었는데 겨울이라 다 얼었더라. 아쉽지만 다음을 기약했다.

한옥마을 쪽으로 걸음을 옮겼다. 당신과 함께 "여기 텃밭 관리를 잘하네" "자기야, 저런 집은 어때? 마당에 개 키우기 좋겠다" "저런 집은 관리하기 힘들어, 난 평생 아파트에서 살고 싶어" "그래, 나도 이런 구경하는 집 되기는 싫다" 따위의 시답잖은 품평을 주고받던 기억이 떠올랐다. 사진 스튜디오 앞도 지나쳤다. 방사선치료 때문에 빠진 머리카락이 다시 자라면 여기서 사진 찍고 싶었는데, 그 자리에 머리가 다 자라기도 전에 당신이 떠나 버렸다. '사진 한 장 찍어 주고 가지, 뭐가 그리 급했지' 곰곰 생각하다가 당신이 사진 찍기를 별로 내켜 하지 않았던 기억이 났다. 스튜디오 앞에 잠깐 서있다가 집으로 돌아왔다. 그렇게 한 시간 정도 동네를 여행했다.

오랜만에 해를 받고 산책해서 그런가, 아니면 날씨가 포근 해서 그런가. 이번에는 창을 활짝 열고 집안일을 하고 싶어졌 다. 윤종신 음악 CD 가운데 가장 마음에 드는 '행보 2011'을 틀었다. 곧 로봇 청소기를 작동시키고, 걸레질하고, 고양이 밥 그릇과 물그릇을 닦고, 고양이 화장실을 청소하고, 고구마 밥을 지어 점심을 챙겨 먹었다. 가벼운 피곤함이 몰려와 침대에 잠깐 누워 쉬는데, 웅이가 다가와 내 옆구리에 자리를 잡고 식빵을 굽기 시작했다. 웅이 엉덩이를 쓰다듬으며 생각했다. 아마도 오늘은 살고 싶은 날인가 보구나.

그간 용기가 나지 않았다. 당신과 매일 걷던 산책로를 혼자 걸을 담대함이 나에겐 없었다. 거리마다 추억일 테고, 온 동네 어른들이 짝을 지어 돌아다니는 모습을 보며 이제 맞이할 수 없는 우리의 미래를 떠올릴 게 분명했다. 그게 두려워서 우리 산책로가 있는 북쪽으로는 고개도 돌린 적이 없다. 오늘의 용기가 의아할 뿐이다. 그런 길을 산책했으니 나도 애도의 다음 단계로 한 걸음 나아간 것일까.

어떤 날은 당신과 함께할 수 있다면 죽음도 불사할 것 같은 마음이 든다. 그러나 나는 스스로 목숨을 버릴 만큼 용감하지 못하다. 그렇다고 당신 없이 씩씩하게 고개 들고 살 만큼 강인하지도 못하다. 그저 오늘처럼 살고 싶은 순간순간을 조금씩 모으다 보면 주어진 생이 끝나고 당신 곁에 가있지 않을까 믿을 뿐이다.

환희

가난했던 20대를 마감하며.

　여러 희망의 언어로 나를 꾸미던 20대 초입의 내 모습들이 생각난다. 그 언어들과 다소 괴리된 시절을 보냈지만 그 어떤 후회도 없는 20대 마지막 날의 나는, 낙관이나 비관과는 딱히 무관하게 그냥 모든 이야깃거리를 거세당한 한 사람의 가난뱅이다. 다행히 빈궁함의 원인을 잘 알고 있다. 담담하고 차분하게 빈곤을 극복해 나갈 수 있는 30대의 나였으면 한다.

　2013.01.01.

지은

페이스북에 올린 '과거의 오늘'을 보면 12월 31일마다 다음 해를 기다리며 세워 놓은 목표가 주르륵 나열되어 있다. 매년 마지막 날이면 새 다이어리를 장만하고 내년 목표를 세웠다. 다이어리 제일 앞에 새해 목표를 적어 두고 얼마나 이뤘나 연말에 들여다보는 게 소소한 즐거움이었다. 'TO DO LIST' 만들기를 즐겼고, 리스트를 보며 빨간 펜으로 밑줄을 좍좍 그을 때마다 희열을 느꼈다.

내가 세운 목표는 시간문제일 뿐 언제나 내 손에 들어왔다. 내년 목표를 '회사에서 책을 제일 많이 읽는 사람'으로 세우면 3년 연속 사내 리뷰왕을 달성해 버렸다. '하루 한 시간 운동하기'와 '하루 한 시간 중국어 공부하기'를 동시에 목표로 세웠는데 시간이 여의치 않다면 새벽에 일어나서 운동 가고, 점심에 샌드위치 먹으며 중국어를 공부했다. 새해 목표가 '집밥 먹기'이면 주말마다 반찬을 만들어 두고 점심 도시락을 싸가지고 다녔다. 덕분에 전 직장에서 별명이 '자기 계발녀'였다. 좋은 말로 자기 계발이지, 성실 강박 아니었나 싶지만.

스스로를 잘 알기에 평소에 결심을 자주 하지 않았다. 일단 결심하면 무조건 해내 버렸기 때문이다. 타인과의 비교와 경쟁을 싫어하지만 스스로의 한계를 시험하는 것은 즐겼다. 목표 달성이 제일 쉽다고 생각했다. 덕분에 한껏 기고만장해져서 '이번 생은 망했어' 외치며 변화하기를 포기하는 사람이나 결심만 무한히 세우고 작심삼일로 끝내는 동료들을 이해하지 못했다. 주변에 무기력증에 걸린 이를 바라보며 '어째서 저렇게 의지가 부족할까' 생각해 버린 적도 잦다. 오만한 시절이었다.

매일을 성실함으로 채우던 나날이 무색하게도 올해는 아무런 계획도 세우지 않았다. 내년에 어떻게 먹고살지 고민이라는 친구에게 말했다.

"나는 그냥 되는 대로 살 거야. 인생이 너무 짧더라고, 너도 그냥 막 살아. 계획 따위 안 세워도 그만이야."

계획을 세우면 뭐 하나. 불의의 사건 하나만 터져도 삶의 뿌리가 뽑히는 게 인생인데.

당신의 죽음은 내 계획에 없었다. 리아와 당신이 동시에 수술대에 올랐다가 동시에 떠날 거라는 사실을 알았다면 나는 자기 계발따위 전부 무시하고 하루 반나절 당신과 떨어져 있게 만드는 회사도 그만두고 24시간 당신 곁에 붙어 있는 것을 내한 해 계획으로 삼았을 것이다. 쓸데없이 헛발질한 내 새해 계획은 당신이 처음 쓰러진 5월에 이미 전부 무너졌고 이제 당신도 리아도 내 곁에 없다. 이런 상황에 목표니 계획이니 거창한 다짐들이 다 무슨 소용인가. 허망하다. 당신이 일기에 적은 "그냥 모든 이야깃거리를 거세당한 한 사람의 가난뱅이"

가 바로 나다.

시엄마는 종종 내게 "하느님이 이렇게 하신 뜻이 있을 게다. 시간이 지나면 하늘의 뜻이 무엇인지 깨닫게 되겠지" 같은 말을 중얼거렸다. 동의하지 않는다. 나에게 깨달음을 주기 위해 당신을 데려간다는 게 말이 되나. 도대체 얼마나 대단한 깨달음을 주려고? 당신을 내줘야만 받을 수 있는 깨달음이라면 기꺼이 반납하겠다.

강우일 주교의 강연을 들은 적이 있다. 손을 들고 질문을 하는 시간에 한 남자가 격앙된 목소리로 질문했다.

"하느님이 살아 계시다면 세월호 속 그 많은 아이들을 왜 죽게 내버려 두었나요? 하느님은 전지전능하다면서요."

분노에 찬 그의 목소리를 가만히 듣던 강우일 주교는 한참 말을 고르다가 입을 뗐다. "하느님이 당신 곁에서 울고 계신다"고. 내가 생각하는 신은 이런 모습이다. 당신을 신의 이름으로 데려간 뒤에 상을 주듯 깨달음을 건네는 이가 아니라, 내 곁에서 내 슬픔을 함께 느끼고 같이 우는 존재.

사람들은 당신이 하느님 곁으로 갔다고 하던데, 그럼 당신은 지금 하느님과 함께 내 곁에서 울고 있을까. 가뜩이나 눈물 많은 당신이 새해 계획조차 세우지 못하는 나를 보며 한없이 슬퍼하고 있을까. 그리 생각하면 얼른 당신 없는 이후의 나날을 계획해야겠지만, 당신 없는 삶을 어떤 계획으로 채울 수 있겠니. 진퇴양난. 이제는 당신 없는 삶을 대비할 수도 없고, 내 곁에서 울고 있을 당신을 위해 계획을 세우지 않을 수도 없다.

환희

엄마가 몸이 약한 데에는 여러 가지 이유가 있겠지만, 그중 하나는 너무 공감을 잘하기 때문이다. 다른 이들의 아픈 사연을 접하거나 하면 도대체 왜 저러나 싶을 정도로 심적으로, 육체적으로 힘들어한다. 그리고 자신이 할 수 있는 범위 내에서 손을 내밀고는 한다. 그 모습을 보고 있으면 '좀 오버 아닌가' 싶다가도, 건강을 조금 잃는 대신 그만큼의 영혼의 구원을 얻겠구나 하는 생각이 든다.

　꼭 성당에 가라는 엄마의 문자 메시지가 무색하게도 주일을 어겼다. 그리고 이삿짐 싸다 말고 오늘 대한문 앞 용산 참사 4주기 추모 미사에 참석했다. 미사 중에 기도했다. 지금보다 조금 덜 건강해도 좋으니 조금 더 이해하고 공감할 수 있는 능력을 달라고. 벌써 10년째다. 거의 같은 내용의, 잘 먹히지 않는 기도를 반복하는 게. 춥다. 밖에서 오래 떨기도 했고. 그 밖에 여러모로.

　2013.01.13.

지은

천주교에서는 죽은 자의 영혼이 천국과 지옥 사이에 있다는 연옥에서 일정 기간 영혼을 정화한 뒤에 천국으로 들어간다고 믿는다. 선하게 살았을수록, 그를 사랑하는 사람들이 많이 기도할수록 영혼이 연옥에 있는 기간을 단축할 수 있다고 한다. 당신을 살려 달라고 빌던 시엄마는 이제 당신을 천국으로 보내기 위해 새벽마다 부엌 구석에 쪼그려 앉아 기도한다. 당신이 떠났어도 시엄마의 노력은 끝나지 않는다.

자식을 위한 우리 엄마의 노력도 만만치 않았다. 우리가 호스피스 병동에 들어간 시절, 엄마는 병원 밖을 나오지 못하는 딸에게 따뜻한 밥을 지어 먹이기 위해 하루 한 번씩 도시락을 싸다가 날랐다. 집에서 병원까지 도보로 왕복 한 시간 거리. 불교 신자인 엄마는 한 걸음씩 옮길 때마다 "나무아미타불"이라고 중얼거렸다. 극락에 계신다는 아미타불에게 바치는 그 기도를 속으로 몇 백 번쯤 외치다 보면 어느새 병원 앞에 당도했다고 한다. 당신 앞에서 엄마는 '다시 산다는 희망도 없는데, 저리 고통스러워하는데 이제 그만 데려가 달라'고 부처님께 기도했다. 시엄마는 임종방에 있는 당신의 귀에 대고 "아들,

얼른 벌떡 일어나라, 얼른 일어나!" 하고 큰소리로 외쳤는데, 엄마는 "환희야, 이제 그만 가도 괜찮아. 힘들었던 거 다 내려놓고 훨훨 날아가도 돼"라고 조그맣게 속삭였다. 아들을 살려 달라고 하느님께 기도하는 시엄마와, 사위를 얼른 데려가 달라고 부처님께 기도하는 엄마의 보이지 않는 대결. 그 모습을 바라보며 '우리 환희 씨 너무 혼란스럽겠다'라고 생각했다.

하느님과 부처님 가운데 누가 더 힘이 센지는 모르겠다. 두 엄마 덕분에 당신이 두 신의 보필을 동시에 받았다는 사실만 중요할 뿐이다. 당신과 나도 천주교 신자이지만 엄마 덕분에 당신은 부처님의 은덕도 받았을 테니 분명 좋은 곳으로 갔을 것이다.

어제는 당신의 사십구재였다. 사십구재를 불교에서는 사후 의례 가운데 가장 중요하게 여긴다. 일곱 밤을 일곱 번 지나면 오는 그날에 영혼의 다음 행보가 결정되기 때문이다. 남은 이들이 기도를 많이 할수록, 그의 영혼이 깨끗할수록 인간으로 태어날 확률이 높다고 한다. 인간으로 태어나는 것보다 더 높은 경지는 성불, 즉 다시 태어나지 않는 것이다. 영혼이 순백이라면 성불할 테고, 성불한다면 영원한 안식을 누릴 수 있다. 불자들은 죽은 이가 성불하기를, 다시는 이 힘든 세상에 태어나지 않고 영원한 안식을 누리기를 마음으로 기도한다.

삼우제 때, 시가 식구 가운데 누구도 다과를 준비하지 않았고, 특히 시엄마는 엄마와 내가 준비한 간식을 함께 나눠 먹지 않았다. 천주교 신자인 시엄마에게 삼우제는 중히 지킬 의례가

아니었을 것이다. 그럼에도 불교 신자인 우리 엄마는 음복을
거부하는 시엄마를 보며 안타까워했다. '환희를 위해 한 입만
먹어 주지.' 그 모습에 우리 엄마는 '분명 저쪽 집은 환희 사십구
재도 안 챙기겠네'라고 생각했다. 혼자 간단한 다과라도 준비해
당신에게 가겠다고 했다.

그 말을 듣고 잠시 고민했다. 사십구재는 불교 의식이지만,
혹시라도 그 의식을 안 챙겼다가 부처님이 잘 몰라서, '세상에
미련 없으니 더는 다시 태어나서 힘들고 싶지 않다'던 당신을
이 세상에 환생시키면 어쩌나. 아니면 연옥에 있다가 '나 아내
가 밥 차려 준대요. 챙겨 먹고 올게요'라며 룰루랄라 콧노래
부르며 내려왔는데 먹을 게 하나도 없어서 쫄쫄 굶고 돌아가면
어쩌나. 또 오랜만에 아내 본다고 신났는데 나는 보이지 않고
장모만 있으면 서운하지 않을까. 곰곰 고민하다가 휴가를 내고
당신을 보러 가기로 했다.

영정 사진과 당신이 좋아하던 초코파이, 주스, 샤인머스캣
을 들고 수목장으로 향했다. 엄마가 오기 전 당신 앞에 다과를
차려 놓고 이런저런 수다를 떨었다. 당신 없는 동안 이런 일도
있었고 저런 일도 있었다고 경과보고도 하고, "누구누구가 안
부 전해 달래" 말도 전하고, 당신 너무 보고 싶어서 가끔 운다고
투정도 부리고, 나는 당신이 안 보이는데 당신은 나 매일 볼
수 있냐, 여기는 눈이 엄청 왔는데 거기도 눈이 오냐, 거기는
춥지 않냐 등 궁금한 것도 물어보았다. 혼자 이런저런 이야기를
중얼거렸더니 한 시간이 훌쩍 지나가더라.

엄마와 동생이 도착한 뒤에 간단하게 제사를 지냈다. 이날은 하느님 대신 부처님께 빌었다. '저희 남편 다시 태어나지 않게 해주세요. 저희 천국에서 만나기로 했거든요.' 부처님도 본인 신자 아니니까 대충 무슨 말인지 알아들었겠지.

당신 없는 하루하루를 어떻게 견디나 싶었는데 벌써 49일이 지났다. 이렇게 두드러짐 없는 날을 계속 견디다 보면 당신 만날 날도 금방이겠구나 싶다. 우리 만날 때까지 어디 가지 말고 리아와 꼭 껴안고 천국에서 함께 기다리고 있어 주라.

환희

좋은 사람들과 밤을 새며 실컷 먹고 마시고 웃고 떠든 그런 날에, 어떻게 살아야 할까, 좋은 삶을 살 수 있을까, 라는 질문이 유독 강해지는 건 왜인지 모르겠다. 요 근래 쾌락으로 기울었던 몸은 갈수록 심해지는 붉은 두드러기로 솔직하면서도 까칠하게 응답하고, 하찮다고 치부했던 감정들 때문에 어지러운 마음도 달갑지 않다. 어제도 그렇고 미약하나마 남들을 웃게 만드는 재주가 있어서 다행이라고 생각했는데, 스스로를 그렇게 할 용기나 능력은 없어서 나 자신한테 조금 섭섭하다.

2014.06.14.

지은

1월 4일자로 업무에 복귀했다. 낯모르는 이로부터 "남편 분이 길에서 쓰러졌어요" 연락받고 정신없이 응급실로 뛰어간 이후 4개월 만에 회사 의자에 앉는다. 회사 물건들을 쓸어 담듯이 들고 나왔던 그날이 아득한 옛날 같다.

　출근하자마자 동료들에게 인사를 건넸다. 최대한 밝게 보이려 했는데, 잘 돌아왔다고 인사하거나 살갑게 안아 주는 이들과 마주칠 때마다 이내 얼굴이 일그러지고 금세 눈에 눈물이 그렁그렁해졌다. 지그시 손잡아 주는 상대에게 "저한테 다정하지 마세요"라고 투정 부렸다. 지금 나는 상대가 다정할수록 더 많이 우는 병에 걸렸으니까. 돌아보니 따뜻한 마음에 '고맙다'고 반응했어야 하는데, 또 너무 내 감정만 앞섰다.

　컴퓨터를 켰다. 메인 화면에는 당신보다 두 달 먼저 떠난 둘째 고양이 리아가 자리 잡고 있다. 리아 뒤에 흐릿하게 우리가 무언가에 몰두하는 모습도 보인다. 저때까지만 해도 오늘 같은 날을 상상하지 못했다. 분명 예상한 불행이었는데 왜 나는 속수무책이었을까. 불행은 내가 열심히 대비한 앞길을 가뿐히 무시하고 샛길로 찾아들었다. 어차피 당할 일이었다면 불안해하며 대비하는 데 시간을 쏟기보다는 그냥 당신에게 사랑한다는 말 한마디라도 더 해주는 게 나았을 것 같다. 이제 와서 그런 후회가 무슨 소용인가 싶지만.

벽에 걸린 달력에는 작년 8월에 처리했어야 할 업무들이 줄줄이 나열되어 있다. 업무 리스트 대부분은 다른 사람들이 대신 마무리한 지 오래다. 남에게 일 미루는 사람 탐탁지 않게 생각했는데 내가 그런 사람이 되어 버렸다. 그저 달력을 무심히 들여다보다가 싹 구겨서 쓰레기통에 던져 버렸다.

읽지 못한 수백 통의 이메일을 정리하고, 시무식을 마치고, 담당 업무 진행 사항을 공유받았다. 해야 할 일이 산더미인데 머릿속에 하나도 들어오지 않는다. 이 상태라면 열심히 일하는 것은 고사하고 민폐나 끼치지 않으면 다행이다. 1년 전 이 회사에 입사할 때 해보고 싶은 게 참 많았는데, 그 다짐은 다 어디로 도망갔을까.

휴직을 요청할 때, "휴직이 어렵다면 퇴사시켜 주십시오"라고 청했다. 휴직은 공백이지만 퇴사는 다른 누군가가 채울 수 있을 테니까. 당시에 나는 입사한 지 반 년밖에 안 되었고, 공백이던 옆자리는 이제 막 채워진 참이었다. 내 휴직이 팀 안정화와 회사 매출에 부담으로 작용하리라는 사실을 알고 있었다. 민폐를 면할 수 있다면 퇴직해도 상관없다는 마음이었다. 그러나 온정 많은 회사는 나를 내치지 않고 바로 휴직 처리해 주었다.

심려 끼쳐 죄송하다는 내 말에 사장님은 "우리 함께 겪어

나가는 거다"라고 화답해 주었다. '힘내라'는 격려를 받았다면 주먹 불끈 쥐고 짐짓 담담한 척 연기했을 텐데, 예상치 못한 다정함에 눈물을 쏟아 내며 허물어졌다. 이 회사에 있을 때 이런 일이 생겨 그나마 다행이라고 생각했다. 온정 많은 동료들은 그저 건강하게만 돌아오라고 격려해 주었다. 나 역시 그렇게 되기를 간절히 바랐다. 그러나 동시에 내가 다시는 이 일상으로 돌아가지 않기를 기도했다. 회사에 복귀했다는 것은 곧 당신이 내 곁에 없다는 의미일 테니까.

결국 당신은 떠났고 나는 복직했다. 땅바닥에 두 발이 온전히 닿지 않은 채 붕 뜬 것 같은 지금 느낌이 당분간 지속되리라는 것을 안다. 언젠가 건강 문제로 수술을 앞둔 회사 동료를 격려하는 편지를 쓴 적이 있는데, 이 글을 오늘의 나에게 다시 돌려주고 싶다.

예능 '맛있는 녀석들'에서 복불복 게임을 하는데요, 넷 중에 한 명은 이날 한 입밖에 못 먹어요. 벌칙 당첨자는 늘 '오늘 운 없다'고 소리 지르고 짜증 내거든요? 근데 2015년 방송한 회차부터 지금까지 평균 통계를 나누면 넷이 벌칙 걸린 횟수가 비슷하대요. 삶이 그런 것 같아요. 사건 하나만 보면 지독히 운이 없는 것 같고, 고통스럽고 억울한데, 막상 지나고 보면 누구나 겪는 일일 수도 있고 아무렇지 않을 수도 있는 거요. 지금은 힘드시겠지만 시간이 지나면 이 모든 일들이 분명 한때 에피소드처럼 사소해 보이는 날이 오리라 믿어요.

쉬는 동안 몸조리 잘하시고, 건강한 모습으로 곧 봬요.

당신의 부재도 곧 하나의 에피소드처럼 담담해질 날이 올까. 너무 빨리 벗어나려 하지도 말고, 그렇다고 너무 침잠하지도 말자. 그저 누구나 겪는 일을 조금 먼저 겪었다고 생각하자. 오늘도 스스로에게 주문을 걸어 보았다.

환희

불행히도 종양이 재발했고 다시 건강히 살기는 어려울 것 같습니다.

2020.09.21.

ooo

지은

당신과 함께할 때는 맛있어 보이는 케이크를 꼭 종류별로 두 조각씩 사서 사이좋게 나눠 먹었는데, 이제는 케이크 한 조각도 몇 입 먹으면 지겨워져 금세 포크를 내려놓는다. 밥도 맛이 없다. 차려 먹기 귀찮아서 그냥 프라이팬에 찬밥 한 그릇, 멸치 한 줌, 김치 한 줌, 고추장 한 숟가락 넣고 볶은 다음에 두 끼로 나눠 먹는다. 먹는 양이 극도로 줄어들다 보니 과일과 채소는 냉장고에서 계속 시들어 가고, 엄마가 만들어 주고 간 반찬은 줄어들 기미를 보이지 않는다.

그런 내가 웬일로 오늘 점심은 한 그릇을 거의 다 비웠다. 동료와 오랜만에 함께 간 맛집은 정갈하고 정성스러워서 기분 좋은 포만감을 느끼게 했다. 함께 있던 이가 따뜻했던 것도 한몫했을 것이다. 점심을 근사하게 먹고 나니 다시 입맛이 도는 지 저녁도 예쁜 접시에 그럴듯하게 차려 먹고 싶어졌다. 냉장고에 2주째 방치한 두부를 꺼냈다. 유통기한이 지났지만 뭔 일 있겠나. 조금 아프다 말겠지. 오랜만에 깐쇼두부를 해먹기로 결정하고 요리책을 찾아 서재에 들어갔다. 요리책을 꺼내든 순간 수많은 태그들이 내 눈에 들어왔다. 집에서 당신을 간호할 때 놀이하듯 함께 붙인 것이다. 그 태그들을 마주하자마자 그 자리에 주저앉아 버렸다.

병원 호스피스에서는 나름의 계획과 프로그램을 세워 환자의 무료함을 달래 주지만 집에는 당연히 그런 프로그램이 없다. 가족들이 알아서 환자가 고통에 침잠하지 않고 지금 기쁨을 느낄 만한 요소들을 끊임없이 찾아다녀야 한다. 처음에는 지인들을 불러 함께 시간을 보냈으나 당신이 발작을 일으키는 횟수가 잦아지고 손님맞이로 너무 많은 에너지를 소모하는 것이 힘들어져서 가족 위주의 시간으로 바꿨다. 당신의 집중력은 길어야 3~5분밖에 가지 않아서 함께 책을 읽거나 동영상을 보는 일이 쉽지 않았다. 게다가 체력이 급속히 약해지면서 하루 30분 산책도 버거워졌고 산책 중에도 잠만 자기 일쑤였다. 집 안 탐험도 하루 이틀이고, 그렇다고 계속 잠들도록 내버려 둘 수도 없었다. 낮에 잠들면 새벽 내내 끙끙댈 테니까. 곰곰 고민하다가 머릿속에 음식에 대한 생각으로 가득한 당신을 위해 집에 있는 요리책을 잔뜩 꺼냈다.

"자, 우리 요리책 보면서 자기가 먹고 싶은 요리에 표시하는 거야. 먹고 싶은 음식 나오면 '스톱!' 하고 외치는 겁니다. 알겠죠?"

당신은 곧바로 "네!" 하고 대답해 주었다. 태그 붙인 음식들 하나하나 해먹자고, 먹고 싶은 거 다 말하라고 했다. 제발 여기 붙인 태그들만큼만 다 먹고 떠날 수 있기를 기도하면서 말이다. 먹고 싶은 게 너무 많다 보니 당신은 한 페이지를 넘길 때마다 "스톱!"을 외쳤다. 미역국, 꽃게탕, 낙지연포탕, 갈치조림, 낙지볶음 등 평소에 좋아하는 재료가 들어간 음식에도 체크했지만 병어조림, 홍어회무침, 김치밥전 같은 좋아하지도 않고 먹어 본 적 없을 법한 음식들 앞에서도 무조건 스톱을 외쳤다. 그런 당신이 너무 귀여워서 "이렇게 하면 안 먹고 싶은 음식 체크하는 게 더 빠르겠다. 안 먹고 싶은 요리가 대체 뭐야" 물으며 웃었다. 그때 붙인 그 태그들이 당신이 여기 살아 있었다고 말해 주는 것 같았다.

매일 하루 세 끼 요리해 먹어도 한 달은 족히 걸릴 만큼의 태그를 잔뜩 붙여 놓고 그렇게 빨리 가버리니. 열심히 스톱을 외치며 붙인 태그들이 이제는 쓸모가 없어졌잖아. 그렇게 한참 요리책을 들여다보다가 부엌으로 돌아와 레시피에 따라 깐쇼두부를 만들었다.

유통기한 지난 두부로 만든 깐쇼두부는 아무 맛이 나지 않았고, 나는 다시 입맛 없는 시절로 돌아왔다.

이 세상에 없는 사람의 생일

환희

이런저런 경로로 생일 축하를 많이 받아서 민망하리만큼 낯설던 어제였다. 사는 게 고통스러웠던 적은 극히 드물었으나, 삶이 축복은 분명 아니라는 걸 알게 된 시점이 있었을 것이다. 그즈음부터였을까, 태어난 날에 어떤 의미도 부여하지 않게 된 게. 아니면 하루하루 쌓일수록 단지 태어난 것 자체로 축하받을 만큼 특별한 사람이 아니라는 걸 깨달았기 때문일 수도 있고. 사실 거의 모든 게 그렇듯, 생일 역시 어느 정도 반복되었을 즈음부터 관성적으로 맞게 되어 별 의미를 부여할 수 없다는 게 진실에 가장 가까울 것 같다. 그럼에도 하루 동안 쌓여 갔던 건네받은 인사들은 그것들 스스로 긍정적인 방향으로 의미화했다. 언어가 품고 있던 농밀함의 정도를 떠나, 아주 잠깐이나마 자기 삶의 일부를 내 생각에 할애해 주었다는 사실만으로 축하해 준 모든 분들께 감사하다. 그리고 그 순간들만큼은 나역시 그럴 수밖에 없었다는 걸 알아주면 좋겠다.

2014.02.05.

지은

당신의 흔적 대부분을 정리했으나 아직까지 정리하지 않은 게 하나 있다. 바로 휴대전화 번호다. 카카오톡에 당신 이름이 사라지고 괄호와 함께 '알 수 없음'이 뜨거나 낯모르는 이의 얼굴로 대체되는 순간을 아직은 견디기 어려울 것 같아서 계속 살려 두고 있다. 그러니 당신이 떠난 줄 모르는 카카오톡은 여전히 살아 있는 사람마냥 '생일인 친구'에 당신 얼굴을 올려놓았다. 죽은 이의 생일을 어떻게 챙기라는 건지.

이미 이 세상을 떠난 사람에게 '세상에 태어났음을 기념하는 날'이 무슨 의미가 있을까. 심지어 당신은 살아 있을 때도 생일에 별다른 의미를 두지 않는 사람이었는데 말이다. 그럼에도 떠난 후 첫 생일만큼은 챙겨 주는 거라기에 연차를 냈다. 조수석에 당신 대신 영정 사진을 태우고 당신이 잠들어 있는 용인으로 차를 몰았다. 집에서 두어 시간쯤 달리면 당신이 있는 곳에 다다른다. 출발할 때는 당신 본다는 생각에 흥겨웠는데, 막상 도착하니 또 눈물이 쏟아졌다.

당신은 전날 내린 눈을 이불처럼 덮고 있었다. 얼른 다가가 소복하게 쌓인 눈을 걷어 내고 그 위에 영정 사진을 배치해 두었다. 간단하게 준비해 온 다과를 차려 놓고 엄마와 동생이 오기를 기다리다가 나만큼 오늘을 쓸쓸히 보낼 한 사람이 생각나 전화를 걸었다. 벨소리가 두어 번 울리고, 이내 울음으로 가득한 시엄마의 목소리가 들려왔다. "미역국 먹었냐고 전화해서 물어볼 사람이 없어"라는 그분 말에 "제가 대신 미역국 먹을게요" 대답했더니 "야야, 그러지 마라"는 말이 돌아왔다. 그렇지. 당신이 먹어야 의미 있는 것이지 내가 미역국 먹는 게 어떤 위로가 되겠나.

나중에는 울음소리와 말소리가 뒤섞여 무슨 말씀인지 하나도 알아듣지 못할 상태가 되었다. "네 목소리를 들으니 환희랑 통화하는 것 같구나. 전화를 걸고 싶어도 네가 부담스러워할까 봐 못 걸었다"는 말만 알아들었다. 그러지 마시라고, 아무 때나 전화해 환희 씨 이야기 들려 달라고 말한 후 전화를 끊었다. 그 통화 때문에 눈물범벅이 되었다. 엄마가 오기 전에 얼른 눈물을 닦아 말렸다.

엄마는 제사의 달인답게 이것저것 많이도 준비해 왔다. 당신 앞에 돗자리를 펴고 음식을 차렸다. 윗사람인 엄마와 아내인 나는 당신에게 절할 수 없어서, 손아랫사람인 동생만 두 번 절을 했다. 나는 그저 조용히 당신에게 막걸리를 따라 주고 인사만 건넸다. 동생이 사온 막걸리를 보며 "이환희 씨는 아스파탐 들어간 막걸리는 안 마시는데" 중얼거렸다가, 이제 와서 그게 무슨 상관인가 싶어졌다. 그렇게 따지면 지금 생일상은 다 틀렸다. 당신은 막걸리도 더운 여름날에 한 잔만 마시고,

저 생일상에 올라간 북어도, 대추도, 시금치나물도 좋아하지 않는다. 그러니까 오늘의 생일상은 떠난 당신이 아닌 남겨진 우리를 위한 것이다. 알면서도 자꾸만 살아 있을 때와 똑같이 당신을 대하고 싶어진다.

당신은 종종 "내가 행운의 남자라니까"라고 말했다. 내가 당신의 마음을 받아들였을 때, 줄서자마자 버스가 도착했을 때, 길을 걷는데 신호등이 딱딱 맞아떨어질 때마다 "이것 봐. 행운의 남자 맞지"라고 말했다. 그렇게 자잘한 것들에는 잘 적용되던 행운이 왜 이번에는 들어맞지 못했을까. 나는 이제 그 '행운'이라는 단어도, 당신의 생일마다 다가오는 '입춘'도, 기쁨과 즐거움을 뜻하는 '환희'라는 단어도 이전의 설렘으로 받아들일 수가 없게 되었다.

고요한 소동

환희

아내 출근 후에 운동복 입고 가볍게 등산하고 내려와 녹즙 들고
자리에 앉았다. 매일의 루틴인데, 오늘은 문득 집으로 돌아오는
길에 삶이 아니라 생존에 매몰되어 사는 느낌이 들어서, 사는
게 좀 한심하게 느껴졌다. 생존해야 삶도 있는 거겠지만, 원래
도 얄팍했던 삶이 갈수록 얄팍해지는 느낌. 운동도 좋고 건강한
음식 먹는 것도 좋고 다 좋지만, 당분간 좋은 책과 영화들 골라
놓고 읽고 보면서 좋은 삶에 대해 충분히 생각해야겠다. 여전히
활자 등 적극적으로 해석해야 할 거 붙들고 머리 쓰는 데 대한
두려움 있긴 하지만…….

2020.07.14.

○○○

지은

코로나19 덕분에 재택근무 중이다. 재택근무의 장점 가운데 하나는 내 취향의 노래를 종일 크게 틀어 놓고 일해도 누구도 간섭하지 않는다는 점이다. 정확하게 말하면 대부분의 노래는 '이환희 취향'이지만, 이제 내 취향은 전부 당신의 것으로 대체되었으니 크게 상관없다.

아침에 눈을 뜨면 제일 먼저 음악을 튼다. 당신이 자주 듣던 음악 CD나 디지털 음원 가운데 아무거나 내키는 대로 듣는다. 오늘은 점심 먹고 설거지할 때 즈음 당신의 플레이리스트에서 정준일의 <안아 줘>가 흘러나왔다. 지금은 익숙한 목소리지만, 이 가수를 처음 안 것은 우리 연애 시절에 당신이 들려준 음악 덕분이었다. 그때 우리는 정준일의 <고요>를 같이 듣다가 가사의 어느 부분을 가장 슬프다고 느꼈는지 서로 이야기 나눴다. 나는 "이렇게 가만있으면 아직 애인이죠" 당신은 "일부러 너의 반대로 한없이 걸을게"♪ 가사가 그렇게 슬프다고 했다. 누군가의 이별 이야기를 담은 가사였을 텐데 우리는

♪　　<고요>, 윤종신 작사, 윤종신·이근호 작곡, 2014.

그저 그 노래를 미소 지으며 들었다. 우리는 그 노래 속 연인처럼 헤어질 일이 없으리라 굳게 믿던 시절이었다.

스피커 밖으로 흘러나오는 정준일의 목소리가 너무 애절해서 잠시 멍해졌다. <안아 줘>라는 노래 제목 때문인가. 우리가 주고받은 문자 메시지에 적혀 있던, 당신이 내 등을 껴안고 잠을 청할 때가 가장 좋다던 그 메시지가 생각났다. 당신이 마지막으로 내 등을 껴안아 준 게 언제였더라. 설거지 더미를 더듬으며 주억거리다가 결국 날카로운 칼끝에 엄지손가락을 베였다. 상처가 생각보다 깊어서 얼른 엄지손가락 위에 휴지를 대고는 한참 가만히 서있었다. 새삼 이런 내가 낯설어졌다. 당신을 찾지도 않고 혼자 침착하게 피를 닦고 휴지로 상처를 가리는 모습이, 더는 내 일상에 당신이 없음을 자연스럽게 받아들이고 있는 것 같았다.

예전 같으면 나는 손을 베이자마자 큰소리로 "자기야, 나 손 베였어" 하고 당신 앞에서 호들갑을 폈을 테고, 당신은 바로 달려와서 두 손으로 내 엄지손가락을 감싸고는 미간을 들어 올린 표정으로 어쩔 줄 몰라 했을 것이다. 나는 그런 당신 앞에서 좀 더 엄살을 부리다가 이내 남은 설거지를 당신에게 맡기고는 환자라는 핑계로 침대에 가서 드러누웠겠지. 이제 나는 다쳐도 큰소리로 당신을 부르지도 않고, 엄살을 부릴 수도 없으며, 남은 설거지를 미루지도 못하고, 더는 내 등을 기꺼이 안아 줄 사람도 없다. 당신은 이제 내 곁에 없고, 내게는 결핍만 남았다. 오늘의 고요한 소동은 이 사실을 분명히 해주었다. 그리고

내 침착함은 절대 오지 않을 것 같던 우리의 이별을 내가 이제야
조금씩 받아들이고 있다는 하나의 신호 같았다.

환희

살림을 합쳤다. 아내가 골라 놓고 계약한 신혼집에 최초로 발을 디딘 그저께, 어떤 위화감도 없었다. 아내를 처음 만났을 때 같았다. 정신없이 이사하고 정리하면서 연휴의 이틀을 보내고 오늘에서야 겨우 정신을 차렸다. 사실상 신혼 첫날. 문득 고개를 돌렸을 때 눈에 들어오는 고양이들의 몸짓이나 아내의 존재만으로도 감동받았다. 저녁이 되어 나는 밥을 지었고, 아내는 청소기를 돌렸다. 고양이들은 청소기를 피해 숨거나 잠에 빠졌다. 오래 보관하고, 또 반복하고 싶은 하루였다.

2016.06.06.

○○○

지은

나보다 먼저 당신을 알고 함께 친밀하게 지내던 K 언니를 만났다. K 언니는 당신이 떠난 것이 실감나지 않는다고 한다. 서로 일이 바빠지며 자주 만나지 못했으니까, 그저 연락이 안 닿을 뿐이지 어딘가에 살아 있을 것만 같다고 말했다. 잠깐이지만 그 말을 하는 언니가 부러웠다. 나는 매 순간 당신의 부재를 느끼니까. 당신 이야기를 주고받다가 언니가 물었다.

"언제 환희가 제일 많이 보고 싶어?"

글쎄. 나는 언제 당신이 제일 보고 싶을까. 저 질문을 받자마자 당신이 보고 싶던 일상의 순간들이 주마등처럼 스쳐 지나갔다.

아침에 눈뜰 때마다 듣던 "얼른 일어나서 아침 먹어" 소리를 아무리 기다려도 들리지 않을 때, 혼자 일어나 1인분만큼의 식사를 차릴 때, 다 먹고 쌓아 놓은 설거지를 바라볼 때, 적게 만들려 노력했음에도 꼭 1.5인분의 요리가 만들어질 때, 아무리 먹고 먹어도 도무지 반찬이 줄어들지 않을 때, 빨랫감이 좀처럼 쌓이지 않아 세탁기 돌릴 날을 자꾸 미룰 때, 집을 청소하는데 얼른 달려와 도와주는 사람이 없을 때, 회사 점심시간이 되었는데 "점심 맛있게 먹어" 문자를 보낼 사람이 없을 때, 자동차 스피커에서 윤종신 노래가 흘러나올 때, 당신이 목소리를 똑같이 따라 하던 이승환의 음성을 들을 때 나는 당신이 그립다.

억울한 일을 겪었는데 이를 사람이 없을 때, 누가 열 받게 했는데 내 편을 들어 줄 사람이 없을 때, 즐거운 일이나 흥미로운 일이 생겼는데 같이 놀라워해 줄 사람이 없을 때, 힘들고 아픈데 응석 부릴 사람이 없을 때, 낮에 산책 나갔는데 손잡고 걸어가는 커플을 발견했을 때, 산책하는 내 한쪽 손이 허전해서 그저 조용히 손을 말아 쥘 때, 밤에 혼자 산책 나가기가 무서울 때, 한 사람만의 손길로는 부족한 웅이가 자꾸만 울면서 쫓아다닐 때 나는 당신을 떠올린다.

우연히 집어든 책에서 당신이 먼저 읽고 그어 놓은 밑줄을 발견할 때, 당신이 좋아하던 영화를 보며 '이환희는 이 영화의 어디가 좋았을까' 상상할 때, 함께 보던 예능을 혼자 감상할 때, 같이 보던 드라마 새 시즌이 나왔을 때, 길을 걷다가 건장한 청년을 보고 '저 사람은 왜 건강하지' 생각이 들 때, 또 길을 걷다가 허리 굽은 노인을 보고 '저 사람은 어떻게 저 나이까지 살아 있지' 궁금해질 때, 당신을 함께 아는 사람을 만나 당신과의 사연을 나눌 때, 또 당신을 전혀 모르는 사람 앞에서 불행을 겪지 않은 척 상관없는 일상을 꾸며댈 때마다 당신의 부재를 느낀다.

자기 직전에 "내가 먼저 누웠다!" 소리치고 냅다 누워 버린 다음에 당신에게 늦은 사람이 불 끄라고 재촉하는 장난을

칠 수 없을 때, 집에 들어와 "먼저 씻어" "자기가 먼저 씻어" "아니야, 자기가 먼저 씻어" 서로 미루는 실랑이를 벌일 수 없을 때, 잠들기 직전에 "잘 자. 내일 봐"라는 다정함을 주고받을 존재가 없을 때, 나 이렇게 우는데 놀라서 달려오는 당신이 없을 때 '정말 이제 혼자구나'라고 중얼거린다.

이 가운데 어떤 순간에 당신이 가장 보고 싶을까. 모르겠다. 그냥 보고 싶다.

환희

중환자실에 들어갔을 때 너무 아파서 끙끙대고 있는 내 머리에 한 간호사 선생이 손을 얹어 주었다. 따뜻한 기운이 머리로 훅 들어오면서 아픈 게 좀 가라앉았다. 치유의 은사라도 가지고 계신가.

새벽에 눈뜨니 리아가 잠꼬대인지 몰라도 아파서 끙끙대는 듯한 소리를 냈다. 머리와 몸에 손을 얹어 주었는데 귀찮아하는 듯하고. 그래도 큰 수술을 받고도 특유의 애교가 살아 있어서 다행이야. 우리 최소 5년만 더 같이 행복하게 살자. 너무 아파하지 말고. 드라마나 영화 같은 거 보던 시간 줄이고 더 많이 관심 쏟을 테니까.

2020.05.22.

◯◯◯

지은

우리가 함께일 때도 나는 당신 옷을 입고 잠들기를 좋아했다.
수시로 잠옷을 빼앗아 입는 내게 당신이 "아, 자기 때문에 나는
입을 잠옷이 없잖아"라며 투덜거리기도 했다. 결국 상주 집에
내려가 20대 때 입던 낡은 옷들을 전부 가지고 올라오더니 본인
잠옷 수를 두 배로 만드는 방법을 착안해 냈다. 그 옷들을 나눠
입고 잤다.

자꾸 당신 잠옷을 입었던 이유는 간단하다. 브래지어를
입지 않아도 티가 나지 않았고, 여자 옷들에 비해 품이 넓어서
편했다. 우연히 빨랫감에 내 잠옷이 전부 들어갔을 때 얻어
입었다가 신세계를 맛본 이후로는 계속 당신 잠옷을 탐냈다.

또 하나의 이유는, 투덜거리는 당신을 보는 게 즐거웠기
때문이다. 내가 즐겨 입던 잠옷을 걸친 당신을 보면 "내놔.
그거 내 잠옷이야"라며 장난을 치고는 했다. "아, 원래 내 거잖
아"라고 항변하는 당신 귀에 대고 "잘 들어, 이환희. 네 것도
내 것이고, 내 것도 내 것이야"라고 속삭여 준 뒤에 낄낄거렸다.
밖에서는 한껏 까칠하고 근엄한 나인데, 당신 앞에서는 10대처
럼 장난기 넘쳤다.

344

지금은 거리낌 없이 당신 잠옷을 걸치고 산다. 내가 잠옷을 전부 독점해도 투덜거릴 당신이 없으니까. 헌데 정말 이상한 게, 당신 잠옷을 입고 벗을 때마다 당신 냄새가 스쳐 지나간다. 그 냄새를 느낄 때마다 한 번 더 맡아 보려고 잠옷에 코를 대고 킁킁거리면 절대 다시 안 난다. 옷이 콧등을 스쳐 지나갈 찰나에만, 그것도 매번 나는 게 아니라 무의식중에 옷을 갈아입을 때만 가끔씩 맡을 수 있다. 벌써 몇 번이나 빨래를 돌린 옷인데 어떻게 당신 냄새가 아직도 날까. 신기하다.

그러다 보니 종종 시아빠에게 전화를 걸어 "환희 씨 옷 좀 돌려 주세요"라고 말하고 싶어진다. 이미 시아빠와 당신 누나, 조카들이 당신을 대신해 열심히 잘 입고 다니고 있을 텐데, 게다가 당신이 내 소유물도 아닌데, 이미 줘버린 그 옷들을 돌려 달라는 말이 얼마나 치사한가. 안다, 너무 잘 안다. 그 말을 들으면 나라도 '왜 줬다가 뺏어'라고 생각할 것이다. 그런데 당신 냄새가 너무 그리워서, 어쩌면 당신의 다른 옷에서도 나지 않을까 싶어서 '옷 돌려 달라'는 그 말이 매번 혀끝에 맴돈다.

이럴 줄 알았으면 당신이 입고 자던 옷들을 따로 보관해 놓을 걸 그랬다. 보고 싶고 만지고 싶을 때 그 옷들 들여다보고 냄새 맡아 보고 더듬어 볼 것을. 요즘 들어 자꾸만 하나둘씩 사라지는 당신의 흔적이 아쉽고 아쉽다. 우리는 왜 사진과 영상에 그렇게 인색하게 굴었을까. 사진 같은 거 SNS에 보여 주기용일 뿐, 함께하는 현재에 집중하는 편이 더 현명하다고 생각했는

데, 내가 어리석었다. 우리에게 남은 날이 수없이 이어질 줄
알았다.

환희

대체로 아이는 부모보다 나중에 세상을 떠나지만, 아마 우리
집 아이들(고양이)은 나나 아내보다 먼저 세상을 떠날 것이다.
오늘같이 그 아이들 중 누군가 아픈 기색을 보이는 날, 또 꼭
오늘 같은 날이 아니더라도 이따금씩 내 삶에 깊숙이 들어온
것들을 떠나보내는 순간을 상상한다. 그때마다 '만나면 헤어진
다'는 정해진 삶의 공식은 도대체 어떻게 해야 온전히 받아들일
수 있는 것인지 궁금해진다. 불행 중 다행이라면, 이미 몇 번
경험했기에 시간이 지나면 견뎌진다는 걸 머리로나마 알고 있
다는 점 정도랄까.

2017.05.27.

지은

<캐롤>은 연애하던 시절에 함께 본 영화다. 주엽역 롯데시네 마에서 같이 이 영화를 감상한 후 나는 걸어서 백석동으로, 당신은 200번 버스를 타고 서울 연남동으로 돌아갔다. 영화의 먹먹함 때문인지 아니면 밤이면 헤어져야 하는 상황 때문인지 또는 이 모든 이유에서였는지 알 수 없지만, 당신은 그 버스 안에서 눈물을 떨궜다고 한다. 혼자 집에 돌아가며 버스 안에서 울던 당신이 손에 잡힐 듯하다. 이 무렵 나 또한 각자의 집으로 돌아가는 길이 아쉬워 자꾸만 당신을 붙잡았다.

최근 영화 <캐롤>이 재개봉했다기에 보고 왔다. 설 당일 이라 그런지 서울이 텅 비었다. 길에도 사람이 거의 없고, 문을 연 음식점도 보이지 않는다. 영화관 또한 고작 관객 일곱 명을 위해 영화를 틀어 주었다. 이 쓸쓸함이 영화와 잘 어울린다고 생각했다.

떠난 캐롤과 남겨진 테레즈 가운데 누가 더 슬플까. 수화기 를 든 채 종료 버튼을 누르던 캐롤의 떨리는 손가락이 기억에 남는다. 힘들어하는 나를 본다면 떠나는 당신 발걸음이 얼마나 무겁겠냐고 묻던 엄마의 말이 떠올랐다. 당신 또한 자꾸만 가지 말라고 말을 거는 내 음성 앞에서 떨리는 손가락으로 종료 버튼을 매만지고 있었을까. 영정 사진에 대고 "보고 싶어" 말 거는 나는 어쩌면 이미 끊긴 전화기를 붙들고 "I miss you"를 외치던 테레즈와 다를 바 없다.

성의 없는 누군가의 '잊으라'는 말에 상처받을 때도 있었다. 그 말이 꼭 '당신이 없던 그때로 돌아가라'는 채근으로 들렸다. 이미 충만한 사랑을 알아 버렸는데 어떻게 모르던 때로 돌아갈 수 있겠냐고 되물었다. 하지만 이제는 그 충고를 조금씩 담아 보려 애를 쓴다. 내가 아픈 걸 당신은 결코 바라지 않을 테니까. 캐롤은 다시 테레즈에게 돌아갔지만, 우리 사이는 그 눌러 버린 종료 버튼 장면에서 끝맺어야 하겠지.

쓸쓸히 영화 속 멜로디를 곱씹으며 영화관을 빠져나왔다. 문득 이 포근한 날씨에 어울리지 않는 겨울옷을 입고 있다는 데 생각이 미쳤다. 어느새 봄기운이 완연하다. 당신이 없음에도 이렇게 또 하나의 계절을 보냈구나. 이제는 무심히 계절을 하나 둘 겪어 내고, 혼자 영화 보고, 웃으며 일상을 살고, 밥을 먹는다. 처음엔 이 무너진 가슴을 안고 어떻게 세월을 견뎌 가나 막막했는데, 아무리 깊은 사랑을 잃어도 남겨진 자는 어떻게든 살아간다는 모진 사실만 배우는 중이다. 캐롤을 떠나보낸 일상에 뿌리를 내리기 위해 파스텔 톤으로 방을 칠하던 테레즈처럼, 어디 한 군데가 텅 비어 버렸다 해도 어떻게든 삶은 계속된다. 이 사실을 배운 나는 조금은 성장한 것일까.

위로를 가장한 무례함

환희

그리스신화에 따르면 신이 한 몸이었던 인간을 둘로 나누었다고 한다. 그렇다면 각자 자신과 꼭 맞는 다른 반쪽이 존재한다는 이야기겠다. 한편 중국에는 이런 설화가 있다. 아이가 태어나면 월하노인이 운명의 상대와 서로 붉은 실로 묶어 놓는다는. 이 이야기들을 믿고 싶었던 적이 있다. 앙드레 고르의 『D에게 보낸 편지』를 읽었을 때. 그 책 안에 나의 유토피아가 있다.

내 유토피아에는 두 사람이 등장한다. 고르와 도린이다. 둘은 60여 년의 시간을 함께했고, 같은 날 눈을 감았다. 동반 자살이었다. 둘 중 어느 누구도 먼저 떠나거나, 떠나보낼 수 없었나 보다. 고르와 도린의 만남은 운명이라 할 만했다. 하지만 그 운명을 현실로 치환하고 가꾼 것은 결국 두 사람이었다. 두 사람은 사랑과 물질의 연결 고리가 그리 강하지 않음을 증명했다. 또 사랑이 쾌락보다는 희생과 책임의 유의어이며, 순간적 설렘이나 충동을 넘어 삶 전체를 유유히 관통해야 한다는 것도.

생각한다. 그들이 보여 주는 사랑을 흉내조차 내지 못하는 한, 내 현실은 줄곧 디스토피아일 거라고. 왜 여전히 디스토피아에 거주 중인지, 가끔 자문한다. 이내 스스로 답한다. 신께서 나와 상대를 쪼개신 순간에 생긴 나의 단면이나 내게 묶인 붉은 실을 제대로 인지하려 들지 않는 불성실함, 타인을 그 자체로서가 아니라 어떤 조건들에 자꾸 대입해 보려는 관성 탓일지 모른다고. 그러니까, 즉 운명의 상대를 알아보는 원초적 능력을 스스로 퇴화시켰기 때문은 아닐까. 이런 망상을 멈추기 위해서라도 디스토피아 탈출이 시급하다.

2015.04.30.

지은

한 사람은 하나의 우주라고 했다. 그러니 한 사람이 사라진다는 것은 그가 만들고 가꾼 하나의 우주가 사라지는 것과 같다. 특히 당신처럼 상대적으로 이른 죽음, 많은 이들에게 선한 영향력을 발휘하려 노력했던 사람의 죽음은 좀 더 각별하게 다가오게 마련이다. 덕분에 당신이 떠난 후 넘치게 많은 위로와 애도를 받았고, 나 역시 그것들로 살아가던 순간도 있었다. 그 모든 위로와 애도를 순수하게 받아들이곤 했다.

당신이 세상을 떠나고 얼마 지나지 않았을 때, 나보다 먼저 반려인을 잃은 지인이 충고했다. "앞으로 위로라는 이름의 수많은 무례함을 만날 것이며, 온몸이 돌아가며 아플 테고, 네가 어떤 말과 행동을 하든지 '사별해서 저렇구나'라는 딱지를 마주할 것이다. 그러니 앞으로 세세한 말들에 무감해져야 한다"는, 경험으로 얻어 낸 귀한 충고였다. 당신이 떠나기 전에도 수많은 무례를 만났기에, 그 말에 '맞아, 정말 그렇겠다' 생각하며 고개를 끄덕였던 것도 같다.

지인이 말하던 그 시기인가 보다. 요즘 들어 마주하는 수많은 무례에 정신을 차리지 못하고 있다. 누군가는 당신을 지나치게 미화하려고 하고, 다른 누군가는 괜찮은 기삿거리로 생각한다. 그 무엇도 당신이 원하는 바가 아니다. 온 신경을 곤두세웠더니 두통이 가시지 않는다. 당신이 살아 있을 때는 우리를 아는 사람들만 경계하면 됐는데, 지금은 낯모르는 이들의 무례마저 감당해야 한다. 그렇다고 당신을 지킨다는 명목으로 내가 한껏 신경을 곤두세우며 달려들면 '사별해서 저렇구나'라는 딱지가 붙을까 겁이 나는 게 사실이다. 한껏 투사가 될 준비를 했다가도, 그 말이 무서워서 자꾸 주춤거린다.

온화한 당신과 달리 내 성격은 불을 닮았다. 심지에 지금처럼 예민할 때는 작은 불씨만 댕기면 순식간에 타오른다. 당신과 함께할 때도 나는 내 신념을 지키려다가 타인을 불편하게 만들곤 했다. 이런 성격이 왕왕 밖으로 드러나 누군가를 날카롭게 찌를 때도 있었다. 원가족과의 갈등, 직장 동료나 상사와의 관계로 힘들어할 때마다 나는 당신에게 기댔다. 나를 다독이는 당신의 말은 언제나 부드러웠다. 상처받지 않게 내 마음을 잘 보살피면서도, 내가 미처 들여다보지 못한 부분을 언급하는 당신이 든든했다. 지금처럼 '무감해지라'는 지인의 충고를 무시하고 온 신경을 곤두세우는 내 모습을 당신이 본다면 분명 안타까운 표정으로 "응, 자기가 생각하는 게 맞기는 한데, 자기가 어디가 어떻게 불편했는지 좀 시간이 지나고 얘기해 봐. 이만한 일로 그 사람이랑 멀어진다면 얼마나 웃겨. 나한테 대하듯 부드러운 말투로 하면 괜찮을 거야"라며 다정함을 섞은 예리한 조언을 건네줬을 텐데.

화를 내야 하는 순간마다 당신이 그리워진다. 내 모든 고민을 가감 없이 터놓을 수 있던 내 친구, 무조건적인 지지를 보내 주던 내 편, 편견과 흥분을 중화해 주는 선생 같던 당신의 부재가 선명하게 드러나는 순간이다. 이제 내 날카로운 성격을 중화하는 당신이 없으니, '사별해서 저렇구나'라는 말이 일정 부분 사실이기도 하겠다. 왜 그들은 살아 있는 나와 죽은 당신에게 상처 주다 못해 당신의 부재까지 두드러지게 만드는가.

항의하기에 앞서 고민한다. 당신이라면 어떻게 했을까. 여기서 멈추었을까, 아니면 한 발 더 나아갔을까. 불같은 나라면 한 발 더 나아갔겠지만 온화한 당신은 이쯤에서 멈췄을 것 같다. 그렇다면 나도 멈춰야 할까. 언젠가 시아빠는 내게 "환희 몫까지 살아"라고 했다. 그렇다면 나는 나로 살아야 하는가, 아니면 당신의 뜻에 따라 살아야 하는가.

머리가 아프다. 두통약을 먹고 잠을 청해야겠다.

나를 떠나간 당신에게 주는 선물

환희

결혼이라는 걸 하게 됐습니다. 사실 결혼은 이미 했고, 결혼식을 하게 됐다는 게 맞는 표현이겠습니다만.

저나 제 아내나 최대한 소박하게 의미 있는 결혼식을 올리고 싶었는데 어쩌다 보니 그러진 못하게 되었습니다. 그럼에도 디테일에서 나름의 의미를 부여하려고 했습니다. 청첩장 제작비의 일부가 일본군 위안부 피해자 할머니들을 위해 쓰이며, 녹색당 커플답게 재생 용지를 사용하는 업체를 이용했습니다. 또 저희가 광화문 세월호 농성장에서 처음 만난 만큼, 고 김관홍 잠수사 분의 아내 김혜연 님이 운영하시는 업체에서 부케를 주문하기도 했습니다. 이런 것들이 단지 자위적 행위나 건강한 시민성의 과시 정도로 비칠지도 모르겠으나 그게 마냥 나쁜 건지 잘 모르겠고, 진부한 말이지만 담는 마음이 중요하다고 생각합니다.

개인적으로 집 안팎에서 비혼주의자임을 공공연히 외쳐 오다 결혼을 선택(요즘엔 결혼을 '선택'한다는 표현 자체가 누군가에겐 사치로 들릴 수 있어 조심스럽지만 어쨌든 선택)한 만큼 숙고의 과정을 거쳤습니다. 그 과정에서 결혼과 관련한 이런저런 담론과 사적인 조언을 접하고는 했습니다. 그 끝에 제가 내린 결론은 결혼 제도가 그 소명(?)을 다해 자연스레 소멸하기 전까지, 결혼은 그저 다양한 삶의 방식 가운데 하나로 존중받아야 할 뿐, 생각하는 것처럼 좋지도, 또 생각하는 것만큼 나쁘지도 않다는 것이었습니다.

사실 제가 결혼을 선택한 것은 남성·중산계급의 자식·이성애자와 같은 주류 정체성을 지니고 기존 세계와 철저하게 일치되어 살아온, 따라서 그 큰 흐름에 편입되어 사는 것에서 편안함을 느끼는 저의 한계, 또 대안적 삶에 대한 제 상상력 부족에서 비롯된 것이기도 할 것입니다. 하지만 결혼은 내가 몰랐던 순간 및 감정들과 만나게 하면서 인간적 갈등을 좀 더 심화하는 행위이기도 하기에, 마냥 편할 생각만 했다면 오히려 선택하지 않았을지도 모릅니다. 앞서 언급했다시피 선택하는 데 숙고의 과정을 거쳤고, 제 개인 경험에 비춰 보았을 때 숙고는 더 나은 선택을 하게 만들기보다는 덜 후회하게 만들어 주고는 했기에 이번에도 그럴 것 같습니다.

물론 저만 후회하지 않으면 안 되겠지요. 오랜 시간을 함께 할, 그리고 여성으로서 결혼이라는 제도 안에서 저보다 불리한 입장에 놓일 가능성이 높은 상대방도 그래야 할 것입니다. 지금까지 5개월가량을 함께 살았습니다만 다행히 '이환희'로서 속상하게 했던 적은 몇 번 있어도 '남자'로서 그랬던 적은 없는 듯하고, 앞으로도 그러기 위해 몸과 머리의 감각을 예민하게 열어 놓고 애쓸 예정입니다. 저와의 인연이 꽤 좋은 기억으로 남아 있다고 여겨지시는 분이라면 그런 제 결심을 응원해 주시 겠다는 마음으로 결혼식장에 오셔서 함께해 주셔도 좋을 것 같습니다.

2016.10.19.

지은

당신은 선물에 기꺼워한 적이 거의 없다. 기본적으로 소유나 소비에 비판적인 타입이기도 했고, 필요한 것들은 이미 다 가지고 있다고 생각했다. 패션에도 큰 관심이 없어서, 유니클로 같은 무난한 옷을 파는 상점에서 한 가지 스타일 옷을 검은색·회색·흰색 세 벌씩 사서 돌려 입었다. 옷은 계절별로 검은색·회색·흰색 맨투맨, 검은색·회색·흰색 후드티, 검은색·회색 면바지, 사계절용 청바지 몇 벌이 당신이 가진 전부였다. 겨울용 청바지가 따로 있다는 사실도 나와 사귀면서 알았다. 연애 초반에 털 안감이 들어간 팥죽색 맨투맨 티를 선물해 주었더니, "아, 고마워요. 이렇게 두꺼운 티 처음 입어 봐요" "이렇게 컬러 있는 옷 처음이에요"라고 말했다. 어떤 점퍼는 입은 지 10년 되었다고 하고, 어떤 것은 15년 되었다고 했다. 옷도 함부로 버리는 법이 없어서, 구멍이 날 때까지 입었다. 사람이든 물건이든 한번 애정을 주면 끝까지 가져가는 타입이었다.

　양말은 길거리 가판대에서 열 묶음에 5000원 정도 하는 회색 발목 양말을 샀다. 회색은 밝은 옷과 어두운 옷 모두에 어울리고, 모든 양말 모양이 같아야 한 짝이 구멍 나서 버려도 혼자 노는 양말이 생기지 않기 때문이다. 신발은 검정 스니커즈만 샀다. "왜 스니커즈만 신느냐"는 내 물음에 "바닥에 붙어 있는 게 좋아서"라고 했다. 아마 무난하기 때문에 선호했을 것이다. 조금이라도 튀는 색이나 독특한 스타일은 거의 고르지 않았다. 언제나 지금 가진 것에 충만해했다.

몸에 무언가 걸치는 것조차 불편해해서, 흔히 연말 선물로 주고받는 목도리나 장갑, 패션 양말 같은 것들이 포장지에 싸인 채 장롱 안에 뒹굴고 다니기 일쑤였다. 핸드크림, 수첩 같은 실용적인 물건들조차 선물받는 대로 책상 위나 서랍 안에 쌓아 놓았다. 그 물건들은 대부분 내가 대신 사용했다.

가지고 싶어 하는 것도 없고, 필요한 물건도 없다 보니, 누구도 당신을 기쁘게 할 만한 선물을 찾기는 쉽지 않았다. 당신은 그 어떤 기념일 앞에서도 늘 "혹시 몰라서 말하는데 선물 살 생각하지 마"라고 선수 쳤다. 그래도 사람 마음이 그게 아니어서, 당신이 기쁘게 받을 만한 선물을 주고 싶고, 그 앞에서 기뻐하는 당신을 보고 싶었다. 나는 늘 고심하다가 '커플용' 으로 선물을 골랐다. 당신은 커플 신발, 커플 티, 커플 점퍼 같은 선물들에는 관대했다. '함께'라는 의미가 담겨 있어서 그러했을 것이다. 아니, 이제 와 생각해 보니 어쩌면 나를 위해 기뻐하는 척했을지도 모르겠다.

이번 주말에 당신이 있는 용인 수목장에 가기로 했다. 당신이 떠난 지 100일째 되는 날이기 때문이다. 이런 날도 기념일로 쳐야 하는 것일까. 기념일이라면 어떤 선물을 줘야 하나. 이제 세상에 없는 마당에 무엇으로 당신을 기쁘게 해줄 수 있나. 수목장에 당신에게 주어진 자리는 두 뼘 남짓한 공간이 전부다. 그 앞에 앉아 간단한 다과를 차려 놓을 수 있을 뿐이고, 그마저도 집으로 돌아갈 때는 전부 회수해야 한다. 한번은 엄마가 당신에게 막걸리를 한 통을 통째로 부어 주다가 관리인에게 '잔디 상한다'며 한 소리 들었다고 한다. 그래도 조금이라도 챙겨 주고 싶어서 꼬박꼬박 막걸리와 간단한 다과를 가져간다. 주변에 누가 없는지 눈치를 살핀 뒤에 막걸리 한 잔을 당신 위에 몰래 뿌려 준다.

어제는 당신에게 예뻐 보이고 싶어서 원피스를 한 벌 샀고, '영원한 사랑'이 꽃말이라는 튤립 조화를 몇 송이 주문했다. 튤립은 벌써 왔는데 진짜 꽃만큼이나 정교했다. 또 당신이 봄마다 찾던 스타벅스 슈크림 라테와 제철 딸기도 샀다. 소박하지만 내 나름의 정성을 모아 차려 놓은 선물을 보고 당신은 분명 '아이코, 뭐 이런 걸 사왔어. 자기'라고 말하며 해맑게 웃어 주겠지.

나를 지키는 천사

환희

지은에게

그러고 보니 자기에게 편지 쓴 게 꽤 오래된 느낌이다. 연애할 때는 곧잘 썼던 것 같은데, 너무 자기에게 소홀했던 것 같아 미안해. 나 혼자 보던 드라마 같은 것 덜 보고 그랬으면 충분히 썼을 텐데. 자기나 우리 애들이랑 같이할 시간이 무한정 많을 것만 같았는데, 리아도 저렇게 되고 나까지 갑자기 이렇게 되니까 생각보다 길지만은 않을 수도 있겠다는 생각이 들었어. 리아 보내기 전까지 한순간도 쉽게 흘려보내지 말고 우리 네 식구 한 컷 한 컷 꾹꾹 눌러서 밀도 높게 살아 보자. 그러다 보면 훈련이 돼서 부러 노력하지 않아도 하루하루 밀도 높게 같이 아끼고 사랑하며 살아갈 수 있지 않을까. 가장 가벼운 마음으로 행복하게 살아야 할 시기에 자기한테 너무 큰 짐을 떠맡겨서 속상하다. 내가 얼른 건강해져서 못 가는 데도 없고, 못 먹는 것도 없게 할게. 조금만 기다려 줘. 빠른 시일 내에 편안한 마음만으로 어디든 가서 행복하게 지낼 수 있는 우리가 되자.

자기랑 결혼해서 살아온 시간 동안 너무 행복했어. 나같이

361

무심하고 자기중심적인 사람이 자기처럼 귀한 사람과 같이 살수 있게 된 게 내 인생 가장 큰 행운이고, 너무나 기적 같은일이야. 자기 힘들지 않도록, 좀 더 행복할 수 있도록 몸도 마음도 더 건강한 사람이 될게.

당신을 사랑하는 환희가

2020.05.11.

○○○

지은

오늘 낮까지만 해도 타인과 당신에 관한 추억을 나눠도 아무렇지 않았다. 연애와 결혼과 관련한 조금은 까칠한 대화 안에서는 "나도 언젠가 다른 사람을 만날 수도 있겠지. 그럼에도 결혼이라는 제도에 다시는 묶이지 않겠어"라는 뼈 있는 농담을 하며 웃기도 했다. 한번은 '정말 당신이라는 존재가 내 곁에 있었나' 싶을 정도로 희미해지는 느낌도 받았다. 한 사람의 부재를 100일쯤 견디다 보면 애도의 다음 단계로 넘어가는 것일까.

이런 생각한 지 몇 시간 만에 이 말을 철회해야 했다. '이제 조금 가벼워졌을까' 싶던 내 마음은 전부 그저 잠깐의 숨 고르기일 뿐이었나 보다. 당신과 함께하던 작업을 나와 이어 가고 싶다는 모 저자의 제안 앞에 머릿속이 뒤죽박죽되더니 다시 눈물이 쏟아졌다. 그분에게 "지금 제 상태가……"까지만 말했는데 목소리가 잠겨서 다음 말이 나오지 않았다. 갑자기 그분에게 꺼이꺼이 우는 목소리만 들려주고 말았다. 당신을 아끼는 마음에 조심스럽게 제안을 던진 것일 텐데, 오히려 "생각나게 해서 미안하다"며 전화를 끊게 만들었다. 끊긴 전화를 붙들고 더 크게 울었다. 그럼 그렇지. 내가 어떻게 당신을 잊고 살 수 있겠나. 지금도 매일같이 당신이 그리워서 아무 글이나 끄적거리는 주제에.

나는 불행의 한가운데 서있는 것일까. 당신을 내 불행의 원인으로 치부하고 싶지 않다. 당신은 내 가장 찬란했던 순간의 조각이니까. 누군가 내게 당신은 이제 내 수호천사가 된 것이라고 했다. 언제 어디서나 나를 지켜 줄 테니 걱정하지 말라고 했다. 내 수호천사인 당신이 내가 불행하도록 내버려 두지 않으리라 믿는다. 지금 내게 당신의 영향력은 그 어떤 신보다 강하다. 지금 조금 쓸쓸한 계절을 지나는 중일 뿐, 그래서 종종 눈물이 쏟아지는 것일 뿐이다. 당신이 꿋꿋하게 살라고 했으니, 그 말 때문에라도 나는 무너지지 않을 수 있다.

당신의 부재를 걱정한 많은 이들이 나에게 안부를 묻는다. 누군가는 따뜻한 밥을 지어 먹이고, 또 다른 누군가는 만나서 곁을 내주고, 또 다른 누군가는 덥석 손을 잡아 준다. 그들의 환대 앞에 조용히 내 몫의 밥그릇을 비운 날이 많았다. 그 환대들을 양식으로 삼아 매일 조금씩 살아 내고 있다. 그들 덕분에 당신 없는 빈자리를 조금이라도 채운다. 그러니 나는 불행해질 수 없다.

나와 마찬가지로 환희 형아와 리아 누나를 동시에 잃은 웅이는 매일같이 나에게 애정을 갈구한다. 종일 만져 달라고, 안아 달라고 조르고, 외롭다고 운다. 자려고 이불을 펴면 어느새 내 곁에 다가와 엉덩이를 슬쩍 들이민다. 혼자 남은 넓은 집에서 유일하게 얻을 수 있는 다정한 온기다. 이제 기댈 곳은 나밖에 남지 않은 이 녀석 때문에라도 나는 계속 살아 나가야 한다. 여전히 울고 가끔 우울하겠지만 그럼에도 이런 환대와 온기 때문에 내 마음은 기어코 따뜻해지고 말 것이다.

적확한 위로의 온기

환희

최근 두 사람을 만났다. 공교롭게 둘 다 대학교수였다. 먼저 만났던 사람은 캐나다 출신 아서 프랭크다. 그와 이야기를 나누다 서로 닮은 점을 발견했다. 작지 않은 질환을 앓았다는 것. 심장병과 고환암이 있었다는 그는, 차분한 어조로 자신의 질병 경험을 들려주었다.

"고통은 알아봐 줄 때 줄어들어요. 그런데 내가 만난 의료 종사자들은 내 고통을 들여다보기는커녕 고통을 말할 기회조차 차단했죠."

나도 같은 경험을 했다. 의료진은 내 신체를 치료할 뿐, 두려움에 떠는 내 정서를 돌보는 데는 무심했다. 오히려 내가 말하고 질문할 때마다 귀찮아하면서 진료 시간을 줄이는 데 관심이 많은 듯했다. 이런 경험을 들어 맞장구치자, 프랭크 교수가 말했다.

"사실 다 그렇진 않았어요. 한 의사가 진정 어린 눈빛으로 '많이 걱정되네요'라고 말하며 나를 보던 몇 초에 구원받기도 했지요. 그는 진심으로 걱정하고 그 마음을 잘 표현하는 사람이 되는 연습을 오래 해왔겠죠, 아마."

이날의 긴 대화는 여러 생각거리를 던져 주었지만 유독 두 개의 단어가 남았다. '고통'과 '마음'.

며칠 후 만난 다른 한 사람은 김승섭 교수였다. 질병의 사회적 원인을 찾고 부조리한 사회구조를 바꾸어 사람들이 더 건강하게 살 수 있는 길을 찾는, 사회역학 연구자다. 그는 쌍용자동차 해고 노동자 건강 연구, 세월호 참사 생존 학생 실태 조사 등을 진행했다. 김 교수가 말했다.

"쌍용차 해고 노동자의 아이가 유치원 버스에 타지 못한다는 이야기를 들었어요. 아빠가 경찰 진압 때 버스에서 심하게 구타당하는 것을 봤던 게 트라우마가 되어 버린 거죠. 버스 계단에 발 올리는 걸 그리 어려워했던 그 아이의 가슴속에 들어 있을 무언가를 생각할 수 있는 그런 사람, 한진중공업 크레인에 올라간 김진숙 씨가 전기 끊겼던 밤에 얼마나 외롭고 무서웠을까를 생각할 수 있는 그런 사람이 되고 싶고, 그게 가능한 삶으로 저를 끌고 가고 싶어요."

의대에 간 김 교수가 벌이가 나은 임상 의사가 아닌 역학자의 길을 택하게 되었던 건, 타인의 '고통'에 '마음' 쓰는 일을 멈추지 못했고 계속 멈추고 싶지 않았기 때문이었다. 누군가의 고통에 마음 쓸 때 우리는, 그 고통을 덜기 위해 머리를 쓰고 방법을 찾는다. 그렇게 마음은 세상에 꼭 필요한 지식과 행동에 선행한다.

'고통'과 '마음'을 말했던 두 사람 모두 아픈 것을 성격이나 습관 같은 개인의 책임으로만 돌리는 경향을 비판했다. 그것은 나쁜 노동조건이나 혐오와 차별, 환경오염 같은 우리를 아프게 하는 사회적 조건을 가린다. 프랭크 교수는 말했다.

"아픈 사람은 자기 병에 책임이 없어요. 아픈 사람에게 책임이 있다면 그건 자기 고통을 목격하고 표현하면서 다른 사람들이 자기의 경험에서 배울 수 있게 하는 거예요."

환자가 아닌 사람은 '아직' 아프지 않은 사람일 뿐이다. 여기서 '환자' 자리에 '소수자'를 넣어도 무방하다. 김 교수의 말대로 우리 모두는 한국만 떠나도 소수자이며, 한 사회의 소수자는 마음이 아파 몸이 아프다. 프랭크 교수의 말이 떠오른다.

"아프다는 것은, 다시 말해 인간이기에 겪는 고통을 나도 겪는다는 것은, 다른 사람과 내가 연결되어 있음을 아는 거죠."

김승섭 교수는 "우리는 연결될수록 건강한 존재"라며, 학계에서는 사회적 관계가 건강과 수명에 영향을 미친다는 게 상식이라 했다. 이때의 관계라는 건 나의 고통에 마음 쓰는 사람의 존재일 것이다. 좋은 사회적 관계는 좋은 사회에서 존재할 수 있고, 좋은 사회는 좋은 정치와 운동이 만든다. 하지만 그걸 알리바이 삼기보다 우선 내 눈과 귀와 손이 닿을 거리에 있는 고통에 마음 쓰는 연습을 해보기로 한다. 고통스럽겠지만.

2017.10.01.

ㅇㅇㅇ

지은

오늘은 당신과 헤어진 지 딱 100일 되는 날이다. 이것도 기념일이라고, 우리 가족은 오랜만에 당신 앞에 모이기로 했다. 시부모와 엄마, 나. 넷이 수목장에 모여 당신이 평소 좋아하던 음식몇 가지를 차려 놓은 다음에 당신을 위한 위령기도를 올렸다. 당신과 인사한 뒤에는 수목장 근처 한정식 집에서 점심을 함께했다. 푸짐한 밥상에 둘러앉은 우리의 대화는 이어졌다가 끊어졌다. 시엄마는 조용히 밥을 먹다가, 울먹이다가, 다시 밥을먹기를 반복했다. 시엄마의 얼굴이 원래 저렇게 주름으로 가득했나. 한때 내가 온몸으로 미워했던 사람, 동시에 너무나도 연민했던 사람이 폭삭 사그라진 얼굴로 꾸역꾸역 밥을 넘기고있었다. 그 모습이 너무 작고 서러워서 나는 울었다.

누군가가 시엄마에게 문자 메시지를 보냈다고 한다. <히든싱어>에 나온 당신 얼굴과 함께 '고(故) 이환희'라고 적힌사진을 캡처해 보내면서 사실인지 물었다고 한다. 전화해서이런저런 말을 하는데 다 듣기 싫어서 "말하기 싫으니 끊으라"고 답했다는 말에 물기가 가득했다. 우리의 불행이 남들 입에오르내리는 게 싫어서 요즘에는 모임도 잘 나가지 않는다고 한다. 성당 가기도 꺼려진다고 한다. 그 마음을 십분 이해한다. 종종 타인들은 어설픈 위로를 던져 당신의 부재를 더 분명하게 드러나게끔 하니까. 나 역시 '고 이환희'라고 적힌 문자 메시지를 받는다면, 사실이냐고 묻는 전화를 받는다면 '맞다, 대체 무슨 대답을 원하냐'고 제멋대로 쏘아붙였을 것이다.

"왜 이렇게 사람들이 위로를 못 할까요."

가만히 듣던 시아빠가 입을 열었다.

"원래 그게 제일 힘든 거야."

시아빠는 이제 위로하는 게 얼마나 어려운지 잘 알았으니까 더는 위로받으려 하지 말라고, 위로를 주려고 노력해 보라고 말했다. 단박에 알아듣지 못하고 눈만 말똥말똥 뜨고 있었다. 시아빠는 우리만 환희를 잃고 슬퍼하는 게 아니라, 주변에 다른 이들도 얼마나 슬퍼하는지 보라고 덧붙였다. 무슨 말을 꺼내야 할지 몰라 쭈뼛거리는 이에게 먼저 '밥 먹자'고 나서고, 괜찮은 모습을 보여 주며 위로를 돌려주라고 조언했다. 그 말에 그간 내 모습이 스쳐 지나갔다. 정확한 위로들을 받기만 바라던 나날들, 남들의 위로에 점수를 매기던 순간들이 떠올랐다.

스스로가 무서울 정도로 한껏 가시를 내밀고 살던 100일이었다. 누군가 아무리 절실한 마음을 담아 위로를 던져도, 그것들은 내 마음의 과녁을 겨냥하지 못하고 비껴가 버렸다. 몇몇 위로는 오히려 모욕을 던져 주기도 했다. 그때마다 한없이 무너졌다. '저 사람은 왜 저런 식으로 말을 하지? 저 말이 내게 도움이 될 것이라 생각하나?' '나를 위한 위로가 아니라 스스로를 위한 변명 아닌가?' 같은 말을 속으로 곱씹었다. 당신을 잃고 싶어서 잃은 것도 아닌데 왜 나는 모욕을 받아야 하는가. 그런 마음이 들 때마다 억울해졌다. 아마 속마음이 내 표정에 그대로 드러났을 것이다.

타인을 위로하는 것은 이해하는 것만큼이나 어렵다. 그 어떤 이도 나를 정확하게 이해할 수 없듯이, 위로도 마찬가지다. 나도 나를 모르겠는데, 누가 나를 알고 적절한 말을 던질 수 있겠는가. 상대의 말을 기다리기보다는 시아빠 말처럼 내쪽에서 먼저 '괜찮다'고 말해 주는 편이 나을지도 모른다.

어쩌면 위로는 이해의 다른 말 같기도 하다. 언제나 나와 비슷한 입장에 서본 적 있는 이의 말은 내 마음을 관통했다. 그 위로는 한마디 말일 때도 있었고, 조용한 포옹일 때도 있었다. 어쩔 때는 그저 고개만 끄덕여 주는데도 울컥거리기도 했다. 말을 아끼고 고르고 기다려 주는 그 마음이 느껴지면 그제야 '위로받았다'고 느꼈다. 나는 매번 그런 정확한 위로를 받아 놓고, 남들에게 비슷한 위로를 던진 적 있느냐 물으면 입을 다물 수밖에 없다. 그래 놓고 맡겨 놓은 듯이 굴었던 나 자신이 부끄러울 따름이다.

당신을 그리는 일기를 딱 100일까지만 올리려고 했다. 처음에는 화수분처럼 쏟아지는 기억 때문에 글쓰기를 멈출 수 없었지만, 나중에는 '잘 읽고 있다'고 표현해 주는 이들의 위로 덕분에 써냈다. 내가 쓴 글들이 누군가에게도 위로였기를, 내가 받기만 한 사람이 아니었기를 바란다.

첫 책 낸 거 축하해

환희

지은에게

첫 책 낸 거 축하해!
멋있다. ^^
다시 제대로 정독해 볼게.
앞으로도 꾸준히 글 써서 또 책 내자~.

당신을 사랑하는 남편 환희가

2020.04.17.

지은

환희에게

첫 책 낸 거 축하해!
글 쓰느라 고생 많았네, 내 남편.
힘겨운 세상에 태어나 나와 함께해 줘서 고마워.
그곳에서 리아와 편하게 지내고 있어.
우리 곧 또 만나. 다시 만나는 그때는 절대 헤어지지 말자.
사랑한다, 당신이 상상하는 것보다 더 많이.

당신을 사랑하는 아내 지은이

애도는 철저히 개별적인 행위다. 나에게 도움이 되었던 방법이 다른 누군가에게는 불행을 건너는 최악의 방식일지도 모른다. 그래서 애도의 길을 걷는 이에게 섣부르게 충고를 건네서는 안 된다. 불행에 빠진 사람의 마음은 바늘구멍보다 작아서, 그 어떤 조언도 눈에 들어오지 않는 법이니까. 밥 잘 먹으라는 격려에 '내가 이 상황에 밥이 넘어가겠느냐'고 화를 내고, 힘내라는 위로에 '이미 힘내고 있는데 뭘 더 어떻게 하라는 말이냐'고 소리 지르고야 만다.

그렇다고 힘들어하는 이를 가만히 내버려 둬야 하는가. 그것도 좋은 방법은 아닌 것 같다. 사람은 혼자 있을 때 점점 더 깊은 굴속으로 파고드는 법이니까. 나 역시 꾸준히 침잠하다가 결국 우울과 무기력, 좌절을 키우고 말았다.

많은 이들이 힘들어하는 나를 어떻게 달랠 수 있냐고 물었다. 당시에는 나도 내가 무엇을 바라는지 잘 몰라 대답할 수 없었다. 지금은 조금 알 것 같다. 내게 필요했던 것은 아마도 '적당한 온기' 아니었을까 싶다.

혹시 주변에 불행을 겪는 이를 만난다면, 그를 위로하고 싶다면 그저 기다려 달라. 조용하게 곁을 내어 줘도 괜찮다. 너무 잘해 주려 애쓰지도 말고, 아예 무심해지지도 말고 손을 뻗으면 닿을 거리에 있기만 해도 그는 살아남을 수 있다. 내가 그 증인이다.

당신을 잃고 삶의 방향을 잃은 내가 견딜 수 있었던 이유는 곁을 내어 준 이들 덕분이었다. 가시를 잔뜩 세운 못된 나를 포기하지 않고 꾸준히 밥을 해먹이고 가만히 손잡아 준 이들이 나를 살게 했다. 혼자라고 느끼지 않도록 말없이 지켜봐 준 이들에게 감사의 인사를 건네고 싶다.

우리는 출판편집 노동자 부부다. 한 권의 책이 만들어지기까지 얼마나 많은 이의 노고가 들어가는지 잘 알고 있다. 강소영 편집자는 내가 당신을 기억하느라 남긴 쪽글들을 보고 본격적으로 애도 글을 남겨 보라고 독려해 준 첫 번째 독자였다. 자꾸만 "이 글들이 무슨 의미가 있죠?"라고 묻는 까칠함과 "저는 글 못 보겠어요"라고 내던져 버리는 불성실함을 두루 갖춘 대표 저자를 상대하느라 고생한 강소영 편집자에게 포기하지 않아 줘서 고맙다는 말을 전하고 싶다.

이경란 디자이너에게도 감사하다. 이환희 씨가 가장 믿었던 디자이너 가운데 한 사람이 우리 책을 담당한다는 말을 들었을 때 많이 든든했다. 그 친구와 함께 표지 시안을 고를 수 있었다면 분명 너무 예쁘다며 "꺅" 하고 소리 질렀을 것이다.

추천사를 써준 이소영 교수와 윤종신 가수에게도 감사하다. 이소영 선생은 이환희 씨가 살아 있었다면 만들었을 책

『별것 아닌 선의』(어크로스, 2021)의 저자다. 본분을 다하지 못하고 떠나 가장 마음 쓰였을 저자에게 본인 책 추천사까지 부탁해 분명 몸 둘 바를 몰라 했을 것이다. 미안함 가득한 표정을 지으면서도 감동적인 추천사를 받아 들고 내심 기뻐하지 않았을까. 윤종신 형은 이환희 씨가 "평생 형 노래만 들어도 살 수 있다"고 말했던 존재다. 우리가 함께한 시간 곳곳에 그의 노래들이 배치되어 있다. 형이 준 추천사에 이환희 씨가 얼마나 들떴을지 눈에 선하다.

이환희 씨의 아빠이자 내 시아빠는 나와 함께 기억의 오류를 되짚고 이 책의 초교를 꼼꼼히 살펴보며 "너희가 이리 알뜰하게 살았다니 참 기쁘다"고 말해 주었다. 이환희 씨의 엄마이자 내 시엄마는 "환희는 좋겠다, 이렇게 제 책 만들어 주는 아내도 있고"라는 말로 출간을 독려해 주었다. 이 책의 출간을 격려해 준 두 분에게 감사하고 미안하고 사랑한다고 말하고 싶다. 마지막으로 이환희 씨의 장모이자 내 엄마. 무뚝뚝한 딸이라 마음을 다 표현하지 못했지만, 엄마 덕분에 지난한 시기를 무사히 견뎠다. 그에게 말로 다하지 못한 애정을 보낸다.

당신 없는 1년을 이 책 덕분에 살아 냈다. 앞으로 남은 삶이 어떻게 흐를지 알 수 없지만, 분명히 이 책을 읽고 곁에서 응원해 준 이들 덕분에 종종 슬프고 대체로 기쁠 것이다.

2021년 11월
저자를 대표하며 이지은